相交无他事，唯有书与文

相约在书店

范用 著

子聪 编

江苏凤凰文艺出版社

目　录

第一辑　乡里故人

最初的梦...... 003

书店...... 010

老家...... 013

柴炭巷...... 015

父亲...... 018

只有一年...... 020

邂逅姐姐...... 029

沙老师...... 035

五十年前...... 041

乡里故人...... 043

最忆儿时吃食...... 046

花生·豆腐·蚕豆·茶...... 048

喝酒...... 053

我爱唱歌...... 055

茶馆...... 057

第二辑　衡宇相望

一个小学生的怀念......061

我与丁聪......066

漫画家与范用......068

衡宇相望成梦忆

　　——怀念一氓先生......070

怀念书友家英......075

忘不了愈之先生......080

公已无言　遗教尚在......083

怀念胡绳......088

心里一片宁静

　　——给宝权兄......092

送董竹君远行......099

怀念范泉先生......103

自得其乐......107

漫画家的赠书赠画......110

诗人的题签......114

"不朽之光荣"

　　——缅怀公朴先生......117

要是韬奋今天还活着......120

恩师洛峰......122

聂耳永生......125

郑超麟及其回忆录......128

附录　郑超麟老人最后一封信（罗孚）......130

感谢巴老......133

巴金先生的一封信......135

苦乐本相通　生涯似梦中

　　　——悼祖光忆凤霞...... 139

《天蓝的生活》的归来

　　　——怀念罗荪先生...... 142

根在祖国

　　　——我认识的李黎...... 145

读《程门立雪忆胡绳》...... 147

《傅雷家书》的出版...... 149

第三辑　书香处处

买书结缘...... 155

为了读书...... 160

重庆琐忆...... 164

说"油印"...... 168

"漂亮小玩意儿"

　　　——《我的藏书票之旅》代序...... 171

关于《莎士比亚画册》...... 174

"大雁"之歌...... 176

《水》之歌...... 182

在石头城里宣传马克思

　　　——《中央日报》《资本论》广告事件...... 185

我与蒋介石...... 188

长者赠联...... 192

我的读书观...... 195

相约在书店...... 197

办杂志起家...... 201

记筹办《生活》半月刊...... 205

回忆上海读书生活出版社...... 209

003

在孤岛上海出版的三部名著......213
第一本书......217
读杂书......222
得书日志......224
书香处处......227
谈文学书籍装帧和插图......230
《时代漫画》选印本前言......233
《抗战漫画》重印本前言......235
"我热爱中国"
　　——《西行漫记》重印本前言......236
《买书琐记》前言......239
《爱看书的广告》编者的话......241
《我很丑也不温柔——漫画范用》编者的话......243
《读书》三百期......244
从《新华文萃》到《新华文摘》......247

编后琐记（子聪）......249

第一辑　乡里故人

最初的梦

成为养老金领取者,终于闲了下来。没事东想西想,想得最多的,是童年的日子。从能够记事到现在,七十多年了,童年的事情,还很清楚。唯有童年,才是我的圣洁之地,白纸一张,尚未污染,最可怀念。

甚至还想到老地方看看。一九三七年十二月,日本人打来,疯狂烧杀,我的家烧得精光,那地方早就变了样,可是留在记忆中的,永远变不了,永远不会消失。

那地方,在长江下游,民国十几年,算得上是个像样的城市,有名的水陆码头。

从那里坐火车,可以东到上海,西到南京。江里来往的,有大轮船、小火轮,更多的是大大小小的帆船。

城里有条河通往长江,跟河道平行的,是条街,两边全是店铺。挨着河的房屋,从窗户可以往河里倒脏水,倒烂菜叶子,河水总是脏兮兮的,有时还漂浮着死猫,一到夏天,散发出一股味道。可是一到夜晚,住在附近的人,热得睡不着,愿意到桥上乘凉,聊天。迎着桥的日新街,酒楼旅馆,妓女清唱,夜晚比白天还热闹。

这座桥叫洋浮桥,北伐以前,往东不远是租界,大概桥的式样不同于老式的,所以有了这么个名字。十几年前,舒告诉我,他的老太爷在租界里的海关当过"监督",谈起来,江边一带他很熟悉。

我家只有四口人,除了死掉的姐姐,就是外婆、爸爸、妈妈跟我,我很寂寞;到现在,我想起来,还有一种孤独感。

外婆原先在洋浮桥边开豆腐坊,挣了钱,开起百货店,她是老板,爸爸是招女婿,用现在的说法,当经理。

我不喜欢在店里玩,一点不好玩,成天的得得得打算盘,买东西讨价还价,烦死人。姑娘们买双洋袜要挑拣半天,说话尖声尖气,我有点怕她们。

那时候,我已经认字,认方块字,拿红纸裁成一小块一小块,用毛笔写上"人""天""大""小"……后来从书局买来成盒的方块字,彩色印的,背面有画儿,好看,我很喜欢。红纸做的方块字送给隔壁的小丫头牙宝,她死要漂亮,学大人涂胭脂,吐点口水在红纸上抹在嘴唇上,血红血红的,好怕人。人家说牙宝长大了做我的堂客,我才不要哩。

后来,上私塾念《三字经》《百家姓》,日子过得很刻板,更加寂寞,只好自己找乐趣,我用好奇的充满稚气的眼光寻找乐趣。

我觉得最好的去处,是对门的那家小印刷铺。铺子不大,在我看起来却很神气,因为店里有两部印刷机,一部大的,一部小的,大的叫"对开架子",小的叫"圆盘",是后来到汉口进出版社当练习生跑印刷厂才知道。

印刷机就放在店堂里,在街上看得见,常有过路的乡下人站在门口看机器印东西,看得发呆。圆盘转动的时候会发出清脆的响声,"kelanglanglang kelanglanglang",蛮好听。三伏天,狗都不想动,街上静悄悄,只听见印刷机的声音。

我每天都到印刷铺子里玩,看一张张白纸,从机器这头吃进去,那头吐出来,上面就印满了字。看工人用刮刀在圆盘上调油墨,绿的跟黄的掺在一起,变成草绿色,红的跟白的掺在一起,变成粉红色。我很想调调,当然不许,碰都不准碰。

后来,上小学了,我有了一盒马头牌水彩颜料,于是大调特调,随我怎么调都可以,开心极了。

我把涂满颜色的纸贴在墙上,自己欣赏。说不定抽象艺术,这个主义那个主义的艺术家,就是这么产生的。

印刷铺有个小排字间,五六个字架,一张案桌。排字工人左手拿个狭长的铜盘,夹张稿子,右手从字架上拣字,他们叫"撮毛坯"。奇怪的是,他不看字架,好像手指有眼睛,能够找到字,而且拣得飞快。我问他拿错了怎么办,他说"不关我的事",原来另外有个戴眼镜的老师傅专门对字。

上小学的时候,有个姓庄的同乡的哥哥在一家报馆当排字工人,我常到排字间玩,跟他做了朋友。我看他一天拣下来累得很,他教我唱一首歌:"做了八点钟,又做八点钟,还有八点钟:吃饭,睡觉,撒尿,出恭。""机器咚咚咚,耳朵嗡嗡嗡,脑壳轰轰轰,再拿稿子来,操他的祖宗。"原来排字不是好玩的,很苦。

印刷铺地上丢着印坏的纸片,上面有画儿的,我就捡几张。用红纸绿纸印的电影说明书,我也捡。我认不得那么多的字,有人喜欢看说明书,我可以送给他,这也是一种乐趣。

我还捡地上的铅字,捡到拼花边用的五角星啊,小花儿啊,更开心。这不算偷,他们让我捡,不在乎这几个铅字。排字工人还从字架上拣了"伏""星"两个头号字送我,伏星是我的小名。

我把捡来的铅字、花边,拼起来用线扎好,在店里的印泥缸里蘸上印泥,盖在一张张纸上送人,尽管拼不成一句话,却是我印的。

我把印有"伏星"两个字的贴在墙上,东一张,西一张,到处是伏星,好像仁丹广告。

在这条街上,还有家石印铺,我也常常去玩。印的是广告、京戏院的戏单,字很大。我看老师傅怎样把稿子上的字搬到石头上,还用毛笔细细描改,挺有看头。就是始终不晓得为什么石头是平面的,不像铅字,用油墨滚一下就能印出字来,很奇怪。

那时候,傍晚街上有唱新闻的,边唱边卖:"小小无锡景啊,唱把那诸公听……"唱词也是用颜色纸石印的,两个铜板一张。我买了不少张,攒起来借给人看。

还有一种石印的小唱本，叫做七字语，就是弹词，唱本封面上有图画，花前月下公子小姐，两三个铜板一本。

我看的第一本书，是在家里阁楼上放杂物的网篮里找到的一本《新学制国文》第一册，爸爸念过的课本，油光纸印刷线装，有字有图。第一课的课文是："夕阳西下，炊烟四起，三五童子，放学归来。"画上远处有两间小茅屋，烟囱在冒烟，还有柳树，飞鸟，两个背着书包的学童，走在田埂上，水田里有条拉犁的牛。这本课本，我看了好多遍，有的课文都背得出来。

八岁那年，不再上私塾，改上学堂，从此，看的书就多了，除了印得很好看的课本，还在图书室里看到《小朋友》《儿童世界》《新少年》这些杂志。到高年级，有两位老师给我看了不少文学刊物，韬奋编的《大众生活》《生活星期刊》也看到了。

打这个时候起，我成了不折不扣的书迷。我找到新的天地。我觉得，没有比书更可爱的东西了，书成了我的"通灵宝玉"。

不幸的是，小学快毕业，爸爸死了，外婆和妈妈没有钱供我继续升学，打算送我到一家宁波同乡开的银楼学手艺。我想来想去，要求让我当印刷徒工，因为我看了《新少年》杂志登的茅盾的小说《少年印刷工》，那个叫元生的，姑父劝他去当印刷工，说排字这一种职业，刚好需要读过小学的人去学，而且到底是接近书本子，从前学的那一点，也不至于抛荒。一本书，先要排成了版然后再印，排字工人可以说是最先读到那部书的人。当印刷工人，一面学习生活技能，一面又可以满足求知欲。还说，说不定将来也开一个印刷铺。

元生听了以后，晚上确也做了一个梦，但不是开印刷铺子，而是坐在印刷机旁边读了许多书。

我也想做这个梦。不过后来外婆还是借了钱让我考中学。

我不仅是书迷，还热衷于出"号外"，出刊物，我不知道什么编辑、出版、发行，一个人干，唱独角戏。

十岁那年，"一·二八"日本鬼子在上海开仗。那时候，中国人连小孩子都晓得要抗日，打东洋鬼子。我早就知道"五三惨案"，日本人在山东杀了蔡公时,挖掉他的眼睛。知道日本人占了东三省,像大桑叶的地图从此缺了一大块。上海打仗,人人都关心十九路军打得怎样了。每天下午三四点钟,街上叫卖号外。我把人家看过的号外讨来,用小张纸把号外的大标题抄写五六份,送给人家看,不要钱。到现在我还记得写过"天通庵""温藻浜"这些地名,还有那不怕死的汽车司机胡阿毛。

号外尽是好消息,"歼敌三百""我军固守"……看了,晚饭都要多喝一碗粥。

我送给想看号外又想省两个铜板的人(两个铜板可以买个烧饼),像茶水炉(上海叫老虎灶)的老师傅,剃头店老板,救火会看门的,刻字铺先生,都是这条街上的,他们挺高兴。

妈妈又生气又好笑,说:"这小伢子送号外,晚饭都不想吃了。"她不知道我抄号外要多长时间,抄错了还要重写。

小学五六年级,我编过一份叫做《大家看》的手抄刊物,材料来源是韬奋编的《生活星期刊》"据说"这一栏和《新少年》杂志"少年阅报室"这一栏。比如,停在镇江的日本军舰的水兵时常登陆"游览"拍照,画地图,警察不仅不敢得罪,不干涉,还要保护,真是岂有此理!又比如,湖北有个地方,穷人卖儿卖女,两三岁的男孩,三块钱一个;七八岁的女孩,顶高的价钱是六块钱;十五六岁以上"看货论价"。我要让小朋友们知道有这样丢人的事情,这样悲惨的事情。

刊物每期还抄一首陶行知作的诗歌,像:"小孩,小孩,小孩来!几文钱,擦双皮鞋?喊一个小孩,六个小孩来,把一双脚儿围住,抢着擦皮鞋。"谁读了心里都很难过,都会想一想为什么?我的同学,就有家里很穷的,说不定将来也要擦皮鞋。

我还是个漫画迷,办了个漫画刊物《我们的漫画》,买张图画纸,折成课本那样大小,用铁丝骑马钉,从报纸、杂志、画报选一些漫画,描在这本刊物上。原来黑白线条,我用蜡笔、水彩、粉画笔着上颜色,更加好看,在同学之间传阅。小朋友说"滑稽得很""好看得很",他们还不懂得什么叫讽刺,只是觉得夸张的形象有趣,最爱看黄尧画的《牛鼻子》。

这本手工漫画刊物一共"出版"了九期,最后一期,是在"八·一三"以后出的,封面是"蒋委员长"的漫画头像,那时他是领导抗战的。这件事,我从来没有坦白交代。如果让人知道,还了得。画也不错,给蒋介石戴上德国式的钢盔,好像是胡考的手笔。

一九九二年,廖老冰兄送我一张我的漫画像,写了"热恋漫画数十年,地覆天翻情不变,范用兄亦漫画之大情人也",可以说是"婚外恋"。

暑假期间,请老师讲文学作品,我跟几个同学刻钢板,油印"活页文选",印过夏衍的《包身工》、高尔基的《海燕》、周作人的《小河》、朱自清的《荷塘月色》。

那时候,书店里卖《开明活页文选》,很便宜,很受欢迎,现在没有人做这种工作,为买不起书的读者着想。

就这样,我异想天开,抄抄摘摘,办起了"出版",自得其乐,其乐无穷。好在没有人告我侵害版权,请我吃官司。

一九三七年,抗战了,既没有去当学徒,也没有读成书,而是逃难去了。逃到汉口,没想到读书生活出版社黄老板收我当练习生,有饭吃,有书读,不是在印刷机旁边读,而是在出版社读,真是天大的幸福!

在出版社,我还是有兴趣跑印刷厂,喜欢闻油墨气味,看工人排字、印书、装订。我跟工人做朋友,也跟印刷厂老板,甚至老板娘,老板的儿子女儿做朋友。

上海大华印刷厂有位叫"咬断"(咬断脐带,鬼就拖不走了)的工人,印封面让我和他一起调油墨,调得我满意了才开印。解放以后,再也得不到这种乐趣。

跑印刷厂,多少学会一点拣字、拼版、改样的技术。一九四三年在重庆,我代楚云、冬垠编《学习生活》杂志,常常带着校样,来回跑二十多里路,到化龙桥新华日报印刷车间,跟工人一起拼版,改样子。我一直记得工人领班的名字,叫杨允庸,他为人可亲,十分耐心,校样怎么改都可以。前几年我还见到过他,和我一样,在过养老的日子。

进出版社不久,我写的字,我设计的封面,居然印到书上,小时候的梦想真的实现了。

周立波从敌后到武汉,写了一本《晋察冀边区印象记》。他要我写图片说明文字:"小鬼!你来写。"我大笔一挥,写了"五台城外,一九三八·二·三"几个带有隶书味道的字,那是聂荣臻领导的边区政府成立那天的照片。立波说要写娃娃体,我又歪歪倒倒地写了"平津汉奸报广告示例",是一批剪报的说明。两行字都印在书上,我看了又看,放在枕边,这是我的字吗?简直难以相信,是不是做梦?

立波在书上题了"送给用,立波七月九日"。这本书跟随我六十多年,没有丢掉,成为珍贵的纪念品。啊!一九三八,激情的年代,意气风发的年代,我还是个孩子。如今,立波到另一个世界去了,我也老了。

说是有缘,机遇,或者命中注定吃出版这行饭,都可以。就这样,从梦想到现实,我跟书打交道,过了愉快的一生。

我挨过不少批评,说我干出版不是"政治挂帅",是凭个人爱好,个人兴趣。我也闹不清,我只知道:要做好工作,没有一点兴趣,行吗?恐怕做人也不行。

上个月,暮春时节,我重到旧地,寻觅童年旧梦。那条河五十年前就给填了,沿河的房子全拆了,现在是条大马路——中华路。我家开店铺的房子还在,现在是一家旅社。此外,无影无踪。

我亲爱的外婆、爸爸、妈妈,你们在哪里?站在老地方,我似乎又感到孤独,多么想再听到那悦耳的印刷机转动的声音!

一九九七年,夏初

书　店

民国年间,镇江有好几家书店。上小学以前,我没有进过书店。那时只知道看小人书,书摊上租来的,或者跟邻居借的。

念私塾识字多了,就看"七字语",大概就是弹词之类,油光纸印的,薄薄的几页,两三个铜板一份。卖七字语的,在街上边唱边卖。七字语讲的多是才子佳人,忠臣奸臣,皇帝侠客。我一点也不感兴趣,也看不大懂,只是好玩,手上有"几本书",翻来翻去。像蚂蚁一样的小字,密密麻麻,看多了会伤眼睛。很快我就把它摔在一边了。

可是,哪里有好看的书呢?不知道。也不知道什么是儿童读物。

到八九岁,我是小学生了,开始上书店。书店多在城外西门大街一带。去得最多的是鱼巷那一家,去买上海中华书局的《小朋友》周刊,主编王人路或陈伯吹,至今还记得这两个名字。前天报上说《小朋友》八十周年纪念,它还在出版,不知道现在的《小朋友》什么样子,我倒还想看看小时候看过的《小朋友》。

再往后,看商务印书馆的《儿童世界》,郑振铎主编,是给高年级学生看的。镇江有个商务印书馆分馆,卖《儿童世界》。

鱼巷那家书店还卖一折八扣的书和新文艺书。"一折八扣",定价一元,一折是一毛钱,再打八扣,只卖八分钱,挺便宜。都是翻版书或盗版书,印得马虎。书很杂,既有《笑林广记》《今古奇观》《老残游记》之类,也有新文学作品,如鲁迅、茅盾的小说。正规出版的文艺书,北新书局、新中国书局出版的书,放在玻璃柜里,定价贵得多。记得有巴金的《电椅》、施蛰存的《梅雨之夕》,我买不起。

开在城里的一家书店,门面对着去体育场的那条路。在这里可以买到上海出版的文艺杂志、画报,电影画报最好卖,人们喜欢电影明星,像胡蝶、阮玲玉、王人美、高占非、金焰这些大明星。我喜欢韩兰根,还有外国的卓别林、劳来和哈台。

西门大街有家镇江书店,门面很大,老板姓童,回民,我在回民学校穆源小学读书,他见到穆源的小学生,很和气。镇江书店卖的书档次比较高,文学家的作品,这里都有。快要过年,店堂里热闹起来,学生来看贺年片,买贺年片,七嘴八舌,叽叽喳喳。贺年片印得很讲究,有图案,有的还印上洋文,买的人大多不识洋文,收到贺年片的人大概也不识。

在镇江书店,我认识了店里的一位店员贾福康,他大我六七岁。一九四九年他去了台湾,多少年后打听到我这个小友还在人世,一九九三年,他带着家人专门来北京看我,我们称得上是知己,莫逆之交。我写过一篇《买书结缘》,讲我们的故事,收在我那本《我爱穆源》小书里,丁聪画的插图。

小学快要毕业时,在两位思想进步的老师沙名鹿、周坚如的影响之下,我看起了韬奋先生编的《大众生活》周刊,是在西门大街中国国货公司文具部买的。这时贾福康已由镇江书店转到国货公司当店员,在文具部,我常去看杂志。在那里还看到李公朴先生主编的《读书生活》半月刊。后来我在汉口读书生活出版社当练习生,见到李先生,这个出版社就是李先生创办的。李先生非常爱国,年轻时在镇江一家百货店当过店员,是个了不起的人。他知道我是镇江人,格外亲切,摸着我的头,用镇江话问这个,问那个。

伯先公园对面有家小书店,"七七"抗战爆发不久,我在这家书店买到一本小册子,斯诺的《毛泽东自传》。天很热,我一头钻进洗澡堂,脱了衣裳一口气把它看完。我知道了中国工农红军,知道了两万五千里长征,也知道了毛泽东。我的心、我的思想越飞越远。书真是个奇妙的东西!

没有想到,这一年冬天逃难到汉口,我进了读书生活出版社。更没有想到这个出版社是共产党领导的。从此,读书生活出版社成了我的家,我的学校。我在这里工作、生活、学习,从一个幼稚的孩子,成长为懂得如何做人,会办点实事的工作人员。我在这里见到罗炳辉、彭雪枫、章汉夫、许涤新、潘梓年、周立波、舒群等共产党员和作家,他们很喜欢出版社的几个年轻人。一九三八年,我成为党员发展对象,一九三九年春节被批准为中共党员,此后一直做出版工作,一辈子吃书店饭,直到退休。

前年,三联书店出了一本《书店风景》,作者是个在国外跑书店的人,她带大家去看欧洲和美国的大大小小书店,书里有许多照片,看了仿佛身临其境。在我的记忆之中,在我的梦里也有一道书店风景,那是六七十年前小时候看到的书店风景,一个热爱书籍的孩子看到的书店风景,难以忘怀,一闭上眼睛就能见到。

二〇〇二年二月

老　家

我的父母都是浙江人,"阿拉宁波人",宁波人都看得起自己,有本领在外面闯世界。

我的老家在镇海三北(现在属慈溪)范家市。这是一个只有几十户人家的小村落,中国分省地图居然把它标出来,一个小圈点:"范市"。

我小时候,十岁左右,也就是七十年前,父亲曾经带一家人回老家探亲,看望年迈的祖母。先从镇江坐火车到上海,然后坐大轮船到宁波,再坐小火轮到镇海,又换坐脚划船(就是乌篷船)才到家。这是最愉快的旅行,一辈子忘不了。

最有趣的在三北还坐过火车。三北出过一个人称"阿德哥"的上海"闻人"虞洽卿。他在三北伏龙山下修过一段铁路,三北人回乡,下了小火轮,坐上火车。这列只有一个车厢的火车原来是由四个脚夫在后面推动的。三北人是这样喜气洋洋地踏上他们故乡的土地。我坐过这火车,目睹过这一奇观。

我家祖屋在一个小村子里。没有电灯,一到晚上,四野漆黑。村头是一片坟地,在坟地中间有存放尚未落葬的棺木的小屋——厝屋。那时候人迷信得很,怕鬼魂,近处远处亮晶晶的萤火虫,说是"鬼火",晚上都不敢出门,又舍不得点洋油灯,只好早早上床。在乡下,夜晚是最不好过的。

我家屋后是一片竹林,春天,地上会冒出笋尖,下过雨,冒得更快。竹笋很好吃,用咸菜卤煮了盛在碗里空口当饭吃。

村头有一爿小杂货店,我只记得店里柜台上有个大玻璃瓶,里面有圆圆的红的绿的黄的糖果,叫"弹子糖"。祖母给我铜板,我就买糖吃,一个铜板买三颗。小孩子吃零嘴,只有这一种糖果。

祖母非常疼我。她成年躺在床上,我坐在床上陪她,听她唠叨。从她的神情可以看出她的内心充满幸福和温馨之感。

我不曾见过祖父,他早就不在了。父亲带我们回老家,除了看望祖母,就是给祖父上坟。在坟前供上几碗祖母做的小菜,想必是祖父最爱吃的。我这个孙儿也要给他老人家叩头。

在坟头有一种细细的叫做茅针的野草,剥开来有一支淡绿色的软针,放到嘴里有甜味。乡下的孩子爱吃这种坟头草。

几十年来,我的老家,我的祖母,常常出现在我的梦中。祖母最大的憾事,大半生守寡,儿孙没有在家陪伴她过日子。唉!

柴炭巷

小时候，十岁以前，也就是七十年以前，我跟外婆住。外婆说，小孩子有火气，晚上睡觉给她焐脚。

外婆家在柴炭巷。说是巷子，其实是条小街，很热闹的小街。

小街并不长，它连接着西门大街（后来开辟为马路，叫大西路），那时候是镇江的商业街，好多铺子都开在这条街上。穿过柴炭巷，可以到镇扬班轮船码头，人来车往，熙熙攘攘。车是人推的小车（鸡公车）和人拉的黄包车。

小街的东头有个"众善救火会"，白天黑夜都敞开着大门，里面有两部水龙，一有火警，就由七八个人前拉后推奔向火场。平日，水龙和水枪都擦得雪亮，两壁还挂有长钩和斧子。二层楼顶有个望火台，哪里冒烟失火了，都能看到。救火队是由商店店员、小老板们组成的，平常他们是普普通通的人，一穿上救火衣，戴上铜盔，在我们小孩子眼里就变成了英雄，救起火来奋不顾身。小孩子最起劲的，是可以吹哨子，平日不准吹，救火可以大吹特吹。

那年代常常失火，原因是很多房子有板壁，烧饭用芦柴，一不小心就着火。外婆最害怕失火，哪里失火了，她就要念："阿弥陀佛，菩萨保佑！"

救火会隔壁的天升茶楼，是最热闹的地方。大清早就有喝茶吃包子吃干丝的,都是街坊铺子的熟人。你想知道出了什么事情,有什么新闻,到茶馆坐坐就知道。午后清静一点,卖菜的卖完了菜,在这里歇脚,数铜板,点票子。到了晚上,茶馆又热闹起来,后街妓院的姑娘,在二楼清唱。那些十几岁的姑娘听说是从江北买来的,脸上涂着厚厚的脂粉,后面跟着一个老鸨,怪可怜的。我不敢看她们,可又想看她们。

　　柴炭巷里,我最感兴趣的地方,是裱画店和石印局。裱画店里有个红漆大案,裱画匠在上面用排刷细细地刷糨糊,一遍又一遍,然后揭起来贴在墙上,这时你就可以看那些画儿了,好像现在的画展。石印店叫"局",其实两开间门面,店堂里有两部石印机,两块大石头,用油墨辊子在上面滚几下,放上纸一压就印成了。印的不是商店的广告、包装纸,就是大舞台的京剧戏目。石印店门口有个刻字摊,刻字的是位戴老花眼镜的老先生。他见我站在那里看他刻字,会朝我笑一笑,挺和气。

　　石印店老板有个女儿,叫"牙宝",跟我一样大,我们常常在一起玩,人家就对我说:"伏星(我的小名),牙宝大了做你的堂客吧!"堂客就是老婆。我一听赶快溜走。我不要堂客,我只要牙宝跟我玩。

　　外婆的家就在茶楼隔壁。早先,还没有邮局,外公在的时候,开明信局,给人家寄信送信,寄信是把信送到码头托船上的人带走,带到了给酒钱。外公早已不在,他用过的信插(一块蓝布有十几个小口袋,贴着写有地名的红纸条)一直挂在墙上,还有一个用过的印泥缸,也一直放在桌上。外婆常常一边吸水烟,一边看着信插和印泥缸,嘴里不知道说些什么,说给外公听的吧。

　　外婆十分能干,用现在的说法,是个女强人。她会做生意,像日本的阿信。她从浙江家乡到镇江,卖过豆腐,挣了钱,开锡箔店、洗染店、咸货店、洋机店(用缝纫机做衣服),还做黄酒生意,从绍兴贩运黄酒到镇江,除了成坛卖给开店铺的宁波人,还在家里零卖。没有招牌,来喝酒的多半是店铺里的师傅,手艺人,也都是宁波同乡。他们下了工就聚在这里聊家乡的事情,外婆炒年糕给他们吃。他们说外婆炒的年糕最好吃,我也爱吃,确实好吃。年糕是请人来家里做的。每年做年糕,热气腾腾,很热闹。先要用水泡米,然后磨成浆,用布袋吊起,等水淋尽了,蒸熟放在石臼里打,再用木板模子压出一条条的年糕。这些我年年见,闭起眼睛就能说得出来。

外婆开这个店开那个店,按说是有钱的人,可以享享福。她却天天忙于做饭,不仅全家人的饭,而且给店里的伙计做饭,春夏秋冬,一日三餐,总是围着灶台忙碌,过年过节更忙,很少生病。

外婆是个有主见的人。十四岁那年我死了父亲,不能升学,母亲打算送我去当学徒,外婆说:一定要念书,借债也要念书。这样我才念完小学。

解放以后,一九五〇年我把外婆和母亲接来北京,不久外婆死了。她的骨灰匣至今放在我的卧室里,跟母亲的放在一起,她的照片一直挂在我的床头。外婆!伏星又可以给你焐脚了,还在柴炭巷。

二〇〇一年一月

父 亲

我的父亲小名叫"阿毛"。宁波人叫阿毛的很多,大概是"毛头"转化的,毛头成了大人了,不好再叫毛头,改叫阿毛。

我十四岁那年,一九三六年,父亲一病不起,才三十几岁就死了。给他看病的宁波医生叶子丹告诉我,我爹是急死的。

父亲是招女婿,当过学徒。后来外婆用积蓄开广货店,也就是百货店,让父亲当老板。

父亲是老实人,不会做生意,连年亏本。他觉得对不起外婆,两次寻死,一次跳江,一次吞鸦片,都给救回来。

他总是愁眉苦脸、唉声叹气地过日子,以致天庭下两眉之间形成一个结,再也展不开。人说是"苦命相"。

他死的时候,在他贴身的口袋里找到一张当票,当的金表链,外婆送他的一块金表上的链子,他一直不敢告诉外婆。

他快要咽气的时候,我还在学校里,被叫回来。他看到我才闭上眼睛,他丢不下我,丢不下我的母亲和外婆。我的祖母,远在浙江的老人家,当然他也是丢不下的。

他的尸体停放在大房间里,半夜,我摸摸他的胸口,一点不害怕。我希望他的胸口还有热气,没有,一点也没有,冰凉冰凉。

他开铺子做生意十分规矩，真正是如店堂里挂的牌子上面写的："童叟无欺"。后街的姑娘（妓女）来买丝袜，选好了，他都要仔细检查，有跳线的就告诉姑娘这双有毛病，请她另选一双。跳线一般人是看不出的。

父亲念过私塾，也上过学堂。我在阁楼上翻到他小时候念过的《新学制国文》读本。第一课的课文是："夕阳西下，炊烟四起，三五童子，放学归来。"至今印象很深。

父亲先送我念私塾，塾师是一位长着银丝胡须的老先生，十分慈祥，摆在桌上的戒尺是做样子的，从未打过学生。

在私塾的时间不长，念完《三字经》《百家姓》，《论语》从"子曰学而时习之"念到"子曰巧言令色鲜矣仁"，就改上小学了。

父亲对我的学习督促甚严，每个月都要请塾师上茶馆吃茶，吃肴肉干丝包子，问塾师："小孩子学习好不好？"塾师总是说："好！好！好！"

只是有一桩事情我十分为难，塾师给我起的学名笔画太多，"鹤镛"两字共有四十一画，写起来太费劲。因此，后来我给女儿取名"范又"，"又"字连笔写一画就可以。

父亲粗通笔墨，会记账写信。我最高兴的是，父亲喜欢看小说，买李涵秋、张恨水的章回小说。我看小说可以说是受父亲的影响。

父亲跟我照过两次相，我周岁和十岁。照相一定要穿马褂。一岁那张我身上挂的锁片是照相馆用金粉涂上的。

只有一年

弟弟：

很久就想写这封信，一封无从投寄的信，它藏在我心中已经几十年。

六十年前，一九三五年夏天，你和我，两个同龄的孩子到了一起，我们转学到浙江同乡会小学，上四年级。

开学那天，我俩个儿矮，坐在第一排课桌。一个女生跟一个男生紧挨着坐在一起，不知道你愿不愿意。我偷着瞅你，你对我笑了一笑，挺大方。从此，我们做了朋友，后来成了最要好的朋友，你说的。

我们在一起温习功课，做练习题，默书，交换看作业本。期中期末考试，你的成绩全班第一名，总分比我多。我自认比不上你，老师夸赞你，我一样高兴。

我们爱上国文课，爱做作文。每回发还作文本，要紧看看打了多少分，老师怎么改的，评语说些什么。我们又推敲一番，把作文改得更通顺更生动一点。到现在，我写东西，还有这个习惯，跟你学的。

我们另外买了本作文本，把两个人的作文工工整整抄在一个本儿上，每个题目两篇作文。我在封皮上画了一对小燕子。老师教的歌，有这么一句："飞到东来飞到西，好朋友，在一起，相亲相爱不分离。"我们就是小燕子。

每天放学,我和你一块儿走,送你到家门口。路上,买三个铜板烘山芋,一人一半,边走边吃,山芋真香真甜。

你特别爱干净,衣裳总是整整齐齐。我就差劲,棉袍下摆破了,挂下棉花,你会笑着提醒我:"卖猪油了!"还有一回,你递给我一本书,里面夹张纸条,没有字,画了个大鸭蛋,我一看就明白:"卖鸭蛋"了,破袜子的后跟露出来了。你要我补好,不喜欢我邋遢相。

冬天,你戴个鲜艳的桃红色绒线帽,在下巴打个蝴蝶结,又围上一条雪白雪白的羊毛围巾,把小脸蛋衬托得格外好看,就好像童话里的小公主。

我呢,戴顶罗宋帽,看上去脏兮兮,拉下来露出两个贼眼睛,脖子上套个黑项圈,一身打扮像个小学徒,可你从来不嫌我。

你有个橡皮热水袋,上课时,你偷偷从课桌底下递给我,让我也暖暖手;我的手冻得像胡萝卜,还长冻疮。南方冬天不好过。

我喜欢你写的字,尤其是小楷,秀气得很,就像你这个人。我想学你,可是笔到我手上,就是不听话,写出来的字,笨头笨脑,蹬腿伸胳膊,总是出格。

星期天,音乐老师张天一先生要我们几个学生上他家里玩。张先生家很有点艺术气氛,墙壁涂的淡绿色油漆,挂着水彩画。小书架上站着一个断了胳膊的石膏像,张先生说,她叫维纳斯。有一种图画铅笔,笔杆上烫的商标就是维纳斯。

张先生教我们玩乐器:拉二胡、弹风琴、吹笛子、吹口琴。

我们吹口琴着了迷,口琴揣在口袋里,一有空就吹。有首美国乐曲,吹起来特别来劲。它的中文歌词,开头一句是:"记得我呀小时候,家住在那丁香山里,那里真好玩!真好玩!真好玩!"还有几首外国歌曲《苏珊娜》《可爱的家》,吹起来也很好听。你有支"真善美"牌口琴,后来送给我,成了我心爱的东西。

张先生说:中国乐曲用二胡拉才够味。我们学拉《小桃红》《昭君怨》,

乡里故人

后来知道是广东音乐。

我二胡拉得不好,在家里拉,妈妈说:"吱咕吱咕,烦死人!"我告诉你,你笑得不得了。"吱咕吱咕"是街上补碗拉的声音。

张先生健在的话,也八十几了。老师!学生怀念您。

学校隔壁是伯先公园,不收门票,随便进出。我们家在附近,夏天,吃过晚饭,带把大蒲扇到公园乘凉,坐在荷花池边,看天上眨眼睛的星星。

"我叫你星星,好不好?"你说:"你是星星,天上星星再多,我也能一眼看到你是哪一颗。"

真巧,我是热死人的三伏天生的,乳名就叫伏星。

听人家说,活在世上的人,天上有他一颗星,死了才掉下来。

"好啊!那我叫你弟弟。"我说。

你是个女孩子,可是我愿意叫你弟弟,觉得这样自然一些,倒不是因为别的。我们那时候,女生跟男生随便在一起玩,不像现在分得那么清。我们是孩子,天真无邪,感情是纯洁的,你说是吧?我跟男同学也做好朋友,但更愿意跟女孩子,跟你在一起。女孩子家文静,跟你在一起,就不能那么浮躁,也变得文静了。

你父母是基督教徒,教堂和学校在一条马路上,星期天,你跟着爸爸妈妈上教堂做礼拜,我也去,和你坐在最后一排,我是去听唱歌的。那徐缓的曲调,伴和着风琴,很好听。后来,到上海,我也上教堂听唱歌,那是唱诗班童声唱的,不仅是音乐的享受,似乎从歌声中,朦朦胧胧也能获得心灵的慰藉,歌声有种感染力,把我带到安谧的境界。

假日,我们上北固山。那时,北固山难得见到游人,是个好去处。我们看横流的大江,望天际点点白帆,在小树林中漫步。江上传来轮船的汽笛声,划破林中的寂静,又把我们带到老远老远。

你在亭子里假寐,我为你拂赶脸上的小蝇子。从你微动的眼皮和睫毛,从嘴角浮现的一丝微笑,看得出你在想什么哩。

我们谈梦想,谈明天,尽管模模糊糊,却愿意让对方知道自己的想法。有一点我们想到了一起:长大了当老师,跟小朋友在一起。你愿意教"国语",教"自然",我的兴趣是教"社会"(历史)、"图画""劳作""唱游"。我们谈得挺认真。到后来,装作老师的样子,你叫我"范先生",我叫你"杨先生"(那时不兴叫老师),还一鞠躬,乐得哈哈大笑。

我们同窗仅仅一学期,但在一年之中,有几件事我终生难忘。我越发感到你是我的好弟弟,亲爱的弟弟。

你一定记得,那个最老实的小同学郑宝和,走路有点儿瘸的。另一个外号叫"小坏蛋"的,欺侮宝和,故意学他走路,把宝和惹火了,给了他几拳。"小坏蛋"眼皮下头青了一块,家长告到学校里。那位成天板着面孔,从眼镜底下斜着眼睛看人的训育主任蒋先生,在课堂宣布要处分宝和,罚他停学一天。同学们都认为不公平。

这一天,蒋先生点名,点到郑宝和,谁都没有料到,你会抢在宝和前头大声答应:"到!"一下子,课堂的空气像凝固了,都不做声,蒋先生站在那里很尴尬。你用这种方式打抱不平,替大伙儿出了口气。这件事不了了之,没有处分宝和,蒋先生也没有批评你。

这叫我看到你性格的另一面,你有胆量,比男孩子勇敢。

再一件事,市面上抵制日货,我家开小百货店,你要我跟爸爸讲,不卖东洋货。我回去讲了,爸爸倒也答应了,把店里卖的几种东洋货,野猪牌蚊香、带发条的小玩具,报给商会处理。爸爸知道是你的意思,他也喜欢你这个小姑娘,说你懂事。你还带头叫同学们不用东洋货铅笔,我更加佩服你。

有一天,上公民课,我在课桌底下偷看小人书,正看到薛仁贵满门抄斩,薛刚反唐,放不下手,给蒋先生看到了,叫我站起来回答刚才讲的课。他没有想到我这个人有点鬼聪明,能够一脑两用,居然大致不差讲了一遍。本来可以过去,可我嘟哝了一句:"有什么了不得。"这一来,蒋先生不饶我,叫我面对黑板罚站,放学也不准回家,同学们都走光了,你一个人还坐在那里,陪伴我,等我一同回家,等到天快黑。

回家的路上,我们拉紧了手。你学我的样子,把眼睛翻上去说:"有什么了不得。"你乐了,我也乐了。一肚子的气跑得干干净净。

还有一件事,我一直记在心上。那是秋雨连绵的时候,跟平日一样,我们还是最早到校,愿意两个人在教室里待一会。这一天,我先到,站在教室屋檐下等你。你来了,走到我的跟前,突然扑到我的身上,抱住我,两个大眼睛盯着我,马上你放开了手,没有说话,走进教室。我愣住了,心想大概下过雨砖地长了青苔,你差一点滑倒才抱住我。是的,是这么回事,你是我的弟弟嘛,抱抱我有什么关系。当然,当着别人的面,会难为情。后来,我们都没有再提这件事,但是我常常想起它。六十年了,至今想起来,好像是昨天的事情。

初小毕业,我们在小礼堂行了毕业礼,唱张先生刚教会的《毕业歌》,唱到"我们今天是弦歌在一堂",我的鼻子酸了,忍不住掉下眼泪,难道我们再也不能天天在一起!

老师带我们到公园拍照,大家围绕在荷花池边假山,我和你隔着一块石头靠在一起,看起来还是紧挨着。我和你只合照过这一张相片,经过战火,却没能够留下来,永远遗憾!

下面,我要写到伤心的一页。我从来没有对你讲过,不讲你也知道,你也伤心。

我头一回上你家,见到你父母,恭恭敬敬鞠了个躬。你爸爸看了我一眼,鼻子里哼了一声,没有再理我。我没有放在心上,反正咱俩是好朋友。

后来你告诉我,你爸爸问了你我家的情况。以后我又知道,你爸爸在海关做事,海关归洋人管,在原先英租界。那时候,吃海关、洋行饭高人一等,捧金饭碗。而我家是做小买卖的,他会有什么看法吧。

第二年春天,我的爸爸病死,欠下了一大笔债,店铺给债主们拍卖了,我家成了破落户。终于,你父亲叫你少跟我来往,你没有听,还是把我看作好朋友,甚至更加亲密了,安慰我,鼓励我。我了解你,弟弟,你不是那种人。

可是,我的幼小心灵却因此受到极大的伤害,蒙受屈辱,我发誓再也不进你的家门,我不想再见你的父母,尽管你一再要我去,可我怎么也想不开。

你想尽办法逗我,让我高兴,要我欢欢喜喜跟你在一起,可是我默不作声的时候越来越多。失去了父亲,一家三口人,两老一小:外婆、母亲、我,无以为生,为升学发愁。你说我好像变了个人。是啊,你不知道我心里是什么滋味,弟弟!

跟着来的更大的打击,暑假中你家突然搬走了,人去楼空,邻居说是去了上海。就这样,再也见不着,你仿佛从地球上消失了。以后就是"七七""八·一三",我一个人出外逃难,远走他乡,更是生死茫茫两不知。

我到穆源小学读高小,可是心还留在浙江同乡会小学,还留在靠马路的那间教室里。我常常到学校门口发呆,以为你会从学校里走出来,窗子里会传出你的笑声,喊我的名字。然而,这只能是我的幻想,我在心里一遍又一遍呼唤你:弟弟,我的好弟弟!

一九三六年,在一位老师的引导下,我爱上了文学。我读到一本丽尼的散文集《黄昏之献》,摹仿着也写起散文,老师拿去用"帆涌"的笔名登在《江苏日报》副刊上。现在我还留着这十篇散文,贴在一个本子上,我带着它走过许多地方。

文章写得十分幼稚,但是它记下了我对你的感情,记下了我们相处时曾经有过的欢乐,也记下了我的悲苦与伤感。我用大人的口气,空洞的语言,甚至不大通顺的句子来写,没有人看得懂,弄不清楚在说些什么。我只想宣泄苦闷,一个少年的苦闷。这是"失败之歌""恼人之曲",是"说不出的故事"。我写道:

我曾经爱过一个年幼的孩子,他的名字我忘了,我的记忆已染上了黑色之幕,我恍惚于最深的失望之中。

我为他写过十篇散文,在这十篇散文之中,我已经深深感到人生的渺茫,我的伤感都先有一番热烈的感情。(《说不出的故事》)

开头几篇,我竭力用明亮的色彩、欢愉的调子来写:

乡里故人

我说是美丽的小鸟,才比得上他的活泼,驯良的小绵羊,才够得上他的温柔。

我说是小鸟,你比小鸟还可爱。我说是绵羊,你比绵羊更疼人。小斐斯弟弟。你低低地吹那支琴,我被你的音乐所沉醉。(《小斐斯弟弟》)

我将要带你到最乐的园子里,你把这朵花的名字记住,把它放到怀里。

你睡在正甜的梦中,做美丽的梦,比世上任何的梦都美丽。(《梦》)

以后,我将要永远带着你,带着你,你拉紧了我的手,我也拉紧了你的手。(《一封未发的信》)

唱春天快乐的歌,你们已经睡在春之乐园里了吧?

我们的春天,你们的春天,大家的春天。我们正躺着和春天谈天,你听。(《春曲》)

在受了屈辱之后,我满腔悲愤,我不甘心,我要大声叫喊:

梦,我爱梦,我尤其爱第一次记忆中的梦。

梦中,高山托在我掌心毫不吃力,把滔滔的大水转回了东流的方向。我放下大山,压倒我讨厌的许多东西。大海在我的指引下,冲撞更多的岩石。(《梦》)

大海,我愿意赶程,在你的怀抱里。大海,咆哮吧!世俗所不能见到的狂吼,终于在海上见到,如山倒地崩之海啸,比平静无波有趣。

海给我太刺激了,我愿意做船手,划我俩于大海之上。(《我要做船手》)

可是,命运是残酷的,现实告诉我,无能为力,我是柔弱的,就像一株小草,我叹息,伤感:

二月的蓝天,流过一朵白云,接着又跟上来一朵。我向流云低诉旅人的悲哀,旅人啊,你只想放歌,你的歌喉却嘶哑了。(《旅人的心》)

天上,我默数着一粒、两粒、三粒……晨星。
朋友,我失掉了记忆之花,他在我记忆中失掉了。
我仍然寻找,可是我见到前程的迷茫。
天上,我默数着一粒、两粒、三粒……晨星。(《寻找之曲》)

这一扇封闭着的破窗,我将要尽我全身的力量打碎它,让可爱的阳光洒到我身上。终究我是失望了,我的巨掌已失掉力量。

记不清是春天还是秋天,我踏在荒凉的山头。我隐隐听到有人叫我的名字,我掉过头,才看清是一个老早认识的朋友,但我叫不出他的名字,我愣住了。好一会才将步子移到他的面前,但他已经走失。一幅黑暗的画,张在我的面前,只看到那画上是一块浓重的墨色,压住我的心,使得我昏沉,失去了知觉。我终究推不开这幅画,我永久沉没在这黑色的画面之中。(《说不出的故事》)

弟弟,我抄录这些童年写的不成样子的文字,是想让你知道,自你走后,或者说我失去你之后,做过什么样的噩梦,陷在多大的痛苦之中。别人看了,也许会好笑,觉得做作,无病呻吟,而你是看得懂的。我只想对弟弟诉说衷情,弟弟,请倾听我的心曲!

十多年前,看电影《城南旧事》,影片中的那个女孩子,小英子,从她的穿着,她的模样,可以看到你的身影。那校园,那歌声,"长亭外,古道边,芳草碧连天……"把我带到六十年前,想起那不能忘怀的江南旧事。看完电影,好几天,我恍恍惚惚,心里只有弟弟,我的"小英子"。

如今,我们都已经是七十开外的老人。岁月冲刷,留给我的是一头白发,满额皱纹,背也有点驼了。但是,只要生命之火一天不熄,为你,为我的弟弟,一颗童稚之心永远不会泯灭。

我不知道你是否跟随父母皈依基督教,成为虔诚的信徒。你会为我祈祷,我相信。神定会赐福于你,上帝与你同在,我愿。我希望你生活在幸福之中。

我打青年时候起,接受了无神论。我不信天国有乐园,彼岸是净土,也不信"宗教是精神鸦片烟"的说法。但愿在世上,在崎岖坎坷的人生旅途,人与人以善相待,彼此关怀,互相扶掖。这跟基督教义中的爱心,是否相通?我不是宗教信徒,但我尊重宗教感情,认为那是一种令人起敬的情感。人,光有良知不够,还得有感情,人之可贵在于此。只认得钱,其他漠不关心,可悲又可悯。终极关怀,还是一个值得认真对待的问题,在这方面,人类还处在幼年时期,仍在黑暗之中摸索。我的想法可能过于理性。

弟弟,我终于写完了这封信,了却一桩心愿,可以歇一歇了。

碌碌一生,黄昏来临,最爱唱赵元任先生作的歌:"枯树在冷风里摇,野火在暮色中烧,西天还有些儿残霞,教我如何不想他。"

走入黑夜之前,且到童年往日栖息片刻,在这里呼吸一点清爽的空气,重温旧梦。

什么都没了,只剩下梦,如果梦也没了,那真的悲哀。我要沉醉到你我的梦中。

你的星星
一九九四年,岁暮

邂逅姐姐

因为爱看电影,很意外认识了一位年轻的革命女性;说她是"革命女性",是恰当的。那是一九三八年春天,在汉口。

她大我两岁,比我老气得多,个儿却没有我高,苏州人,大大的眼睛,挺漂亮,说的一口国语(那时没有"普通话"的说法),跟你聊起来,慢声细语,甜得很,看起人来笑眯眯的。

那时我刚到一个出版社当练习生,还不满十六岁。

一天中午吃完饭,收拾干净桌子(那是练习生的事),急急忙忙赶到黄陂路,那里有家电影院,放映苏联电影《无国游民》,是从普希金的一部长诗改编的,讲的吉卜赛人故事。后来看到瞿秋白的译本,译作《茨冈》。诗的开头是这样的:

> 一大群热闹的茨冈
> 沿着柏萨腊比河游荡。
> 他们今天过夜,就在那
> 河上搭起破烂的篷帐。
> 自由自在的,还有天做他们的篷
> 好快乐的过夜,他们的和平的梦。

译得真流畅，一念就上了口，多少年我都背得出。吉卜赛人，也就是通常说的波希米亚人，他们没有祖国，在欧洲，在巴尔干半岛的一些小国家，成群结队，乘着马拖的大篷车，到处流浪，卖艺为生。

还在抗日战争以前上小学的时候，就听老师讲起过苏联电影，说怎么怎么好，其实他并没有看过苏联电影，是从报纸、杂志上看来的。那时，我们看三十年代上海电影，看好莱坞电影，就是看不到苏联电影，因为只在上海放映。

没有想到后来我逃难到汉口，看上了苏联电影。当时武汉是战时的军事、政治、文化中心，苏联空军正在帮助中国。

可是一般市民很少有人看苏联电影，观众多半是知识分子，一场电影能上座四五成就算不错，因此，电影院只安排在中午放映。

我赶到黄陂路，电影院的铁栅栏还没有拉开，只好等着，在马路上踱来踱去。黄陂路不长，是条小马路，中午过往行人稀少，我从这一头踱到那一头，又从那一头踱到这一头。

就在这时候，又来了一个看电影的，是个少女，穿的天蓝色短袖上衣，黑裙子，像是女学生，她也在马路上踱过来踱过去。

两个人交错的时候，互相瞧瞧，她对我笑了一笑，我从小害羞，没有搭理她。

"哗啦"一声，电影院的铁栅栏拉开了，卖票的小窗户也打开了，买票的只有我们两人。

扯了票，走进了有两三百个座位的大厅，还是只有我们两个来得最早的。我拣中间的一排坐下，她坐在离我两三排后面的座位上。

过了一会，我听见她轻轻叫唤：

"小弟弟！坐过来好不好？"

我看电影喜欢靠前坐，不像有些人怕伤眼睛，愿意往后坐，我说：

"你上前面来吧。"

她过来和我坐到了一起：

"你几岁啦?"

"十六。"

"喜欢看电影?"

"嗯。"

"看过些什么电影?"

我就数给她听,大多是三十年代上海的电影。我还告诉她哪些电影是我爱看的,我喜欢电影里的那些小人物,例如《马路天使》里那个吹洋号给人家做广告的小伙子,那个卖唱的小歌女,就连那站在路灯下等客的妓女,我都十分同情。还有只能在夜半时候才能高歌"誓与那封建魔王抗争"的宋丹萍这样的人,我为他的悲惨遭遇流泪。我憎恨那些流氓、军阀、吸血鬼。我还举出不少我喜欢的电影明星……

由电影又扯到演话剧,原来她是战时演剧队的队员,我参加过儿童剧社,也演过话剧,这一来话就更多了,越谈越投合。

就这样,我们在黑暗中,边看边聊。她又详细问了我家庭的情况,读书的情况,怎么来到汉口的。

看完电影,走出电影院,她忽然提出:

"来我们演剧队吧,正缺个小演员。"

我摇摇头:"好不容易有了个吃饭的地方,不想再动。"

"哎呀,小弟弟,我们那里有一群大哥哥、大姐姐,好玩得很。"

我还是摇摇头。说实话,我是喜欢演戏,做过演员梦,现在得挣钱养活自己。对于我,更重要的是想充实自己,我已经没有上学的机会,在出版社可以读点书。一有饭吃,二有书读,我很满意自己的职业。

她还是劝我,我说:

"好吧,让我想一想。"

我给了她地址,就分手了。

没想到,第二天上午,她就从武昌赶到汉口找上门来。

出版社的几个年轻小伙子,看到忽然来了一个漂亮的女孩子找范用,非常惊异,他们从未听我说起过汉口有熟人。

她来找我，还是想拉我去演剧队。我告诉她，还是下不了这个决心，因为我担心演剧队是否能够干下去，我不愿意过流动的生活，只想待在一个地方。我一再解释，无论如何请她原谅。

她失望地走了，再也没有来过。

不久，有人告诉我，她和一位编辑结伴去了延安。这位编辑我见过，在一个周刊编辑部工作，写文艺评论，兼做校对，常常来我们出版社，穿着长袍，左手插在西装裤里，腋下夹着一卷校样。他译了一部苏联人写的理论书，看书名是讲恋爱问题的，其实是用新哲学观点分析家族和婚姻的进化的书，粗心的读者买来看，以为书里面有什么"恋爱经"。五十年后，这位编辑居然成为理论家。

这位革命女性，后来我听说是延安的活跃分子。是的，她是那么热情，对未来充满梦想。一九四二年，何其芳写过一首著名的诗《我为少男少女们歌唱》：

> 轻轻地从我琴弦上
> 失掉了成年的忧伤，
> 我重新变得年轻了，
> 我的血流得很快，
> 对于生活我又充满了梦想，充满了渴望。

那年代，多少少男少女都有一个美丽的梦想，都在忘我地追求。我在重庆读到这首诗，自然而然就想到在遥远的北方的她，我默默地为她祝福，又在内心里感激她。

我想，如果听了她的话，我会走上另一条路去演剧，甚至跟着她去延安，她会不会又成为我的另一个"姐姐"？很可能，不过那只能是革命大姐。而我这个人，用我女儿的话来说，是"小资味"（那是"文革"初期，她一心想当"红卫兵"的时候说的，后来不说了），想改造自己，洗刷这股"味道"，即使有主观意愿，有颗虔诚的心，也会吃力得很，准会磕磕绊绊，得老实承认这一点。

解放以后,听说她在南方,在一个省的文化部门工作,已经是一个资深的领导干部。

"文革"期间,我被关在"牛棚"里,有一天,一位难友说,在小报上看到,她被揪出来了,造反派给她剃了阴阳头,和一位著名的粤剧女演员跪在马路上。

我不敢想象她是否经受得起这种残酷的折磨,这种野蛮的人身侮辱。我也跪过,被强迫跪在操场上,人们以为我会想不开,过不了这一关,会成为"自绝于人的狗屎"。她是个女同志,一个爱体面的人,会怎样想呢?透过窗户,望着蓝天,我的心怎么也平静不下来,上苍啊!

过了六年,"四人帮"终于被押上了审判台,扫进了垃圾堆,真正成了不齿于人类的狗屎。她的老伴调来北京,成为我的上司。我们闲谈,说起汉口的这一段往事,我告诉他,在你之前我早就认识她。多少年来,尤其是"文革"期间,我很怀念她。

不久,她从南方来北京治病,我们见了面,她已经是个满头白发的老大姐,讲起话来,不像从前那么轻快,也不像从前那样总是带着笑容,一句话,在她身上已经找不出丝毫青春气息,像我当年所看到的,所感受到的。

可是,虽然如此,我听得出来,她还是个对自己的信念十分虔诚的革命女性,她说要去瞻仰毛主席纪念堂,了却一桩心愿,我陪她去了纪念堂,这时我感到站在面前的,是一位不折不扣的"革命大姐",在党内,我们有多少这样的大姐啊!

曹孟浪兄告诉我,她在苏州女子师范学校读书时,就参加演剧活动,因为闹学潮被开除,只好跑到上海去,那时才十几岁。

一九二七年北伐时,在反帝反封建斗争中,中国曾经出现一大批叛逆的女性。抗日战争时,在争取民族解放斗争中,又出现了一大批革命女性,我就见过好几位。她们大多饱经风雨,在政治浪潮中沉浮,从无悔意。现在年轻人听了,或许会感到不可理解,但这毕竟是历史事实。难道真的如《路加福音》说的,她们"要努力进窄门"?她们之中有人可能读过屠格

乡里故人　　　　　　　　　　　　　　　　　　　　　　033

涅夫为苏菲亚写的著名诗篇《门槛》,我在年轻时读这篇散文诗,不也激动不已?

两年前,得到消息她去世了。我发了一个唁电,只有一句话:

"亲爱的大姐,感谢您在我年少时给予的鼓励!"

因为写错了地址,电报被退回来,那么,就让它永远留在我的心里吧!

回顾这一代人走过的道路,会有许许多多想法。一场噩梦之后,人们对生活重新拾起希望,然而,我以为更重要的是需要思考,因为要真正在思想上走出噩梦,并不是一件容易的事。

一九九三年八月八日,立秋后一日

[附记]

二〇〇一年,王晓蓝来信,寄来母亲田蔚的照片。来信说:"我姐姐王晓吟一九九四年拿回来一本《随笔》杂志,看了其中您写的《邂逅》一文,才知道您认识我母亲的事。后来我又买了《我爱穆源》,这篇文章也收入在内。从您的文章中可以感受到您是一个重感情念旧的人。我很理解您的感受。感谢您对我母亲的这份怀念之情。我窃想假如您当年参加了演剧队,甚至去了延安……您的小资情调一定会让您在历次运动中大吃苦头的,还是不去较为明智。"

沙老师

家乡来信说,沙老师走了,得的食道癌,从检查发现到辞世,不到两个月,走得突然,走得匆匆。

一九三六年,我从浙江同乡会小学转到穆源小学上五年级。沙名鹿老师(那时叫沙先生)教低年级,他是老师,可是我们俩倒像兄弟,他只大我八岁,才二十一,看上去像个大孩子,我们成了朋友。

使我们接近起来的,是文艺。沙老师房间里有好多文艺书刊。杂志就有《文学》《光明》《中流》《电通》《联华画报》等。还有几种早几年的文学刊物《北斗》《萌芽》《拓荒者》《现代》。这些刊物一下子打开了我的眼界,它们的模样,它们的封面,我至今记得清清楚楚。沙老师让我随便看,还可以带回家。

后来,他不时买一些新书送给我,那是巴金先生主编的"文学丛刊",本子都不怎么厚,有丽尼、陆蠡的散文集,张天翼、陈白尘的短篇创作集。

我生日那天,沙老师送给我一本巴金的《家》,扉页上写着一些勉励的话,一份珍贵的礼物,唯一的一份礼物;这一年我十四岁。

曹禺的《雷雨》,也是沙老师给我看的,那是一本大型文学杂志,是巴金、靳以主编,在北平出版的《文学季刊》。

沙老师认识陈白尘先生。我读了白尘先生的小说和剧本,知道他原

乡里故人　　　　　　　　　　　　　　　　　　　　　　　　　035

名陈征鸿,还有一个笔名"墨沙"。那时,白尘先生从监狱释放出来。打这起,我才知道共产党要坐牢,不明白的是,为什么像共产党这样的好人要坐牢?

由于沙老师的介绍,白尘先生知道我这个爱好文艺的小学生,订了一份《作家》月刊送我。每个月初,我都盼望邮局寄来《作家》。白尘先生还寄来《小说家》月刊,里面有小说家座谈记录,参加座谈的有艾芜、沙汀、萧军、欧阳山、聂绀弩、东平、周文、陈白尘、蒋牧良等作家,说是"给初学写作者一点力量"。

在沙老师指导下,我学写小说。当时,爱读张天翼的小说,学着写了一篇,白尘先生拿到上海的一个刊物发表,写的小学生拒绝用东洋货铅笔,闹出一场教室风波。

沙老师写小说,写散文,在日报副刊发表,笔名"伍是""又名父"。后来他给报纸编《每周文艺》副刊,整整一版,版面仿照天津《大公报》沈从文先生主编的《文艺》副刊。

我也写小说、散文,在这个副刊发表,此外,还在向锦江先生主编的一个副刊发表。沙老师给我起了几个笔名——"范多""汎容""帆涌"。

就这样,我一下子冒出了强烈的创作欲、发表欲,一有时间就写,甚至"开夜车"写。沙老师拿去发表,有稿费可得,虽然不多,但可以用来买几本书。

沙老师还跟报社谈好,出一个刊登儿童作品的副刊《蝌蚪》,推荐我去编。我干得了吗?想试一试。我画了一个刊头,沙老师请人带到南京制锌版。画的一群摇头摆尾的小蝌蚪,配上稚气十足的"蝌蚪"两个字。等到版子做来,"七七"事变发生,这件事搁浅。同时去制版的《苏联版画集》里的一幅高尔基木刻像用上了,登在《每周文艺》沙老师写的文章里,那时高尔基刚去世一年。

我把自己的"作品"贴在洋抄本上,一本小说,一本散文。后来带到汉口,小说那本,舒群先生说要看看,再也没有还我,那时他和丁玲主编《战地》月刊,我们天天见面。散文那本至今还在。昨夜,在灯下翻看纸张发黄的贴报本,又想起当年沙老师怎样给我改稿子。发表这些幼稚作品的日报,经过战火,现在镇江一份也找不到了。

一九三六年,在抗日救亡热潮中,沙老师教我们小学生唱救亡歌曲,组织儿童剧社演话剧。"七七""八·一三"一开仗,带我们上街下乡宣传,排演活报剧,有个控诉日军暴行的活报剧,叫做《扫射》。

小学校长不赞成我们这样抗日,他是国民党员,嫌沙老师"思想左倾",我头一回听说这个,弄不清楚什么叫"左倾"。现在回想,说沙老师"左倾",倒也是。从沙老师平日言谈中,可以听出他向往苏联,崇拜鲁迅、高尔基,反对法西斯独裁。"西安事变"消息传来,他兴奋地告诉我:"老蒋被抓起来了。"有这几条,够左倾的。

有一件事,也可以说明沙老师之"左倾"。有一位在南京读书的大学生杨德时,也组织了个剧社,演出王尔德的《少奶奶的扇子》。我们儿童剧社演出救亡戏剧,跟他们唱对台戏。这位大学生还和几个朋友在南京办了个名为《朝霞》,用颜色纸张印刷的文学刊物,沙老师说那是"象牙塔里的文学"。尽管彼此文艺观点不同,沙老师和杨君私交却很好,是我亲眼看到的。我也认识这位大学生,是个谦恭和善、彬彬有礼的青年。后来听说在上海文化馆工作,"文革"期间被迫害死了。

还有一件事,一九三五年前后,镇江师范有几个学生以"共党嫌疑"罪名被捕,其中一位女生是沙老师的恋人,这是后来他告诉我的,还用了"CP"(共产党)、"CY"(共青团)这两个我从未听说过的名词。至于他与"CP""CY"有无关系,没有说,也不便问,但是明显感受到他的政治倾向。对我这个初懂人事的孩子,他毫不掩饰,表示出一种信任,我不会乱讲。

可以说,在那个污浊的社会,沙老师是一个有着强烈的爱国心,有着新思想,追求进步的青年。我在他的启发和影响之下,开始懂得是与非、爱和恨,因而一踏入社会,就卷进了革命的潮流。在这方面,我把他看作引路人。

沙老师和校长常常为一些问题争论得面红耳赤,但不伤感情。我想,还不能说校长不爱国,他只是不赞成我们的一些做法,怕我们惹出麻烦,让国民党省党部盯上。在他看来，小学生最要紧的是把书读好，抗日救亡，是大人的事。两位老师我都敬重，不过，感情上还是偏向沙老师。我尽可能做到两不误，戏演了，门门功课又拿得下来，都在九十分以上，期终考试总是第一名，黄校长也就没得可说的，认可了我这个"尖子学生"。不过他看到我这个既守本分、又不守本分的学生，摸摸我的头，总要叹口气："唉！"

沙老师爱看电影，镇江来了新电影，便买两张票，带我从城外走到城里大市口电影院去看。看完电影，买四两酱鸭或者干切牛肉，用荷叶托着，再买几个高庄馒头或者半斤侉饼；镇江人叫北方人"侉子"，硬面大饼叫"侉饼"，也就是羌饼，厚厚的一大块。夜晚，我们坐在河滨儿童公园石凳上，边吃边聊。聊看过的电影，谈自己的看法；聊上海正在上演的话剧《钦差大臣》《罗密欧与朱丽叶》，白尘先生写的话剧《太平天国——金田村》我们已经看了剧本。还有非常想看的苏联电影《夏伯阳》《生路》《我们来自喀琅斯塔得》，可是只在上海放映。就这样，仿佛在艺术殿堂中找到了新的天地，我们向往的天地，尽管这种感觉在我还朦胧得很。

那时看过的电影，像《渔光曲》《大路》《都市风光》《十字街头》《压岁钱》《夜半歌声》《天伦》，把我迷住了，我成了个小"影迷"。

我们还学唱电影歌曲，成天挂在嘴上："嘟哩咯嘟，嘟哩咯嘟，贫穷不是从天降，生铁久炼也成钢……""谁愿意做奴隶？谁愿意做马牛……"这些歌太讨人喜爱，沙老师又有个好歌喉。

沙老师去了一趟上海，有一天问我愿不愿意去拍电影？怎么不愿意，拍电影，当小明星！那时，正要拍《迷途的羔羊》，我十四岁，可以演流浪儿。沙老师认识郑君里先生，推荐我去试试镜头。可是，要一个人去上海，有点胆怯，再说，也买不起来回的车票，想是想，只好算了。后来，看到《迷途的羔羊》，小演员葛佐治演得很好，不比黎铿差。我想，如果让我演，保险不如他。

办儿童剧社，沙老师又编剧，又导演，又主持剧务，我们之间的关系就更加密切了，天天在一起，一天不见面，就好像少了什么。

沙老师为剧社请来两位顾问,一位就是郑君里先生,另一位应云卫先生,我们把他俩名字大大地写在海报上,借重他们的名气。其实始终没有见过一面,但我相信两位先生一定支持孩子们演话剧。

暑假,我住到学校里,陪伴沙老师。我家房屋窄小,阴暗潮湿。放了假,整个校园非常清静,成了我的度假胜地。沙老师的房间里,总有一股浓郁的叫人喜欢的文艺气息。我们常常谈到深夜,听他谈作品,谈作家,谈"普罗文学""布尔乔亚文学""烟士披里纯",似懂非懂,还谈普希金为了女人决斗,"罗曼蒂克"得很。可以说,我已经完全沉浸在文艺之中,做起一个又一个文学梦。

沙老师每星期一给我一封长信,写在一种很讲究的印着银色格子的稿纸上,密密麻麻好几页,可以称之为文学书简。信的内容很广泛,从文艺、人生理想到身边琐事。读信成了我最愉快的事情。信上他称我"弟弟",或者"小斐斯"(Face),有二三十封,可惜一封也没能留下来。

自从办了剧社,在省城,人们把我俩看成抗日分子。也就是因为这个,一九三七年十月日本人打来时,我们不得不出外逃难。尽管我是独苗,母亲和外婆也只好叫我快快逃走,好在跟沙老师一块儿走,她们放心。

没想到,上了轮船,沙老师家里追来了,他不得不改变主意,侍奉老母去苏北逃难,把我留在船上,我只好一个人出去闯。十月底,江风吹到身上,已经颇有寒意,心里说不出的凄楚。后来,沙老师还是绕道跋涉到了武汉,跟着又撤退到重庆,结了婚,有了孩子,住在歌乐山,家累很重,生活困难。我虽然在出版社做事,但是薪水只够吃饭零用,无法帮助老师。不久,他又回到镇江;他是孝子,丢不下老母。

在重庆,沙老师又介绍我认识端木蕻良先生。端木先生也鼓励我写小说,几乎是把着手教,是我的又一位文学老师。小说发表了,拿到稿费,约上几个朋友,到小梁子一家叫做"老乡亲"的北方馆子吃了顿水饺,端木先生、沙老师都很高兴。日本空军大轰炸打断了学习写作。至今端木先生还记得这件事,六年前写了首诗赠我,慨叹"范用年甫十六,余曾嘱其从事文艺创作","诗情似水四(五)十年",光阴过得真快啊!前不久去看端

乡里故人　　039

木先生，他还问起沙老师。

五十年代初，沙老师到北京参加儿童文学讨论会。久别重逢，我们到东来顺吃了涮羊肉、牛肉馅饼，这回算是我这个做学生的有机会请老师吃了顿饭。

他后来的情况，我知道得很少，工作忙，很少通信。我想，在那风风雨雨的年代，他一定也坎坷得很，旧社会过来的知识分子，几人过上太平日子？我不想问，也没有勇气问，安慰的话更是多余的。沙老师年轻时憧憬苏联那样的新社会，而且感染过学生，如今会怎么想，我们又怎么聊呢？我是个共产党员，有许多事情，我也感到迷惘不解，说些什么好呢？

这样一位好老师，在学生身上倾注了不少心血，使我在童年就编织起美丽的梦想，渴望走上文学之路。和沙老师相处的日子，成了我一生之中最值得回忆的，怎么能够忘得了。

沙老师七十八岁终于走了，学生永远怀念您，感激您！

愿真主升高您的品级，慈悯您进驻乐园！——沙老师是回族。

一九九三年五月，北京大风之日

五十年前

一九四九年五月下旬上海一解放，我就从三联书店调到军管会新闻出版处，先参加接管，以后在出版室做调研工作。

七月下旬，中宣部出版委员会调我到北平工作。

那时火车尚未畅通，时有蒋帮飞机空袭，车开安徽明光，空袭警报，下车疏散，入夜才开行。我到一农家，买了一只母鸡，请农家当场宰杀，炖了一锅汤，美美地吃了一通。

军管会新闻出版处给了我一份证明书和一份转关系的信。证明书相当于路条，用的军管会信笺，上面写："兹有本处工作人员范用同志赴北平接洽公务，特此证明。"是许觉民写的。觉民能写一手漂亮的毛笔字，后来很多书名、刊名都请他书写，堪称京中一书家。

证明书上贴有我的半身照。当时我已经穿上军管会发的土布军服，佩戴中国人民解放军军章和军管会臂章，但用的照片仍然是穿西服，打领带。

其实，我并不习惯于着西服，纯粹因为解放前在上海工作需要。我穿的这套三件套西服，还是健飞从解放区大连带来的，买的被遣返回国日本侨民的旧衣。

另一份作为组织调动工作转关系的信："本处出版室范用同志，因工作需要,调往北平出版委员会工作,本处可予同意。"徐伯昕同志亲笔写的,盖有名章。伯昕同志是三联书店老领导,时任新闻出版处副处长。

这两份证书,都盖有"上海市军事管制委员会文化教育管理委员会新闻出版处"大章。

现在,这两份证书成为范用的珍贵历史文物。

出版委员会在司法部街,也就是现在人民大会堂所在。主任黄洛峰,我向他报到,他叫来管干部的王钊。王钊劈头问我:吃的什么灶?我不知道如何回答。洛峰交代:中灶。原来食分三等。一等小灶,出版委员会只有主任享有此种待遇。二等中灶,华应申同志和一批中层领导干部吃中灶。一起吃中灶的有程浩飞、王仿子、徐律、朱希等几位老同事,我们又从天南地北聚到一起了。三等是大灶。所谓中灶,只是多一肉菜,主食中灶大灶一样,窝窝头、馒头、二米饭(大米小米混煮,看上去颇似蛋炒饭)。开始,我还不大习惯,参加"三联"以来,从来大伙儿都是吃一样的饭菜。后来知道,种种待遇要讲级别,关系甚大,不可等闲视之。直到现在开会拍照,谁坐谁立,谁前谁后,都有讲究。这一套,你得从不习惯到习惯,直到完全融入,习以为常。有些制度,如供给制,后来也改了。

当天晚上,让我睡在洛峰同志的办公室。半夜铃响,陆定一部长打来电话,中南海夜里办公。我初来乍到,不知道怎么办。为此,出版委员会还挨了陆部长的批评。此后,建立了夜间值班制度。

跟上海完全不一样,北平是个十分安静的城市,给人以单调、严肃的感觉。人到了北平,心还在上海。倒不是想念家小,而是在上海住惯了,留恋那里的文化生活。上海是全国文化中心,有几十家书店、出版社,当惯了福州路"巡阅使",每天都可看到新书杂志,报纸也有好多种。北平,只有一份《人民日报》可看。

睡在帆布床上,心里想,干一个时期再要求调回上海吧。

到北平的头一夜,我就做这个梦。唉!上海啊上海,殊不知就此一去而不还!

第二天,我脱下军服,穿上网球衫,出版委员会的小青年说,来了一个大学生,此人不是老干部。

乡里故人

牙　宝

牙宝是个小姑娘,跟我一样大。

我们住在一条街上——柴炭巷。

她家开印刷店,叫"杨子文石印局",其实只有一台印刷机,是块一面光溜溜的大石板。戏院的戏单,商店的包装纸,就是用红纸、绿纸、黄纸石印的。

石印师傅把文字和图画描在石板上,用油墨辊子滚一滚,放上纸一压,就印成了。站在街上都可以看到怎么印的。

我常常去玩,看师傅印刷。然后,找牙宝玩。

师傅逗我,说"牙宝长大了给你做堂客"。"堂客"就是老婆。

我说:"不要！不要！"我不要老婆,只要牙宝跟我玩。

牙宝死要漂亮,用红油光纸蘸了唾沫抹在嘴唇,血红的。

我跟牙宝玩过家家。还玩娶亲,两个小孩子搭着两个手,算是花轿,牙宝坐在上面,头上盖块手绢。送亲的嘴里唱着,"乌里乌里打！乌里乌里打！"在街上转一圈,就算过了门,嫁了出去。

牙宝后来长大了,跟妈妈学做针线。看到我只是笑一笑,不好意思一起玩了。

小五子

小五子在宴春茶楼打杂,是个老实人,一看那憨厚的样子就知道。

他下了工总来我外婆家,帮外婆做点事。

快过年了,他就来掸尘,擦洗祭祖宗的锡器,擦得干干净净。

他帮外婆做年糕。先把米磨成浆,用洋面口袋装好,把水淋得差不多了,蒸熟放在石臼里捶打。再用刻了花的板子压成一条条的年糕,这就可以送人了。

我小时候,骑在小五子的脖子上,到街上看热闹。

小五子的儿子,跟我一样大,也跟我在一起玩。

抗战胜利第二年,一九四六年,我回到家乡,到宴春茶楼找小五子。

茶楼的人说:"小五子?你找哪一个小五子?他叫什么名字?我们这里有四个小五子。"

我不晓得他姓什么叫什么。

他有个儿子,叫三八子,小时候我们在一起玩。说起三八子,茶楼的人说,那个小五子不在了。

找到了三八子,他跟我一样都老了,亲热得不得了。

我一直很想念小五子。

塾 师

我念过两年私塾,开蒙。

那是个家塾。这家人家是开酱园店的,家里有四五个孩子,请了个先生在家里教学。我家跟这家人是宁波同乡,于是我也进了家塾,陪公子念书。

上学那天,我朝先生拜了三拜,这就算入了学。他拿起笔,给我起了个学名,范鹤镛。这三个字笔画太多,写起来伤脑筋。

念的书,先是《百家姓》《三字经》,然后念《论语》。不讲,光叫念,背熟了就是。

先生桌子上有块厚厚的戒尺,从来没有用来打过学生的手心。有时在桌上拍一下,说一声:"念书!"于是大家摇头晃脑:"子曰!子曰!"

后来教我做对子。先生说:"下雨。"我说:"天热。"先生说:"路滑。"我说:"汗臭。"先生说:"行人少。"我说:"蚊子多。"先生很满意,捻着胡须说:"不错。"

先生上年纪了,一嘴白胡子。父亲每个月请先生吃一回早茶,问:"小伢子学得好不好?"先生总是说:"好!好!"我也陪着吃早茶,吃干丝、肴肉和汤面。

童本喜

童本喜是穆源小学五六年级的同学。

他出过天花,一脸麻子。同学们没有人喊他"麻子"的,因为他为人好,大家敬佩他。

同学之间有了纠纷,要打架,童本喜就来拉架。他说:"不准打,要评理。"于是帮着评理,最后双方口服心服,伸出五个手指:"恼、好、打、骂、吵",随你挑一个。当然挑一个"好",和好如初。

我们在小学,同台演过话剧,演日本菊池宽的《父归》改编的《父子兄弟》。他演父亲,我演儿子。

一九三七年,日本人打来了。我和他逃难到汉口。我投靠亲戚,他流落街头。后来到一个戏班子跑龙套,就是将帅出场时,跑龙套的先举着旗子出来转一圈。

童本喜身无分文,我把家里带出来的几块钱都给了他。

后来,他跟戏班子到长沙去了,再也没有消息。

至今,我很怀念童本喜大哥哥。

最忆儿时吃食

我是个很恋旧的人,倒并非出于九斤老太那种一代不如一代今不如昔的心理,而是童年乐趣,在一个人的一生里,总是难以忘怀。

夏天,端着碗坐在后门口吃晚饭,小巷传来悠长的叫卖声:"五香——烂蚕豆!"一个铜板买一茶杯,不过十一二粒蚕豆。烂蚕豆真是烂极,掉了牙的老太太也能吃。奇怪的是,后来我煮蚕豆,怎么样也煮不到那么烂。

夏天,还有一样爱吃的:凉粉。用铜刨子刨出一条条,盛在小碗里,浇上酱麻油,再放上一点虾皮、榨菜丁,淋上几滴辣油。

再就是糖粥,用红糖煮的,里面有豌豆。卖粥的担子上挂的牌子,上面画了一把茶壶,表示是清真的——回民卖的。买糖粥总要求刮一点锅底那一层粥,似乎更好吃。

回炉干大概只有镇江有得卖,油炸的豆腐干,用黄豆芽汤煮了,卖时用剪子剪开,浇点汤,加一小勺红辣椒糊糊。一九七八年回镇江,还在街上吃过。

此外,煮熟的菱角,公老菱有四个尖尖的角,母老菱两个角。小孩子愿意吃母的,公的菱角扎手。菱放在嘴里轻轻一咬,用手掰开,肉是完整的。咬不得法,肉就要掏出来吃,那就碎了。

有一种叫做"吱嘎嘎"的野生果实,不知道学名叫什么。放在嘴里咬嚼,有一点点甜的汁液,小孩子才吃。

点心有洋糖发糕、京江荠子、香麻酥。发糕是在茶楼里跟小笼包子一块供应,荠子和香麻酥茶食店有得卖。上海人把荠子叫做"老虎脚爪",它的形状有点像老虎踩的脚印。

糖果最普通的是弹子糖,红的绿的黄的,跟打弹子的玻璃球相像。

放学归来,妈妈总要冲一碗放了糖的炒米给我当点心。现在的爆米花,已非儿时味。

在我的童年时代,没有巧克力、冰淇淋,没有汉堡包、奶油派之类,儿童食品都是传统的。如今垂垂老矣,但留在记忆中的吃食,依然叫人留恋。倘若时光能够倒流,让我再过上几天童年的生活多好。

花生·豆腐·蚕豆·茶

花　生

小时候唱歌:"花生米,谁不爱吃,又香又甜又滋味!"黎锦晖明月歌舞团的女孩子们在台上边唱边跳的一首歌。

花生米是大众化食品,那年代两个铜板一包,吃得起。"谁不爱吃",一点不错。

那时候,妈妈洗衣裳,常常从我的口袋里掏出一把花生米皮。我买了花生米,总是放在口袋里,吃一颗掏一颗。就是吃完了忘了把花生米的皮清理掉。小孩子嘛!

花生米有个外号:长生果。油炒花生米江南人叫做"油氽果肉",花生能吃出肉的味道,真是想得出来。油氽花生米撒一点点盐,做喝粥的小菜,挺好。

裹上了白糖浆,就成了糖花生。还有一种鱼皮花生,裹上面粉、糖浆炸的。都是很好吃的零食。

吃花生米,最尴尬的是,吃到最后一颗是坏的,赶快吐掉,真扫兴!

花生米到处有,来自家乡的花生米似乎更有味。去年,母校镇江穆源小学老师——不是当年教我的老师,他们都不在人世了,是现在的年轻老师,带给我花生米。他们问我带些什么给我吃?我说就带点花生米吧。小时候,我常常啃一口烧饼,吃一颗花生米,两样混合在一起嚼,别有味道。

金圣叹临戮叹曰:"杀头至痛也,花生豆腐干同吃,有火腿味。"是编故事。不过好吃倒是真的。

宁波人用盐水煮的花生,叫咸花生。风干了吃,味道更好。

重庆磁器口的椒盐花生出了名的,地方上把它当"拳头产品"。现在塑料袋装,叫做"天府花生",行销全国。

抗战期间,重庆较场口附近有家太乙花生米店,卖的花生吃起来有腐乳味道。七十年了,现在齿间还留香。

一九四九年我调到北京,寒冬深夜胡同传来叫卖声:"半空——多给!"听上去有一种凄凉的感觉。半空大概是花生行里剔出来的瘪壳,其中还残存一星半粒果仁,小贩贱价收购,炒熟了半夜叫卖糊口。

"大跃进"以后,有一个时期花生米忽然难得买到。要到春节,用户口本每人配给半斤。花生米成了奢侈品。过了四五年才逐渐又多了起来,仿佛从天上回到人间。

季羡林先生每天都要吃十几二十粒花生米,九十多岁了,是不是跟这有关,值得探讨。

用花生酱涂面包,比黄油好。郁风、苗子两老早餐就是这吃法,活得有滋有味。老年同志不妨效法一试。祝您长寿!

豆 腐

我的老家镇江有句俗话:"大鱼大肉吃不惯,青菜豆腐保平安。"大鱼大肉会吃不惯?自我解嘲而已,只要有钱吃得起,还是吃得惯的。青菜豆腐吃了确实有益于健康,尤其是豆腐,含蛋白质,对人是好东西。

豆腐的吃法很多,最简易的是撒一点盐,加上一点葱花,也就是俗话说的:"小葱拌豆腐,一青(清)二白。"江南人常常用来喝粥过早饭。如果用香椿拌豆腐,那就讲究一点了。

乡里故人

儿时十分爱吃豆腐脑。小铲子浅浅地舀一碗,撒上榨菜丁、紫菜、蒜泥,浇一点酱油,再滴几滴红红的辣椒油,好吃。现在北京早晨仍有豆腐脑供应,浇头是金针芡粉汁,不够清爽。

冻豆腐和白菜、粉丝一起用来吃火锅,也可以和红烧肉一起煮。过去上海早晨摊子上卖油豆腐线粉,不知道现在可还有?镇江下午街头巷尾有卖回炉干的,豆腐是油炸过的,汤是黄豆芽煮的,豆腐用剪刀剪开,浇上一点汤,一点辣酱,亦可谓美食。八九年前回镇江,还在街前吃到过。

锅塌豆腐就讲究了。豆腐切成方块,裹上鸡蛋汁,再裹上一层芡粉,下锅炸成两面焦取出再浇上酱油、料酒等调味汁,略为煮一煮,别有滋味。

豆腐干下酒,再好没有。我的家乡傍晚提篮叫卖"香干!臭干!"还有用酱油煮过的形同檀香木的酱油干,以安徽界首酱干为最佳。

抗战期间在重庆,七星岗武库街(今民生路)之间有家铺子卖豆花,我常去,买一碗豆花,一碗米饭(重庆人叫"冒儿头"),来碟调料,吃得挺香。早几年,北京西单开了个豆花饭庄,豆花是用鸡汤、蘑菇煮的,已非旧时味,由大众化变为高档化了。

酱豆腐北京王致和的最有名,尤其是臭豆腐,真是闻闻是臭的吃吃是香的。传说慈禧太后吃了赞不绝口,成了御膳食品,从此,王致和臭豆腐出了名。某年在五七干校,我托军代表从北京带回一瓶臭豆腐,他在半路上以为食品变质,统统倒掉,把瓶子洗得干干净净带给我,叫我哭笑不得。

上海人寻开心,叫做"吃豆腐"。大概是拣软的欺的意思。

瞿秋白视死如归,据说在最后的时刻说过:"中国豆腐天下第一。"

蚕 豆

老来成了"无齿之徒",心里的失落感,莫过于不能吃炒蚕豆了。北京人叫做"铁豆",形容其坚硬。

蚕豆花生,穷乡僻壤的小店都有得卖。小时候口袋里有几个铜板,我多半买炒蚕豆,因为比花生便宜一点。买来放在口袋里,不时摸一颗放在嘴里,用牙齿咬碎,再慢慢细嚼。还给要好的小伙伴几颗,共同享受,以示亲热。

炒蚕豆搁点油,撒点盐,可以用来配稀饭。

煮烂的蚕豆也很好吃。六十多年前,每到吃晚饭时,小巷里传来烂蚕豆的叫卖声:"五香——烂蚕豆!"一个铜板一茶杯,用报纸托起。

老家浙江镇海,盐水泡过的蚕豆用沙炒熟,吃起来是酥的。那里的人叫做"倭豆"。为什么叫"倭豆"? 不明白。

老家屋后有一片蚕豆地,小孩子喜欢背着大人到地里偷吃生蚕豆,是件乐事。

外婆把蚕豆煮熟,用线穿起,挂在我的脖子上,好像佛珠。这种吃法现在大概没有了,不像我们小时候,现在好吃的东西太多,谁还稀罕蚕豆。

炒货店卖油炸开花豆,现在市场里还有,塑料袋装的,不好吃,今不如昔。

上海高长兴、言茂源酒店,吃老酒有发芽豆供应,煮烂的蚕豆。酒客美其名曰"独脚蟹"。

孔乙己在咸亨酒店吃的茴香豆,是半烂半干的。上海城隍庙的五香豆是烘干的,硬邦邦,不及孔乙己吃的好吃。不过五香豆那种甜蜜蜜的香味,还有点意思。

四川的辣酱,用蚕豆做的,味道很鲜,用来烧菜,是很好的佐料。

我爱吃咸菜豆瓣汤,现在还常吃。大概因为我的父亲是宁波人。"宁波人三天不吃咸菜会得脚气病",说得那么可怕。

愿今夜做个好梦,跟邻家的孩子到地里偷吃生蚕豆。

茶

我嗜茶,情有独钟。可乐之类,一无好感。只是小时所喝正广和汽水,味道好极了。那时还不懂得喝茶。

喝茶的嗜好,是外婆培养的。她老人家每天都要泡一大壶茶,放在一个包着棉套的茶焐子里,叫做茶卤。喝的时候用杯子倒一点,兑上开水。茶卤很浓很浓兑上水也还是苦的,但这苦味却给舌头味蕾带来了快感。

这一生,喝了不少茶,什么茶都喝,不讲究。绿茶、红茶、沱茶、龙井、毛尖、香片、铁观音、碧螺春,凡茶皆好。甚至小时候店铺门口的施茶也喜欢,用长柄竹舀子从大茶缸里舀一勺,咕嘟咕嘟下肚。茶是大叶子泡的,大概是最便宜的茶。现在北京前门还有大碗茶供应,性质相仿。

　　北京人爱喝花茶,我以为不可取,茶原有清香,掺了茉莉花,味就走样了。杭州人讲究吃龙井虾仁,茶和虾仁,弗搭界也不可取。茶叶加五香大料煮蛋,倒是可以的。

　　酒须陈,茶贵新。有一年在苏州东山喝到新采的碧螺春,确实好。

　　品茗是雅人的事情。《红楼梦》妙玉妙论:"一杯为品,二杯即是解渴的蠢物,三杯便是饮牛饮骡了。"如此说来,我辈只能是蠢物。

　　闽粤人喝功夫茶,紫砂小壶放大半壶茶叶,先看主人"表演":濯器、炽炭、注水、淋壶、筛茶。最多喝三小杯,茶汁极酽。云南人烤茶,用特制的砂罐在炭火上炒茶叶,然后注入清水,汁也很酽。喝这两种茶,都需要炭火。

　　日本有茶道,无酒道、咖啡道。茶道文明,武士道野蛮,南辕北辙。茶道也是"表演",品茶时客人还须啧啧称赞茶具。他们把茶叶碾成细末,冲出来的茶汁还用一把细刷搅弄,其味可想而知。

　　英国人亦嗜茶,喝"立顿"红茶,兑牛奶,如喝咖啡。我喝红茶喜爱加糖。

　　十八世纪英国柴斯特顿勋爵曾写道:"尽管茶来自东方,它毕竟是绅士气味的。而可可则是个痞子,一头粗野的野兽。"

　　湖畔诗人柯勒律治(1875—1912)尝喟:"为了喝到茶而感谢上帝!没有茶的世界真难以想象——那可怎么活呀!我幸而生在有了茶之后的世界。"

喝　酒

我喝酒,跟外婆有关。外婆是绍兴人,随外公到镇江,浙江同乡常在晚间来外婆家喝酒聊天,谈家乡事,他们多是手艺人,银楼的、咸货店的、锡箔庄的。喝的绍兴黄酒。我还抱在手上时,他们用筷子蘸点酒抹在我的嘴唇上,于是上了瘾。后来外婆做起酒生意,从绍兴贩黄酒到镇江,卖给同乡,半年结一次酒账。

我父亲不会喝酒,来了客人由我替他喝酒。下酒菜发芽豆、咸花生,最多剥个松花蛋。

到现在,我算是有了七十多年的"酒龄",每天都得倒一杯黄酒自酌,上海人说的"小乐为"。

我的外孙女写过一篇文章,说我"做什么事情都快,就是喝起酒来,慢慢的"。确实如此。我从来不跟人干杯。酒得一口一口地喝,如果不在舌头上打个滚就咽下去,未免糟蹋了酒。喝醉了酒不仅失态,而且有伤身体。

我一生只醉过一回酒,那是一九四一年,在重庆传来"皖南事变"的消息,心情悲愤到极点,跟一位同事借酒浇愁,一碗一碗地喝,结果烂醉如泥,大骂国民党。同事怕声音传出去,用棉被把窗户挡住。这次我挨了批评。此后我再也不敢放肆喝酒,并也没有醉过。

三年困难时期根本买不到酒,偶然在药店里发现一种治骨痛牙痛的广东冯了性药酒,于是喝这个,聊以过瘾。

　　四十年代在上海,常常一个人到小酒店要碗五加皮酒。那酒雪雪红,甜迷迷,略带药味。喝完了,在酒店门口摊子上来碗油豆腐线粉,算是一顿。不知道现在上海还有没有五加皮酒,还想再喝喝。

　　现在,烈性酒不喝了,只喝黄酒、白兰地,每天一盅。我是如鲁迅先生笔下范爱农那样的"小酒人"也。

我爱唱歌

老妻先我而去，独守空巢，少了个说话的人，久而久之，感到舌头有点不大灵活。可以打电话跟朋友们聊天，但我舍不得花电话费。想了两个办法：一是吟诵《唐诗三百首》和《古文观止》中的名篇，如白居易的《琵琶行》、陶渊明的《归去来兮辞》，再就是唱歌，我爱唱歌。

七十年前，我上小学十分开心，因为有唱游课，不仅唱，还要表演。唱黎锦晖作的《麻雀与小孩》《小小画家》。

那时，每星期一开周会，要唱《总理纪念歌》，放学唱《夕歌》："落日向西垂，同学们，课毕放学归。父母望儿归，一路上切莫徘徊。"

有三首歌我很爱唱。一首是李叔同用美国奥特威的曲子填词的《送别》："长亭外、古道边，芳草碧连天……"一首是《踏雪寻梅》："雪霁天晴朗，腊梅处处香。骑驴灞桥过，铃儿响叮当！"还有一首是赵元任、刘半农的《教我如何不想她》。

后来看电影，又学会了许多歌：《渔光曲》《大路歌》《开路先锋》《十字街头》《夜半歌声》，后一首歌的作者是田汉和冼星海。周璇在电影里唱的《四季歌》，十分动听。

还学会了几首苏联歌曲：《祖国进行曲》《少年先锋队歌》。那时唱苏联歌曲，是向往光明。

抗战期间,唱的歌就多了。唱《松花江上》,唱《歌八百壮士》《太行山上》。后两首桂涛声作词。那时我在出版社当练习生,桂涛声住在出版社,我们叫他"阿桂"。他写了词,冼星海谱曲,拿回来先叫我唱给他听。我还参加了"海星歌咏团",冼星海教歌。

我会唱的歌不下上千首。时下的流行歌曲,我不会唱,只爱唱乔羽、谷建芬作的《思念》:"你从哪里来,我的朋友,好像一只蝴蝶,飞进我的窗口,不知能作几日停留?"挚友李黎时常从美国回来探亲,"好像一只蝴蝶"。我越洋从电话里唱这首歌给她听。

我的书架上,最早出版的一本是民国二十六年上海出版的《民族呼声集》,编者何光山(周巍峙)。有一年周巍峙见到要了去,他复印一本给我保存。

最近买到的两本歌集,一本是王健编的《记得当时年纪小》,一本是钟立民编的《难忘的旋律——献给老朋友的歌》。

唱歌吧,老年朋友们!正如一首歌里唱的:

唱歌使我们年轻又活泼!
唱歌使我们大伙儿都快乐!

茶 馆

在电视里看到一个节目:《田记茶馆》,招牌是诗人邵燕祥写的。打电话问燕祥田记茶馆坐落何处,燕祥来信说:"田记茶馆原在东内大街路北,整顿市容后迁往东直门地铁车站后面。刘岚山老友健在时,我们常在此茶叙。一九九六年秋我曾有一诗题田记茶馆:'车尘汗雨觅瓜棚,安得清风胁下生(陆羽《茶经》谓饮茶后胁下生清风)。多谢一壶茶当酒,西窗不觉夕阳红。'那位老掌柜田启隆八十有六矣,但精神不错。"

我喜坐茶馆,竟不知北京还有田记这样老式茶馆。

七十多年前,镇江外婆家隔壁是家大茶楼——天源楼。每日清晨即有一批茶客来此,谈生意,讲斤头(吃讲茶)。也有沉默不语独自喝闷头茶的。穿行在茶桌之间的,除了冲茶水的师傅,还有算命的、卖香烟的。

镇江人的习惯,早上皮包水,晚上水包皮。外地来了客人,要请吃早茶,不光是喝茶,还要吃点心、小笼包子、干丝、肴肉。最有名的是宴春茶楼,至今还开着。

下午也有吃茶的,多半是贩夫,做完了买卖,在此歇歇脚,点钞票。

到晚上,茶楼成了清唱之处。妓院老鸨领了姑娘来这里卖唱。点的汽油灯,亮极了。那些姑娘只有十几岁,嘴唇抹得猩猩红,不晓得这些姑娘哪里来的,人说多半来自江北(苏北),有的是拐骗来的。

小时候上私塾,父亲每个月要请塾师吃顿早茶,问先生:"小孩子怎么样?"塾师频频点头:"好哩!不错!"我很开心,倒不是因为先生说我好,而是有包子、肴肉可吃。六十年后我还做过梦,跟父亲吃茶。

抗战期间在重庆,有时星期天一个人坐茶馆,泡碗沱茶听茶客摆龙门阵。国泰电影院对门有家茶馆,墙上贴着"莫谈国事"。当时大后方流行一首《茶馆小调》,歌中唱道:"晚风吹来天气燥啊,东街的茶馆真热闹。楼上楼下客满座啊。有的谈天有的吵;有的苦恼有的笑;有的谈国事啊,有的发牢骚。只有那,茶馆的老板胆子小,走上前来,细声细语说得妙:'诸位先生!生意承关照,国事的意见,千万少发表。谈起了国事,容易发牢骚,引起了麻烦你我都糟糕。说不定,一个命令你的差使就撤掉,我这小小的茶馆,贴上大封条。撤了你的差使不要紧,还得请你坐监牢。'"咖啡馆里谈天要轻声慢语,中国式的茶馆,非得闹哄哄的才好。

有一年,曾经在成都望江楼公园茶馆喝过一回茶。茶馆开在竹林内,有竹躺椅。泡上一杯,幺师用长嘴铜壶续水,碗满而滴水不漏。在成都茶馆见过一副对联:"四大皆空坐片刻,无分你我;两头是路吃一碗,各奔东西。"倒也贴切。

苏州曲园茶社,是清静所在,听不见喧闹。人说苏州人吵架都好听。

我总觉得时下的茶馆多属于非平民化的阳春白雪,其相对不菲的消费水准,把消费者挡在门外,使得不少茶客怀念那种具有大众化、平民化的茶馆。记不清哪一年,北京前门开了一家老舍茶馆,去了一回,不敢领教。一杯茶几碟茶点,没有二十块钱下不来,不如田记茶馆,跟老舍《茶馆》完全弗搭界。我所住的小区,有家一品茶艺馆,也是属于高消费,冷冷清清。

第二辑 衡宇相望

一个小学生的怀念

白尘老师！您离开我们就要一年了。在这期间，怀着悲痛的心情，我又读了您的文集、剧作集和尚未结集的回忆录，还有您给我的几十封书信（您的信，哪怕一封短简，都写得端端正正，一笔不苟），回忆起许多往事，无尽地思念。

跟您在一起的时候，十分开心，您讲话总是那么风趣，跟您的文章一样。您的剧本，尤其是喜剧、讽刺剧，每每引起观众大笑，或者会心的微笑，笑和泪混合到一起。在这方面，您也称得上是语言大师。

在您跟前，我感到十分亲切温暖。一九三六年十四岁那年，我头一回见到您，就跟我开玩笑："啃！小把戏，像个小姑娘。"本来嘛，小孩子在陌生的大人面前，免不了有点儿腼腆。不过这一来，我的紧张心理消失了。加上您说话带苏北口音，我这个镇江人听起来，更亲切。

那时候，我还不知道什么叫"作家"，只晓得您是一位有学问的先生。听说您坐过牢，我好奇，从未见过"共党分子"，想看看是什么样子。

当然，我不好意思问什么。您倒问我：喜欢玩吗？打不打架？爱看书吗？看些什么书？还问：喜不喜欢看戏、看电影、唱歌？就像老熟人，一点没有大人架子。

我一五一十照说。我说，读过您的剧本和小说（后来编在《小魏的江山》《曼陀罗集》《茶叶棒子》里）。还说："您是南国社的,叫陈征鸿。"您大为惊奇,睁大了眼睛。其实我是听沙名鹿老师说的,他有一本《南国月刊》,我看了。

那时,我对文明戏已经不感兴趣,演员的夸张动作,"言论正生"长篇开讲,有点受不了。南京国立剧专到镇江演出话剧《狄四娘》《视察专员》（根据果戈理《钦差大臣》改编的）,使我大开眼界,尤其是舞台布景,从未见过。到台上演演戏的想法,在我的头脑里萌生,您大概看出了这一点。还看出我爱看闲书,杂七杂八的书,爱看小说,爱读剧本,送给我一部托尔斯泰的《复活》,是耿济之翻译、商务印书馆出版的,封面上印有"共学社"几个字。这部小说震撼了我幼小的心灵,托尔斯泰的人道主义思想感染了我,十分同情被侮辱被损害的玛丝洛娃,为她流了不少眼泪,我憎恨那个虚伪的贵族地主少爷聂赫留道夫。一九三七年冬天,我逃难都带着老师送我的这部小说。

您回到上海,订了一份《作家》月刊给我看,还寄来鲁迅先生主办的刊物《海燕》。有一本《小说家》月刊,也是您寄给我的,上面有小说家座谈记录,提倡新人创作。这一下我来了劲,不管三七二十一,不问行不行,大胆地写了起来。

我写了一篇题为《教室风波》的短篇小说（准确点说是篇速写）寄给您,不久,在上海的一本刊物上登了出来。如今想不起刊物的名字,是本跟救亡运动有关系的半公开刊物。

那时,国民政府不准讲抗日,我写小学生拒用东洋货铅笔,闹出一场风波。我把校长写成反面人物,其实我的小学校长并不是那种人,是虚构的。我怕校长看到不高兴,产生误会,没有投寄当地日报副刊。

老师！就这样,您不断鼓励我,引导我练习写作,给我打气,可我不是这块料,又不肯下功夫,辜负了您的期望。

演戏我倒蛮有兴趣,大概是觉得好玩吧。沙名鹿老师带领我和同学们组织了一个"镇江儿童剧社",也得到您的鼓励与支持。我们演了三个话剧:《父归》《洋白糖》（洪深、凌鹤等集体创作）,以及您用墨沙笔名发表在《文学》月刊上的《父子兄弟》,演出地点在伯先公园演讲厅。

前年,读您的回忆文章《漂泊年年》,知道早在一九二九年,您和左明、赵铭彝在镇江组织民众剧社,也演过《父归》,而且也是在伯先公园演讲厅。更早,在上海,南国社演出《父归》,您扮演二哥,即菊池宽原作中的新二郎,而我在儿童剧社,也是扮演新二郎。都是巧事。

一九八三年,随阳翰老到四川访问,旅中跟您谈起《父子兄弟》,您告诉我,这个剧本实际上是田汉写的,当时他被捕,刊物不能用田汉的名字发表,才由"墨沙"顶替。怪不得您的剧作集里没有《父子兄弟》,查《田汉文集》,也不见,没有人知道这件事了。

您写信告诉儿童剧社:不要光演大人的戏,小孩子应当演儿童剧。您寄来许幸之的两个儿童剧《古庙钟声》和《最后一课》,还特地写了《一个孩子的梦》独幕剧,在上海出版时前面有一篇长长的《代序——给我的读者》:

亲爱的读者,你今年十几岁?几年级?——我们谈谈好么?——唷!别绷着脸,我们做个朋友吧!告诉你:别当我跟你们老师一样,是个又高又大的大人;来,比比看,我跟你一样高哩!今年,我小学还没毕业呐!来,这儿是我的手,我们握着。

好了,谈吧。——你想读这本《一个孩子的梦》么?慢着,先让我们谈谈。

于是,您就谈心、讲故事那样,跟小朋友谈了许多许多,真有味。末了,您要小朋友:

请你写封信来,我们永远做个朋友。另外,我还预备一件礼物送给你。——我的通信处是:上海,静安寺路,斜桥弄,读书生活出版社转陈白尘收。

我们收到这三个剧本,高兴得跳起来,马上排练,准备暑假演出。没等到这一天,卢沟桥炮声响了,神圣的抗战开始了,儿童剧社改为街头宣传演活报剧,演了《扫射》,好像也是您赶写出来的,是讲日本侵略军在上海屠杀中国老百姓的。

在《一个孩子的梦》这个戏里,小学生高喊出:"打倒日本帝国主义!"(书上只能印成"打倒××帝国主义"。)排练的时候,我们一遍又一遍高呼口号,说不出的痛快,到现在我还想得起来同学们激动的样子。现在年轻人、小朋友难以想象,在"救国有罪"的年代,在公开场合喊这个口号多不容易,你要抗日?哼!你"思想左倾","受共党煽动,危害民国"。沈钧儒、韬奋、李公朴等"七君子",不就因为这个吃官司,关进监牢?

当年,为什么小娃娃演戏,有人愿意掏钱买票看,现在回想起来,可能出于爱国心。儿童剧社演出的收入,全部捐给了傅作义的二十九军,支援绥远抗战。那时,民族存亡之际,老百姓不愿做亡国奴,同仇敌忾,支持救亡运动,何况又是小孩子们的爱国行为。老师之所以给予我们鼓励和支持,可能还有一个原因,希望小演员中有的将来成为大演员,参加到演剧行列中。

有意思的是,下一年,一九三八年,我在汉口找到的饭碗,就是出版《一个孩子的梦》的出版社——读书生活出版社,也就是后来的三联书店,您说巧不巧?这碗饭一直吃到退休。吃这碗饭,有顺心的时候,也有倒霉的时候;有开心的时候,也有苦恼的时候;还有"莫名其'沙'"(我们小孩子的话,您懂得),始终弄不明白"什么是什么"。"曾经深爱过,曾经无奈过","谁能告诉我?"老师!真想跟您谈谈这几十年!

您有了第一个孩子陈晴,特地从上海寄给我一张他的照片,说是我的弟弟,是的,是我的弟弟,尽管后来始终未见过一面。不幸的是,五十年代他在莫斯科学习期间早逝,如果还在,现在也有六十岁了。他的照片我至今保存,师母说,这张照片老师家里都没有。

我告诉别人:陈白尘先生是我的老师,甚为得意,而您也认可了。后来,一九八三年,在成都的一个座谈会上,您当众用四川话说了一句:"范用是我的学生。"阳翰笙、葛一虹、戈宝权、罗荪、凤子先生在座,他们一定奇怪:白尘怎么会有一个干出版工作的学生?我只得也用四川话说:"学文不成,学戏又不成,我这个学生愧对老师,只能说在做人方面没有丢老师的脸。"今天,我要再说一遍,以告慰老师在天之灵。

"等闲白了少年头",如今,我也老了。可是在您的面前,我永远是小学生,一个不及格的学生。您的深情厚爱,学生永久铭记在心!

魂兮归来,白尘老师!

抗战胜利五十周年,乙亥清明

我与丁聪

我怎么认识丁聪的？我是先认识（或者说"看上"）丁聪的画，然后才认识"小丁"这个人。

上世纪三十年代上海有两本很有名的漫画杂志，《时代漫画》和《上海漫画》。那时我还是小学生，就爱看这两本漫画杂志，是个"漫画迷"。

不过，那时候丁聪的漫画并没有给我留下什么印象，他在"漫坛"刚刚出道，甚至还不能说出道。比起叶浅予、张光宇、鲁少飞、汪子美，无论从画的思想，还是画的技巧来说，丁聪还嫩得很。不过倒是记住了"丁聪"这个名字，那时他还没有用"小丁"这个名字。

抗战开始，丁聪跑到香港去了，他在那里发表的作品，我见不到。

一九四六年，吴祖光、丁聪、龚之方办了个刊物《清明》，登了一幅丁聪题为《花街》的漫画。"花街"是成都的红灯区。这是丁聪的一幅杰作。在他的笔下，妓女、老鸨、嫖客，人间地狱，惨不忍睹。直到现在，还历历在目。我打心里说：这幅画了不起，丁聪了不起。

抗战胜利了，这时的丁聪，以无畏无惧的斗士姿态出现在上海出版的进步刊物上。柯灵、唐弢、郑振铎主编的《周报》《民主》，还有《文萃》，几乎每期都有丁聪的作品，其矛头直指独夫民贼蒋介石，毫不隐晦，毫不含糊。凤子主编的《人世间》，每期封面、插图、题头都由丁聪作画。

解放以后我调到北京，丁聪也到了北京，我们还不相识。直到一九五七年大鸣大放，诱使一大批"右派分子"入网，这才有机会与丁聪结识。

　　有一天，在文化部大厅批判右派分子（那时还只是揭发批判），丁聪被作为"二流堂"的一员在座。中午散会，丁聪走进东四青海餐厅吃包子，我尾随其后，坐在一张桌子跟他套近乎。从此，我们算是认识了，进而成为朋友，臭味相投，沆瀣一气。

　　一九七九年办《读书》杂志。要把《读书》办得有特色，我首先想到丁聪。点子之一每期发表一幅丁聪的新作。真是够朋友，从创刊起，丁聪每期都给《读书》画一幅漫画，从不脱期。不仅如此，还给《读书》设计封面，画版式。这样的杂志，可以说没有第二家。就这样，丁聪给《读书》画了二十来年，现在还在画。有时还每期两幅。

　　由此，我们两人来往就更密切了。每个星期丁聪都要大老远由西城到东城，爬楼梯到五楼《读书》编辑部。中午我们两人下小馆子，四小两二锅头两个小炒。我这个人有个怪毛病，点菜同时要两碗米饭，大概是三年困难时期留下的后遗症，总怕没有饭吃。可是喝了酒吃了菜，饭吃不下，又不能退。这时丁聪就要教训我："伟大领袖毛主席教导我们，浪费粮食是犯罪的行为。"然后替我把两碗饭吃下肚。下一回，我照样要两碗米饭，他又照样帮我吃掉。真是屡犯不改，孺子不可教也。

　　丁聪为什么如此善良？是因为有一个好"家长"（夫人沈峻）长期熏陶感化，才培养出一个可爱的小丁。只是小丁不识好歹，有时还要发牢骚讲怪话。他作了一首《十勿起歌》"赠沈家长"。诗曰：

　　冷勿起热勿起，饱勿起饿勿起，咸勿起淡勿起，辣勿起酸勿起，硬勿起软勿起，响勿起轻勿起，累勿起歇勿起，晒勿起轧勿起，省勿起费勿起，捧勿起批勿起。

　　还注明："如有不尽然处，得随时修改补充之。"丁聪胆子不小，天没有变，竟然造反了！

（二〇〇二年三月三十日《新民晚报》）

漫画家与范用

我爱漫画,还是小学生时,就爱上了漫画。

一九九二年漫画家廖冰兄漫写范用:"热恋漫画数十年,地覆天翻情不变,范用兄亦漫画之大情人也。"情人眼里出西施,在我眼中,漫画家胜过西施。

漫画家笔下的范用,神态不一,但都丑中见美,我是他们眼中的西施。

贺友直与我同乡同龄,我们只见过一面,喝过一次黄酒,即成知交。他三次画范用。癸酉年画范用"下海",手持篓,肩负渔网,想来是去捞黄鱼回来做黄鱼羹下酒。又画范用练摊儿,摆地摊卖书,每斤两毛,卖文每千字二十元,还卖画,每尺二千元,其实我一笔都画不出,纯属虚构。

甲戌新正初一,贺先生又画《五柳安居图》赠我。画范用居茅屋,看书喝茶,怡然自得。

乙卯年画了一幅《千杯不多》,范用、徐淦持杯,酒坛打翻在地,醉态可掬。

贺友直有一本画自己的连环画,画自己童年、当学徒、逃难生活。这些情景我都很熟悉,读来令人鼻酸。

黄永玉画范用:"除却沽酒借书外,更无一事扰公卿。"宽袍大袖古人装,"挟书又煽扇,想是喝多了",悬于客厅,供人欣赏。

华君武画范用"过关图"。某年范用自香港归来,过深圳,海关警铃大震。原来范用带了一套不锈钢的烧烤餐具,被误为武器。范用摊开双手,不知所措,虚惊一场。

方成画范用手抱一摞书,腾空而起。此画无标题无说明。一说准是被炒鱿鱼,踢了出来;一说是跟老婆闹翻了,要打脱离,范用说别的都不要,只要书。一说是在书店偷书被发觉逃了出来;又一说可能是抱书仙去,上马克思那里去报到。手中抱的马列经典,以证明自己是好学生。

近日韩羽画范用坐在酒壶中手持一卷:"书癖堪可难扁鹊,酒徒何妨让高阳。"早几年韩羽还赠过范用一画:《金钱豹大战孙悟空》。苗子戏题:"道不比魔高也偏胡闹,真的是归真的,假的难逃一棒,劈头抡露出真形貌。"(调寄《生查子》)

"文革"期间,大字报中有一幅漫画,四人抬轿,坐者刘少奇,范用持哭丧棒,如丧考妣。甚为有趣!作者小王,美编也,我的同事。大革文化命,地翻天覆,见此漫画,却精神一振,情有独钟也。去年我请他重作此画,俾得珍藏传之后世。

青年画家杨平凡画范用,竭尽夸张之能事。我的那本小书《我爱穆源》用作扉页。

此外,叶浅予、鲁少飞、丁聪、苗地、丁午几位漫画家,也都画过范用。

我常常看这批漫画,十分开心,这是范用吗?瞧这德行样子。

(二〇〇二年三月五日《新民晚报》)

衡宇相望成梦忆
——怀念一氓先生

十几年前的一天清晨,李一氓先生派人送来一张便笺:

仲淹左右书两卷奉缴衡宇相望有暇过我一谈知名不具即(原信无标点)

那时李老住在艺华胡同,后门开在北牌坊胡同,汽车可以出入,与我家相距只有几个门牌号,衡宇相望。

这天午睡后即去李老家,闲谈了一个多小时,归来才省悟,原来老人家担心我是否平安无事。那两天,又是游行,又是静坐……我这个人向来怕去人多的地方,一如往常,坐在家里看书喝茶。而老人的关怀,至今想起来,仍然深为感动。

李老有个不小的庭院,种了不少花草树木,有时候去,李老不是在松土浇水,就是在剪枝。我的小院里的竹子、美人蕉、爬墙虎、香椿树,也都是李老让我移植的。还画了图,教我如何把竹根横埋,真是细心周到。

这两个院子连同胡同都早已不复存在,建起了高楼大厦。北京的胡同和院子,越来越少,总有那么一天,只能留在人们的记忆之中了。

李老的书房、客厅、饭厅,给我的印象,用一句话来形容:都恰到好处。窗明几净不用说,室内的陈设,使用的家具,乃至书桌上的文房四宝,都有来历，在在都显出主人的文化涵养。李老在回忆录里曾经说到从父亲那里接受的影响，爱整齐干净：

  习惯于手拿一把鸡毛掸子，什么地方有灰尘，就掸除到什么地方。桌子上有点小摆设，也拿鸡毛掸子横比顺比，力求位置妥当，协调雅观。至于洒扫庭除，就更不用说了。所以我家虽穷，却很整洁。如问我的父亲对我有什么影响？我要说其他的都没有什么影响，只有这一点有相当影响。至今我还是愿意花点功夫把前后左右弄得整整齐齐，窗明几净，才心安理得。

  坐在李老的书房里，听他娓娓细谈，是一种享受。李老参加过北伐、南昌起义，在上海从事地下工作，到苏区后担任过国家保卫局长，编过《红色中华报》。这之后，两万五千里长征北上。到达陕北以后，一度担任过毛泽东的秘书。抗日战争时期，协助叶挺组建新四军。抗日战争胜利后，担任苏皖边区政府主席，皖南事变突围到香港。"文化大革命"期间，受"四人帮"迫害，关进秦城监狱，长达六年之久。至于字画、古董、版本，更有得谈。真是"听君一夕谈，胜读十年书"，可谓人生快事。李老对我说："你随时来，不用通报，按一下电铃进来。"就这样，我在李老那里读到这么一部大"书"。

  有一次，我随李老坐车回家，遇红灯。李老告诉我：在上海做地下工作时，中央给了他一千块钱，买一辆二手旧货汽车，同时学好开车。车上坐什么人，还是放上个什么东西，不必问，送到完成任务就是。李老说，直到现在坐车遇到红灯，还会习惯性地用脚踩一下刹车。

  我请李老写部回忆录。写下来让后人知道。李老动笔写了，我成了第一个读者，每写完一章，我去取，或者他派人送来。这部回忆录即人民出版社一九九二年出版的《模糊的荧屏》一书。

  我还请求李老将文章、题跋编集交三联书店出版，先后印了两集：《一氓题跋》和《存在集》。李老去世后，又印了一本《存在集续编》。这三本书由我设计版式,正文用四号仿宋体竖排,行距疏朗,比较悦目。封面亦由我(叶雨)设计,用李老的印章组成。是我比较满意的经手出版的书。李老诗词《击楫集》,一九八七年亲自编完,到一九九五年才由中华书局出版。

有两件事我难以忘怀。

一是李老知道我在编潘汉年纪念集,特地抄了三首潘汉年的诗送来。这三首诗原来发表于一九四三年淮北《拂晓报》。一首是《梦游玄武湖》:

　　紫金山下看清秋,鼙鼓声中访莫愁。
　　断壁残垣增惆怅,丑奴未灭不堪游。

一首为《步前韵》:

　　栖霞夜雨秣陵秋,旧日山河故国愁。
　　遥拜中山魂欲断,低头潜入白门游。

还有一首是《探海东同志病》:

　　劲绿成荫曲径幽,门前一湾小溪流。
　　沉疴不起经三载,髀肉重生已白头。

二是主动给《读书》杂志写稿,以"一氓读书"栏目,先后寄来六篇稿子,即后来编印在《存在集续编》中的六篇"读书札记"。李老写这组文章,意在提倡一种文风,反对写文章"言必称希腊(马列)",摘引马列词句,而是用马克思主义的观点写作。

李老雅好词曲研究,所藏历代词别集、总集甚多,书房里有一排书架全是词集,尝手编《花间集校》,择宋、明、清善本,详参互校。所收藏的词集,后来全部捐献给公家,有一部分捐赠杜甫草堂。又喜搜集古代木刻版画,传刻优秀作品,先后选印了《明陈洪绶水浒叶子》、明清《西湖十景》版画集;据康熙本《御制避暑山庄诗》,选其中三十六幅精美插图,编为《避暑山庄三十六景》一书。此外,还编印了一本《明清人游黄山记钞》,书前李老写的序文,论述黄山风景以及明清人的游记。这些书是线装本,古朴雅致,每出一种即见惠,如今成为我最珍贵的藏书。

李老担任国务院古籍整理出版规划小组组长,对收集、整理和出版古籍倾注了大量心血,将古籍整理工作推进到一个新阶段。有一次去,见他手拿一卷刚收到的《大藏经》,喜悦之情,溢于言表。他就古籍整理,写过好几篇专论,从方针到书目、版本选择及校勘,发表过精辟的意见。这几篇文章,都编印在他的文集中。

李老精于食事,尝著文谈谭家菜,谈京、沪、汉、港的四川馆子,连坐落何处都记得,对北京的川菜馆还专门做过调查。

最后,我要介绍李老谈广告的文字。他写过一篇题为《广告·文学·文明》的文章,其中说:

我们的广告制作家可以看看,前人那些广告,上至宋代的《清明上河图》,下到清代末年的桂林轩,都实事求是,遣词命意,还相当文雅,绝无恶俗之气……现在许多广告,特别出现在电视、广播上的,殊嫌浅薄,从形象、声调、语言,都以刻意模仿东洋为能事。模仿得越像,越自鸣得意。偷懒,不动脑筋,人云亦云,只见东洋特色,何来中国特色?还有乱造词句,不知所云,无论和那个商品的外形和内涵都沾不上边,还是喋喋不休。还有不怕脸红,瞎吹"誉满全球",究竟是誉是毁?究竟是全球还是全球的零点三平方米?值得研究……实有必要搞个广告作家训练班,第一门课上《什么是中国》。第二门课上《汉文广告写作大纲》,第一章叫《如何医治不通》,这一章最好请吕叔湘教授讲,因为他在这方面很严格。第三门课上考古学的边缘科学《广告考古学》,看看从甲骨文以来我们祖先对于广告是怎么搞的。第四门课上《鲁迅广告学》,好好阅读、学习、讨论鲁迅为许多书籍出版所写的广告,与其抄东洋,不如抄鲁迅。我们的广告作家把广告写好,还可汇印为文集,也算是文学之一支了。

大声疾呼,用心良苦!
我在出版社工作,写过不少广告文字,看了李老的这番话,不免汗颜。

怀念书友家英

爱书人习相近癖相投，遂为书友，有几位已先我而去，黎澍、唐弢、陈翰伯、田家英。思念之余，不免有寂寞之感。

五十年代初，在人民出版社工作，认识了田家英。他在编《毛泽东选集》，官衔是中华人民共和国主席办公厅副主任，我们称之为"毛办"。

初见田家英，只觉得书生模样，看不出是延安的老干部，毫无官气。还不到三十岁，像个大学毕业生。我说的是四十年代的大学生，某些思想进步的大学生，富有热情，但无浮躁骄矜之气，温文儒雅，谦恭可亲。当然这只是表面印象。有所接触，才逐渐了解家英的才干和为人，虽然他只读过几年中学，但是在长期的革命锻炼中，却成长为政治上走向成熟的干部，"三八"式干部。

我们除工作来往，更多的接触是因为彼此都爱书，或者说都有爱看杂书的癖好。

他的杂有个范围，不外乎清末民国以来的文史著译，包括政治、经济、社会史料。他研究中国近现代史，在延安已经出版了两本有关民国史事的书。是延安有数的"秀才""笔杆子"。

我是什么也谈不上的杂，东翻西看，漫无边际，不问有用没有，"拾到篮里便是菜"。

他在中南海有间大办公室,除了一角放办公桌和沙发,几乎大部分地方摆满了书架。我每回去,谈完公事,他都要领我参观藏书,尤其是新搜求到的书。他有跑旧书店的习惯,常去琉璃厂。出差到上海,必去四马路上海书店,收获甚丰,我看看也过瘾。

家英读书没有框框,不先分什么香花毒草,不以人废言,这大概跟他长期在毛主席身边工作有关,受老人家的影响。有人说毛主席当然读书无禁区,凡人又当别论。我不相信此种高论。我向来认为天下只有读不尽的书,而没有不可读之书。好书坏书读了才知道,信不信是另一码事,不可混淆。同一本书,见仁见智随你的便,书品跟人品没有必然联系。但也有嗜臭者,比如有人只对"此处删去××字"有兴趣,有人却看了作呕。不必担心,自有公论。一本书读了,再听听看看议论更好,七嘴八舌,早晚会水落石出,更上层楼。这也是东翻西看的好处之一。这比封闭起来,只有一家之言好,提倡百家争鸣是自信心的显示。

《海瑞罢官》有人认为"要害是罢官",是为彭德怀翻案。家英读了却说看不出有什么大阴谋。孰是孰非,只有自己读它一遍,才能知道谁胡说八道。家英在这方面一点不含糊,不鹦鹉学舌,人云亦云。

我爱读杂文、散文、笔记,注意到家英收藏周作人、聂绀弩的集子相当齐全,跟我有的相差无几。他说绀弩杂文写得好。

那时周作人的书旧书店有,但内部发行。家英对我说:"你缺少什么,我替你找。"内部售书要凭级别,分几个档次,家英常替毛主席找书,不受限制。我忝为中央一级出版社副总编辑,也还是低档次,有些书连看看的资格都没有。

有时他来出版社,也到我的办公室看书。有一些港台书他未见过,如金雄白的《汪政权的开场与收场》、叶誉虎的《遐庵清秘录》《遐庵谈艺录》、托派出版物《文艺世纪》杂志等,都借去看。

有一部陈凡编的《艺林丛录》,是《大公报·艺林》副刊文章汇编,他很感兴趣,借去看了一两年,几经催索才还来。他在我的藏书印之上加盖了"家英曾阅""家英曾读"印记,这在我,还是头一回碰到。

这部书至今还在我的书橱里,每看到它,心里十分懊悔,家英爱看这部书,为什么不送给他,我太小气。

我们常常议论看过的书、知道的书,读书又谈人,谈文林轶事、古今文网、笔墨官司等等,直言无忌,毫无顾虑。他只大我一岁,生于一九二二,我一九二三。入党也只早我一年,他一九三八,我一九三九。我们是同时代人,有共同语言。他知识面广,有见解,我远不及他。有时看法不尽一致,并没有因为他官大,得听他的。不是有句名言"真理面前人人平等",真理不一定都在官手里。

在家英面前,精神上是平等的。与他相处,有安全感,不用担心有朝一日他会揭发我思想落后。有的人就得防着点,我就碰到这么一位,借我的胡风著作,说要看看,到清算胡风,却说我看了那么多胡风著作,不可能不受影响。我说,读书看报,映入大脑就是影响,难道也有罪过,也得洗脑?

中国历史上的统治者,总是跟读书人过不去,总要在这方面做文章。秦焚书坑儒,明清株连九族,到大革文化命,谁家有几本书会坐卧不宁,甚至可能遭殃。书成了万恶之源,成了祸根,难道教训还不够?

家英不仅买旧书,还醉心搜集有清一代学者的手札、日记、稿本,兴致勃勃地拿出来给我看,并且详作介绍。近人如黄侃、苏曼殊、柳亚子、鲁迅、郁达夫的墨迹,也有收藏。他买到过一本账簿,上面贴满函牍,写信人和收信人都有来头,他一一考证,如数家珍讲给我听。他说解放初期在旧书店乃至冷摊,不难觅得此类故纸,花不了多少钱就可到手。他买回来装裱成册,汇编成书,其乐无穷。

他还买了不少清人墨迹,扇面、条幅、楹联,有心收齐"戊戌六君子"的墨迹,已经有了若干件。他指着壁上邓石如行书"海为龙世界,天是鹤家乡"五言联告诉我,这副对联曾在毛主席那里挂了一些日子。

在实行低工资年代,家英以有限的工资和稿费收购清儒墨迹,不遗余力,不仅装裱,还要外加布套布函。他乐呵呵地告诉我:"我儿子说爸爸的钱都买了大字报。董边(夫人)也说我把布票都花了。"

家英在十几年中收集的藏品约五百家一千五百件。一九八九年北京出版的《书法丛刊》以专号介绍"小莽苍苍斋"藏品，可见一斑。家英说，所有这些将来都要归公，故宫博物院院长吴仲超早就盯上了，说都要收去。我想，家英早已有此打算。

一九六二年，我想办一个大型文摘刊物。家英看到我试编的《新华文萃》样本，要了一本。我说上面没有批准出版。他说："我带回去放在主席桌上，他也许有兴趣翻翻。"这桩事，我一直提心吊胆，怕批评我绕过了中宣部，家英好像不在意。我想他是赞成办这样一个刊物的，否则他不会送给毛主席看。一直到一九七九年出版《新华文摘》，我的这一愿望才实现，而家英弃世已经十四年，我不能送这本刊物给他了。

最后一次见到家英，是一九六六年五月。那时丧钟已响，山雨欲来，黑云压城。我在王府井新华书店唱片门市部，遇到家英和逄先知秘书。我是去抢购"四旧"粤剧《关汉卿》、评弹开篇等唱片。过了几天消息传来，家英面对"四人帮"的迫害，用自己的手结束了生命，终年四十四岁。

后来读了逄先知送我的《毛泽东和他的秘书田家英》一书，方了解家英何以自尽。他在整理毛泽东的讲话时，删去了有关《海瑞罢官》的一段话，关锋告密于"四人帮"，受到王力、戚本禹的迫害，乃不惜以死抗争。

由此我回忆起大约一九六四年或一九六五年去家英处，闲谈中扯到戚本禹的《评李秀成自述》一文，家英很生气地告诉我，在他手下工作的戚本禹，把一封群众来信擅自转给了地方有关组织，会使写信人遭受打击报复，违反了有关的规定。家英把此事交给党小组，用他的话，"要帮助戚本禹认识错误"。他怎么会想到，就是这个小爬虫后来充当"四人帮"的杀手，把他逼上死路。家英心里明白，早晚有一天要搬出中南海，他非常了解毛泽东。令人悲哀的是，家英不是活着走出中南海！

我写这篇小文，除了怀念家英，同时想回答一个问题，广州《书刊报》"书写人生"征文启事说："漫漫人生路，书可能是你的精神食粮，希望爱书的朋友写下最深刻的一点体会。"

我想了一下，我的体会是什么呢？能不能说，读书也是做人的权利：

认识世界之权,调查研究之权,知己知彼之权,无圣人凡人之分。

家英身居高位,我不羡慕,却羡慕他买书方便,读书自由。一九六四年,我奉命组织班子编《蒋介石全集》,在这方面曾经有过一点小小的方便。现在卸磨养老,买不起书,海外书友偶有寄赠,有一部分被邮检没收了,大概怕我沾染毒菌或者营养过剩,有碍健康吧。如果家英还在,知道了会怎么想?

家英说自己"十年京兆一书生,爱书爱字不爱名"。毕生追求光明,竟为黑暗所吞噬。有人说家英书生气太重。在我看来,书生气比乡愿,比八面玲珑可贵。

我怀念书生家英,我的书友!

(一九九三年十月十七日《文汇报·笔会》)

忘不了愈之先生

知道胡愈之先生名字,我还是个小学生。

一九三七年初春,我在镇江五三图书馆借到一本创刊号《月报》。图书馆有位诗人完常白先生,对我很照顾,允许我把这本新到的杂志借回家看三天。

《月报》是本综合性文摘刊物,每期厚达二百五十页,打开目录,就放不下手。在一本杂志里,会有这么多篇文章,有一百多个题目,各门各类都有,分政治、经济、社会、学术、文艺五大栏。

创刊号政治栏有金仲华、胡适、钱俊瑞、顾颉刚的《一九三七年的展望》,杨杰的《现代的战争论》,长江的《百灵庙战役之经过及其教训》,蒋方震的《西安事变目击谈》,冯玉祥、马占山访问记,《西班牙的战争与和平》,《苏联的新政》等文。经济栏有《一九三七年资本主义世界经济的展望》,《一年来的走私与缉私》(当时日本在华北大规模走私),《中国财政的新阶段》等文。社会栏有《苏联的工人》《日本国民性之考察》《广州的"盲妹"》,有关英王爱德华与辛博生夫人婚案、赛金花之一生的评述。学术栏有《什么是现代化》《一年来的科学进步》《新史学》《月球漫游记》等文。文艺栏最丰富,有芦焚、蒋牧良、端木蕻良的小说,朱自清的游记,夏衍的剧本,景宋、许寿裳的回忆鲁迅,以及郭沫若、周作人、朱光潜的近作,还有译文。

各栏每月都有一篇"情报"专稿,涉及国际国内,十分详尽,用现在的说法,信息总汇,从"情报"的编写可以看出编者着实下了很大功夫。

在"参考资料"一栏,创刊号收有国民政府立法院通过的《出版法》和《苏联宪法》。从前者可以看出国民党当局对新闻出版之种种钳制,《出版法》共五十五条,限制和处分占了三十六条,对比《苏联宪法》所揭橥的"言论自由,出版自由,集会,结社,游行,示威之自由",发人思考。那时对"斯大林时期"苏联政治上大清洗的真实情况,无从知道。今天回顾历史,才懂得社会主义法制与社会主义民主,缺一不可。

插说一件事。铲除"四人帮"后,中宣部曾经抓了一下起草《出版法》。在讨论出版局起草的《出版法》的会上,周扬副部长曾经讲了这样的意见:我们的《出版法》,首先是保障人民的权利,其次才是限制。这话有道理。

《月报》还有"漫画一月"一栏,每期都有几十幅中外讽刺漫画作品。《月报》"最后一页",有"读报札记""说说笑笑""游戏征答",更增添了我这个小读者的阅读兴趣。

在创刊号"卷首语"中,编者申明:"创办这么一个综合刊物:把国内外的一切意见、主张、创作、感想、新闻、报道、图画、歌曲、地图、统计表等等,都经过一番选择剪裁,搜集在一本册子里。"可以说《月报》做到了这一点。

《月报》由开明书店出版,社长为夏丏尊,列名编辑的有胡愈之、孙怀仁、胡仲持、邵宗汉、叶圣陶。实际上《月报》的设计和主编者,是胡愈之先生。

昨天,我特地从资料室借来《月报》合订本,翻看了一遍,重温阅读这本刊物的种种感受,当年阅读《月报》,其心情犹如小孩子走进了糖果点心店。尽管有的我看得懂,有的似懂非懂,有的压根儿不懂,却看得津津有味,看得废寝忘食。感谢这本刊物把一个十五岁的少年引进了一个新的天地,大大拓展了我的思想领域和知识领域,从此体会到文摘杂志的好处。

尤其令人难忘的是,那时正是民族危机深重、日本帝国主义大举入侵迫在眉睫,《月报》以大量篇幅刊载有关文章,使国人认识到团结御侮、奋起抗战是唯一的出路。创刊号登了一首施谊(孙师毅)创作的新歌《上起刺刀来》,高唱:"上起刺刀来,弟兄们散开!这是我们的国土,我们不挂免战牌!"激动了我幼小的心灵。以后几期又刊登了电影《十字街头》插曲、《保卫马德里》等歌曲。到《月报》最后一期,刊登的歌曲似乎就是《保卫卢沟桥》。我和同学们都爱唱这些歌曲。

我就是在《月报》的感召之下,迎接神圣抗战的揭幕,迎接大时代的到来(当时流行的用语)。这年冬天我奔武汉,走重庆,投入抗战的洪流。

不要小看一份杂志一本书,有时能够影响人的一生,韬奋先生、愈之先生主编的刊物就是。

抗日战争时期,我在武汉、桂林,很想一见我所仰慕的《月报》创办者、主编者胡愈之先生,没有机会。后来愈之先生去了南洋,相距更远。其间海外东坡,曾一度讹传先生遇难,我很伤心。

没有想到,一九四九年八月我从上海调来北京,十月间就见到了愈之先生,而且天天可以见到,得能亲聆教诲。那时,愈之先生出任出版总署署长,副署长叶圣陶、周建人,也都是我敬仰的前辈,与出版社一个大门,我们就在他们的领导之下。

更没有想到,十月十八日毛主席在中南海颐年堂接见出版工作会议代表,愈之先生拿着名单给主席介绍,我忝在其列,跟主席握手。

可以说都是意外的人生际遇,在那充满希望的年代!

胡署长除了处理公务,同时筹办《新华月报》,仍然是刊物的设计、主编者。《新华月报》创刊于一九四九年十一月,随中华人民共和国的诞生而诞生,聘请作家、学者组成编委会,参加编辑、资料工作的有王子野、臧克家、楼适夷、曹伯韩、傅彬然、翟健雄、李庶、周静、郑曼、金敏之、沈永……他们严肃认真、一丝不苟,缜密细致的作风,给了我深刻的印象,可称之为"胡愈之式作风"。我负责刊物的出版工作,并且参与编排摄影画页和版式设计。早先胡愈之先生主编的《东方杂志》、韬奋先生主编的周刊,都有摄影画页,内容和编排都很出色,如今我可以模仿着编编。我在创刊号封面的左上角添了个国旗上的五星,有同志认为不严肃,后来经过研究,认为没有问题,总算通过,没有作废重印。可我出了一身汗,以为出了纰漏。

公已无言　遗教尚在

一

夏衍先生说,有人为他做过统计,说他写了七百多万字,夏公认为其中可以留下来的,只有一篇《包身工》。这是保守的估计,过谦之辞。

《包身工》是现代中国文学名作,发表以来起过很大的作用,却是事实。

建国以后,中学语文教科书收有节录的《包身工》,现在不知道还有没有,六十年前的教科书是不会有的,那时我是小学生,是在杂志上读到这篇报告文学。

《包身工》发表于一九三六年上海出版的《光明》创刊号。七月学校放暑假,我和十来个小同学搞了个读书会,请沙名鹿老师辅导阅读文学作品,头一篇就是《包身工》。此外,还选了朱自清的《荷塘月色》、高尔基的《海燕》、周作人的《小河》、臧克家的《罪恶的黑手》……

我们学《开明活页文选》,买蜡纸刻印《包身工》,还配了一幅木刻画,同学们拿到手很高兴:啊！我们"出版"的活页文选。

我刻写《包身工》,看到文章所描述的童工女工悲惨生活,流下了眼泪。童工只有十来岁,甚至五六岁。那个害了急性伤寒叫做"芦柴棒"的童工,奄奄一息起不来,大冷天外面刮着寒风,狠心的工头竟然用一盆揩桌子的冷水泼到"芦柴棒"的身上,可怜的小姑娘被这意外的一泼反射地跳了起来,老板娘却狞笑着说:"瞧!还不是假病!好好的会爬起来,一盆冷水就医好了。"看到这里,我也跳了起来,大骂"王八蛋"!

读了《包身工》,我们这些孩子才晓得东洋纱厂工人过的什么样的猪猡生活,"拿摩温"("拿摩温":旧中国上海工厂监工)怎样凶狠,开始懂得什么叫"剥削",什么叫"没锁链的奴隶""血肉的机器"。在这里,"没有光,没有热,没有温情,没有希望——没有法律,没有人道"。所有这些,在我幼小的心灵留下深深的烙印,感到一种说不出的压抑。

当我读到文章末了的这几句话:"梭罗(亨利·大卫·梭罗:美国思想家,著有《华尔腾——林中散记》)警告美国人当心枕木下的尸骸,我也警告某一些人,当心呻吟着的那些纱锭上的冤魂。"我的血液沸腾了。《包身工》是对剥削制度、吃人社会的控诉书,是保障劳动者人权的呼吁书。

因为读了《包身工》,两年以后,一九三八年在汉口读到《共产党宣言》,我这个原本不懂事的孩子,对《宣言》的基本思想和观点,也就比较容易理解和接受,愿意投身到推翻剥削制度的伟大斗争中,走进革命行列。当然,就我来说,当时民族仇恨是主要的,还谈不上有多少阶级觉悟。

三个月前,到八宝山告别夏公,丁聪、沈峻和我三个人,在灵前敬挽一联:

国难国耻国仇百年旧梦《自由魂》
人道人性人格一代文章《包身工》

世纪同龄人夏公,亲历了饱受帝国主义侵略,中国沦为半殖民地,军阀、反动派压迫人民,也亲历了并且参加了中国人民争取解放的斗争,看到中国人民终于站起来了。难忘的一九四九,泪飞堪慰忠魂舞!

然而,振兴中华,把积弱的中国变成现代强国,建设一个幸福富裕公正的新社会,犹任重道远,有待于几代人不懈的努力奋斗。荡除新旧污泥浊水,根除社会丑恶现象,更是艰巨的任务。如今,禁用童工,保障"打工妹""打工仔"权益,解救被拐卖的妇女儿童,解救"垃圾儿童""卖花姑娘",又成为社会公众关心的问题。万千愁绪,重读遗篇,能不感慨!

二

  我作为一个小读者,后来在出版社工作,一直想见到久所敬仰的夏衍先生,抗战期间在重庆、桂林、胜利以后到上海都没有机会。

  一九四九年五月,上海解放,我调到军管会新闻出版处工作,夏公是军管会文教接管委员会副主任(主任陈毅),仍然未能如愿,因为八月我又调离上海到北京工作。

  到五十年代,因电影《武训传》,夏公挨批,调到北京任文化部副部长,人民出版社归文化部管,这才见到夏公,只是在开会的时候,却没有单独接触的机会。

  "文革"以后,出版局接待香港三联书店职工,请夏公接见。早在三十年代,夏公就是生活书店的老朋友,他看到我也在场,问我:"你怎么掺乎到三联来了?"他不知道出版局给了我一个"三联书店总经理"的头衔,专门用来接待海外朋友,在有需要的时候,我就戴上这个纸冠出场。

  打这以后,见夏公的机会多起来,他知道"三联"的事可以找我。他离休以后,虽然每天都有来客,倒有时间跟我谈谈。有一天,夏公亲自打电话告诉我,随时可以去见他,"不必通过'姑奶奶'",盛情可感。"姑奶奶",夏公女儿沈宁的昵称也。沈宁侍奉夏公,日常多由她安排夏公的活动,沈宁出于爱心,夏公却嫌她管得太严。当然,不宜过多打扰夏公,影响老人休息,我还是通过沈宁,约定时间才去。

  夏公窗台上、床上总放着书报杂志,看书比较吃力,得用放大镜,看了用红蓝铅笔在书上画了许多道道。八九十岁高龄,思路清晰,几十年的旧事,谈起来一清二楚,甚至某个细节,时间地点。外面的情况,国际国内,文坛或者社会,知道得很多,而且分析评论。有时还说得很风趣,郁风说她平生最得意的,是个子长得比苗子高,夏公说:"此风不可长。"随手拈来就是。

夏公非常关心出版工作,我向他请教,得益甚多,他也常常指点。带新书好书给他,十分高兴。他提醒我,要给某某、某某作家出书,不要让读者忘记他们;李一氓三十年代在上海写过不少文章,要收集出版;叶灵凤死在海外,留下来的作品可以整理出版。他告诉我,曹聚仁是个自由主义者,独来独往,但是学术渊博而深厚,"比我们强得多",始终爱国,"骨头是硬的,当得起晚节可风的赞誉"。

他认为,团结作家,尊重作家,才能办得好出版社。他笑着对我说:"你哪里是办出版社,我看你是交朋友。"我说:"交朋友是为了出好书,只是我都做得不够。"

有一回,他收到我送去的一本新书,写来一信:

手札及赠书,均收到,谢谢。给罗孚出了书,是一件好事,在大转折大动荡时期,历史常常会捉弄人,有时甚至是很残酷的,我所认识的朋友中,这样蒙受过折磨的人不少,对他们给以友情的慰藉,发挥他们的余热,应该说是"古道可风",甚佩。罗孚回京后,可请他来舍(下)一谈,当然,我并不想了解这件事的底细。严寒已至,望多多珍摄。

是的,要团结作家,何况乎有才能的人,误被历史"捉弄"蒙受折磨的人。就这样,我们做了一点工作,微不足道,夏公立即给予热情的鼓励。夏公关心人,爱护人,不忘做过好事,哪怕是一点点好事的朋友,在有困难的时候伸出援助之手,不是一件两件,夏公才真的"古道可风"!

我们在工作中有所疏忽,出了纰漏,夏公会提出意见,乃至批评。夏公有一封给三联书店的信,措辞之严厉,是我从未见过的:

来信及"合同"均收到,这是我六十年来第一次看到的不平等条约,等于卖身契,我不愿签字,听凭处理可也。合同一份退上,另一份立此存照。

尽管我已经退休,夏公说:"此事与你无干",但这本书是经我的手出版的,没有交代清楚,处理不当,怎么能说与我无干?出版合同应当跟作者商量,切忌一纸通知简单处理。后来知道,有此意见的还有好几位作者。由于夏公当头棒喝,出版社才知道错了,赶快改正补救。正因为夏公一向关心"三联",把"三联"看作自己人,才如此坦直,毫不客气。忠言逆耳,良药苦口,像夏公这样的,能有几人?如今夏公走了,再也听不到他的批评,痛哉!

公已无言,遗教尚在。我想,我的年轻同事会记住夏公的鼓励与批评,学会谨慎谦虚,兢兢业业做好出版工作。作为一个退休老人,在此我恳切寄以希望。

"五四"七十六周年

(一九九五年五月二十七日《大公报》)

怀念胡绳

我十六七岁就读胡绳的著作《新哲学人生观》《辩证法唯物论入门》，那时正醉心于追求新思想，学习新思想，如饥似渴。这两本通俗哲学著作和艾思奇的《大众哲学》，深入浅出，我反复阅读，爱不释手。

胡绳写这两本书时，不过十八岁二十岁，就足以担当青年导师了。

初见胡绳同志，是一九三九年在重庆，他在学田湾生活书店工作，我在武库街读书生活出版社，难得见到。当时我刚入党，有一天陈楚云同志带我到七星岗某处听讲，到的人只有五六个，其中有赵冬垠，他也是读书生活出版社的编辑。在座的还有侯外庐，想来他也是党员。听谁讲，凯丰，那时他在八路军办事处。讲的内容就是后来发表于沈志远主编的《理论与现实》季刊上的《论知识分子》，后来印成了书，在解放区畅销一时，在国统区则成为禁书。

我不知道这一次胡绳对我这个十几岁未脱稚气的孩子留下什么印象。以后，又见过几面，没有深谈，但他对我十分和善，平易近人。

再次见面，是一九四六年在上海。我离开重庆时，组织关系在何其芳处，他告诉我到上海后由胡绳同我联系，但是过了几个月都不见他来。有一天，我在四川路底乘一路电车，在车上见到胡绳，十分高兴，但胡绳立即以目暗示彼此不识，不能交谈。以后得到通知，关系转到冯乃超处，但也未接上。直到一九四八年方学武来,说关系又转到吴克坚处了,这才又过上组织生活。

解放以后,胡绳在出版总署任办公室主任,人民出版社成立,他兼任社长,我在他领导下了,但他并不管出版社的日常工作,由王子野、华应申主持。开会时他来做过几次报告。出版总署和人民出版社同在一处,常常碰到他。

上世纪六十年代初,人民出版社出版他的《帝国主义在中国》《枣下论丛》,接触就多了。他住在史家胡同,与人民出版社及我住处很近,我也就常常去他家走动,请教出书和编辑工作中的问题,得益良多。他爱喝酒,常以茅台酒飨我。那时一瓶茅台八块钱,二锅头才几角钱一斤。他的爱人吴全衡同志在重庆时就认识,一直把我看作小弟弟,还曾经动员我到生活书店去工作,我们叙起旧来,十分高兴。

后来他做的"官"越来越大,不便轻易去打扰他了。当然,去找他是不会遭到拒绝的。

一九九八年秋天,胡绳住院,王仿子约我去看他,他精神很好,谈兴甚浓,将近一个小时谈了许多往事。回来我告诉老伴,我又见到当年的胡绳了。

我还带去一九三九、一九四〇年胡绳用"雍蒲足"笔名写的一组读书随笔《夜读散记》。胡绳看了在上面题字:"范用同志出示五十余年前从我主编的《读书月报》上一些小文章剪集在一起的本子,经历了半个世纪的风云,居然尚存,实属不易。"

没有多久,胡绳寄来一笺《八十自述》。诗中说"四十而惑,惑而不解垂三十载"。四十岁是一九五八年,三十载是到一九八九年,我们过来人都知道其间政治风浪是怎么翻腾的,当时,有谁能说得清楚?提心吊胆过日子,哪里谈得上理解。不少人直到丧生都"惑而不解"。而在胡绳,困惑正是觉醒的开始。

胡绳同志在一九九六年写的《胡绳全书》第二卷引言中有一段肺腑之言:

从一九五七年以后,我越来越感到在我的写作生活中从来没有遇到过的矛盾。似乎我的写作在不是很小程度内是为了适应某种潮流,而不是写出了内心深处的东西。我内心深处究竟有什么,自己并不十分清楚,但我觉得自己的头脑和现行的潮流有所抵牾。现在看来这种矛盾的产生是由于我不适应党在思想理论领域内的"左"的指导思想。但当时我并不能辨识这种"左"的指导思想。正因为我不理解它,所以陷入越深的矛盾。

这一段反思说明,晚年胡绳同志终于由惑而悟而明了,十分可喜,值得赞美。

一九九八年十二月,胡绳到长沙,参加一个"毛泽东、邓小平及马克思主义中国化"理论研讨会,作了发言,随后将发言写成近二万字的专文《毛泽东的新民主主义论再评价》发表,竟遭到某些人的责难和攻击。这是胡绳同志在理论研究方面所做的最后的贡献。我希望对这一问题有兴趣者都能一读此文(后收入《马克思主义与改革开放》文集,由中国社会科学出版社出版)。

胡绳逝世后,吴江在其悼念文章中对胡绳有如下的评价,我以为全面中肯,恰如其分:

> 胡绳虽官阶不低,但非政要,他以理论家、史学家名于时,亦将以近代史著作传于世。但他同时具有深厚的古典文学修养,这一点却很少为人所知。他的学识是多方面的。总的说来,胡绳是善于从理论上思考问题的人,具有思想家的特征。在我们这里,做著名学者易,做思想家难。做思想家首先要能够把握时代脉搏,洞察历史发展趋势,能站在时代前面谈话立论,而不满足于仅仅以积累的大量知识像玩七巧板似的拼成各种图案以炫耀自己的学说。在以"阶级斗争为纲"的那个时代,在历次批判运动中,胡绳属宽厚派、温和派,尽量

不说过头话，诚如他在给我的信中所说：所论常"未能尽意"，即持相当保留态度之意。这是颇难能可贵的。但胡绳还有其另一方面，即在政治上洁身自好，谨言慎行，处处自我设防，在重大关键时刻或重大问题上易受制于人；不轻越雷池一步，这可能限制了他作为思想家的才能的发挥。但是这种情况到了他的晚年特别是最后几年，却有了惊人的改变——这有他逝世后一个月出版的《马克思主义与改革开放》一书为证。毛泽东《新民主主义论》称得上是马克思主义的发展。如今胡绳同志对资本主义与社会主义的关系这一课题作进一步的探讨，又有新的成果，在社会科学研究方面，作出新的贡献。因此，我们深深怀念胡绳同志，这位杰出的马克思主义理论家。

近读李普《悼胡绳》一文，他认为胡绳一生也有"早年实现自我，中年失去自我，晚年又回归自我"三个阶段，与吴江所说是一个意思。另一篇《忆胡绳》的文章叹曰："古今中外，有几个人到了七十、八十还能反思？""胡绳作为一个八十岁老人，不容易啊！"

我怀念胡绳，更钦慕其为人。

（二〇〇一年五月二十六日《文汇读书周报》）

心里一片宁静
——给宝权兄

去年十二月，宝权夫人来信，嘱我为一本有关宝权兄的文集写点什么。宝权在外国文学研究、翻译以及新闻工作方面的成就，会有人写。我只给宝权写了封信，聊聊往事，叙叙旧情，想来已经念给他听了。未料到上个月宝权即辞世远行。从此幽明相隔，冉也不能相聚把晤，哀哉！痛哉！

日子过得真快，不知不觉，我们两个都老了。俗话说"老掉了牙"，我已经嗑不了瓜子咬不动花生糖。前天看电视《夕阳红》，那里面说高龄分三个年级，那么我是中年级，你是高年级。自我们相识，我一直把你看作兄长，哥。

两年前，我来南京看你，你躺在病床上，除了交谈困难，你的神态跟以前一样。我们的手紧紧地握在一起，心里有多少话要说啊！见到医院的条件很好，有培兰嫂和护士精心照料护理，心里感到宽慰。

你一定记得《西塞罗文录》这本书，梁实秋的译本。西塞罗写这本书时六十五岁，其中《论老年》一文说：

> 现在我决心写一篇文章论老年，贡献给你，因为我愿减轻我们俩共同感到的老年的负担……我很想知道你必能以稳重的聪明的心境

来承受这个负担,如承受其他的负担一般……最令我诧异的,是你从不以老年为厌烦……自然是最好的向导,我奉自然为神明。人生的戏剧的各幕既经自然要为布置,最后一幕大概是不会被忽略的……如树上的果实田间的谷粒,总有成熟的时候,不免要枯萎下坠,此种境界智慧的人便该心平气和的去接受。

年轻时读这几句话,视为隽语。现在重读,心里一片宁静。

我和你订交于抗日战争期间,那是一九三九年在重庆。而早在一九三五年,我就在杂志上看到戈宝权这一名字。那时我还在上小学,级任老师周坚如订有一份杜重远主编的《新生》周刊(那是在韬奋主编的《生活周刊》被国民党查禁以后改换刊名继续出版的),他看我很爱看这份刊物,特地又订了一份给我看。《新生》每一期都有四面影写版时事图片,我很感兴趣。由看图片进而阅读文章。你给《新生》写"名人及名著"专栏,头一篇,介绍英国托马斯·摩尔《乌托邦》一书。当时,我还是一个很幼稚的孩子,读了这篇文章,朦朦胧胧中知道未来的社会"万事平等,无富贵贫贱之分",启发了我的想象。我更感到新奇的是,在那个国家里,"不通用金钱,并且轻视金银,说金银是不名誉的证据,仅用来做便器和锁罪人之用"。文章中描写的摩尔被处死,从容走上断头台的情景,深深印在我的脑海里。啊!宁愿为理想而抛头颅洒热血,令人可敬!

接着,你一篇又一篇介绍苏格拉底、柏拉图、亚里士多德这些智者贤者,使我粗浅地知道他们的思想德行。其后你又介绍荷马及其史诗《奥德赛》,我当故事来看,饶有兴味。

我又读《中学生》杂志上茅盾写的"世界文学名著讲话"专栏,知道《十日谈》《吉河德先生》《哀史》(《悲惨世界》)《战争与和平》等一系列文学名著的故事。当时热心做这种思想、文学媒介启蒙工作的还有郑振铎、胡愈之等几位先生。现在这些名著都已经有译本,但在当时,还只能通过介绍文章知道其大概。经过你们铺设的阶梯,年轻人甚至像我这样的少年读者才能走进文学殿堂观光。你一生好读书,热爱文学,又引导别人读书,热爱文学,在这方面做了不少工作。直到八十年代,还编写了一本讲解《马克思恩格斯选集》中希腊罗马神话典故的读物。这本书是经我的手出版的,一本不到十万字的书,我们俩共同商量设计版式、封面,选配插图。打倒了"四人帮",重新工作,心情特别愉快。在短短的时间内,这本书受到读者欢迎,重印了三次。

战时重庆,我在读书生活出版社工作,你在《新华日报》当编辑。这两个单位都是中国共产党南方局领导的,亲如一家,我的领导黄洛峰跟《新华日报》好多位同道都是旧交,与地下工作时期的同道——熊瑾玎(尊称"熊老板")、章汉夫、许涤新、吴敏、华西园(华岗)、石西民、徐迈进、徐君曼来往频繁,因此,他们也就知道出版社范用这个"小鬼",十分亲切。我和你因为是书迷,更加投合,每次见面,总是谈论书,就此一谈五十年。

在中国新闻史上,有着《新华日报》最光辉的一页。如今,《新华日报》的这些前辈,除了你,都已经不在人世。我之所以写下这一串名字,也是表示我对他们的怀念。他们都十分爱护出版社的我们几个年轻人,至今难忘。

一九三九年五月,重庆遭受敌人的大轰炸,《新华日报》编辑部从市区疏散到化龙桥,几乎每星期你都要进城,那时没有交通工具,来回几十里,全靠步行。读书生活出版社出版《文学月报》,你和罗荪、以群、力扬等担任编委发稿,我校对,跑印刷厂,加上同时出版楚云、冬垠主编的《学习生活》半月刊,真叫人觉得有使不完的劲,都陶醉在工作之中。由于轰炸,经常停电,晚上在油灯下工作,也不感到什么叫做疲累。你除了给《文学月报》写稿,还同时给《学习生活》《读书月报》(胡绳、史枚主编)写稿,是多产作家。

一九四一年皖南事变,按照周公(恩来)的部署,一部分文化人撤离重庆,你去了香港。《文学月报》《学习生活》以及其他刊物,或被查禁,或被迫停刊,在反共政治逆流下,重庆文化界进入萧条时期。一九四二年一月,我也调离重庆。

太平洋战争爆发,日军进攻香港,我在桂林,万分担心你、洛峰和许多朋友的安全,直到你们脱险归来,才放下心。两年后,我经历了湘桂大撤退,也回到重庆,劫后重逢,分外高兴。

这时,重庆的文化工作又重现活跃。你既忙于参加活动,又勤于写作翻译,还担任《新华日报》和《群众》周刊编委,你又处于写作翻译的旺季。

那时出现了一股"罗曼·罗兰热"。在这以前,我曾经从桂林、衡阳、曲江、南昌四地商务印书馆买齐了一套四卷本的《约翰·克里斯朵夫》(傅雷译本)。湘桂大撤退没有丢掉,书到重庆,好多朋友都来借阅。何其芳从延安调到重庆,就向我借这部书,他借书的信,至今我还留着作纪念。我搜集剪辑了一本罗曼·罗兰文章和资料集,你写作发表于《群众》周刊的《罗曼·罗兰生平及其著作和思想》一文,这些资料派上了用场。你给我的信,说《群众》上的那篇专文,差不多就全是靠了它写成的",我很高兴。后来又找到罗曼·罗兰致敬隐渔函,"可惜见到太迟了,不然又可大作文章"。

苏联卫国战争期间,作家们纷纷走上前线,他们写的战地通讯,有不少篇是你日夜赶译登在《新华日报》。其中爱伦堡的通讯传诵一时,后来辑印成两本书:《六月在顿河》和《英雄的斯大林格勒》,周公题写了书名,这两本书你早已没有,我把自己的藏书给你也算是"物归原主"。两本书是跟爱伦堡的巴黎通讯集《不是战争的战争》合订在一起,想来已经随同你的藏书一起捐赠给图书馆。

说到爱伦堡,有一件事我很抱歉,一九四五年日本投降,大家纷纷作东归之计。人好走,书却成了问题,带不走那么多。用你的话说,老婆好办,说走她就跟你走,书走不了。读书生活出版社租到一条木船,由重庆运送图书、纸型去上海。我把你的藏书和我搜集的图书资料,一起托运,不料木船在途中触礁沉入大江。押运的工作人员居然从江中捞起了几包书,在河滩上晒干运到上海。你的书多是俄文书,有的是作者签名送你的,有法捷耶夫、爱伦堡等人。我把从江中捞起为数不多的十几本书送给你,你十分激动,对于一个爱书人,没有比失书更为痛心的了。我不仅没有给你帮上忙,却使你损失了许多珍爱的书,十分抱歉。

一九四六年我也到了上海,你已经有个自己的巢,有了伴侣。这一年除夕就是在你家中过的。点起红烛,喝酒,听音乐;你有不少名曲唱片。西洋音乐我知道得很少。你给《中学生》杂志写"西洋音乐欣赏"专栏,自谦是"门外文谈",我读了倒增长了不少知识,并且由此对西洋音乐产生了兴趣。

解放以后,生活安定了,每个月拿到工资,总要先送几个钱给王府井外文书店,选购一两张音乐唱片(那时只有苏联东欧的,价钱并不便宜)。"文革"期间,我的唱片曾经被小将们抄去展览,作为资产阶级生活方式的罪证。音乐给人们带来快乐,殊不知也会给人带来苦恼,"革命"是如此可怕而又可笑。

你写的"西洋音乐欣赏",第一篇有个动人的标题:《音乐——生命的乳汁》,作为楔子。文章开头,你引用《约翰·克里斯朵夫》末卷中三段谈音乐的文字。这里,我摘抄几句:

> 不朽的音乐,唯有你常在。你是内在的海洋,你是灵魂的深处……像成堆的云雾,灼热的、冰冷的、狂乱的日子,为烦躁不安追逐着的,为任何事物不能固定的,都远远离开你飞逝了。你是独自成为一个世界的。
>
> 音乐,童贞的母亲,在你的纯洁的身体中蓄积着一切的热情……你是超乎恶,超乎善的;凡是在你的身上找到荫庇的人,都生活在时间之外。
>
> 音乐,你曾抚慰过我的灵魂;音乐,你曾使我恢复宁静、坚定与欢乐——恢复了我的爱与我的善……我们缄默着,闭上眼睛,我却从你的眼睛里看到不可思议的光明,我从你缄默的嘴唇上饮到欢笑。于是我便依靠在你的心头,听着永恒的生命的跳动。

接着你写道:

> 的确,音乐是一切语言的语言,是心灵的最伟大的信使,是永生的不朽的。在音乐的优美的和声里,蕴藏着无限的美梦和魅力,当你

的心灵枯竭或是陷入苦痛的深渊时,它同时也能丰富你的心田,给你以狂热的创造的生命力。

在"文革"漫长的黑夜里,在失去自由的日子里,我的心里时常回响着贝多芬、莫扎特、柴可夫斯基、肖邦……的曲子,这是唯一的慰藉,我就会想到你。几十年过去了,在上海的那个夜晚,只剩下温馨的回忆。现在,我还想再听听那老唱片,重温旧日的时光。

在上海,你在塔斯通讯社工作,同时给时代出版社编《苏联文艺》月刊,我保存至今的完整的一套《苏联文艺》,是你按期送给我的。你编辑的《普希金文集》《高尔基研究年刊》《奥斯特洛夫斯基研究》也都一一签名送我。在当时,出版这样大部头的文集,很不容易。我尤其喜爱你翻译的勃洛克的长诗《十二个》,虽然全书不到一百页,却是经你精心设计装帧:方型开本,米色道林纸印正文,橘红色画面纸作封面,外加包书纸。封面上安能科夫所绘插图,是另外用纸贴上去的。包书纸是用咖啡色油墨印的勃洛克画像。书里有六幅插图,还有一张作者的原稿手迹,内封面绿黑两色套印,十分雅致,你在上面写了三行蝇头小字:"小范兄惠存,译者谨赠,一九四六年六月二日于上海。"正文之前附有温克罗夫的《俄国文学巨匠亚历山大·勃洛克》,书后有季莫菲耶夫等三位苏联作家有关《十二个》的评介,真是尽善尽美。八十年代我经手出版德拉伯金娜的《黑面包干》,装帧曾摹仿《十二个》。我希望现在能有出版社按原样重印时代版的《十二个》。

你介绍、研究俄国文学、苏联文学做了大量的工作。我接触俄苏文学,最早是读鲁迅先生翻译的小说,即刊登在《译文》和后来辑印在《竖琴》《一天的工作》两本集子里的小说。后来又读他翻译的《毁灭》(法捷耶夫)、《死魂灵》(果戈理)、《坏孩子和别的奇闻》(契诃夫)以及曹靖华翻译的《铁流》(绥拉菲莫维支)、《苏联作家七人集》。现在的人很难体会五六十年以前我们这一代人阅读俄国文学、苏联文学的心情。在文学史上,俄国文学和苏联文学都占有重要的地位,尤其是俄国文学,可以说是群星灿烂,有其辉煌的成就。托尔斯泰、普希金、莱蒙托夫、果戈理、陀思妥耶夫斯基、屠格涅夫、奥斯特洛夫斯基以至高尔基、契诃夫,他们的作品是人类宝贵的文学遗产。苏联文学继承俄国文学,也给世人留下不朽的作品,例如《静静的顿河》(肖洛霍夫)、《日瓦戈医生》(帕斯捷尔纳克)。苏联卫国战争时期某些作品,今天来读仍能激动人心。像依萨可夫斯基的抒情诗,你翻译的《喀秋莎》《而谁又知道他》《在井旁》,有些句子我都背得出来。又如《钢铁是怎样炼成的》《青年近卫军》《丹娘》《宁死不屈》这几部小说,今天给青年人看,我认为仍然有益。现在中国读者又能读到前苏联的流亡文学,长期被禁闭的文学,都是好事。在这方面,无论是老一辈的翻译工作者,还是今天的新一代的翻译工作者,对他们我都怀有敬意,读者要感谢他们。你翻译、研究俄苏文学的成就,已经获得国家、国内多项荣誉,不久以前出版了你的译文集,我这个老友也为之引以为荣,并由衷向你祝贺。

我絮絮叨叨写了这么多,还可以再写下去,要倾吐的话很多,但我不得不暂时打断。这里,让我再抄几句西塞罗的话以作结束:

凡是不会过美德的幸福的生活的人,无论什么年纪都是厌烦的;反转来说,对于自身有美德的人,一切自然规律所必产生的事物便没有一件是可恶的。老年便是这种事物之一。

一生中随时修养美德,在一生事业终了时便会产生奇异的结果。回想起一生的善行,也自有无限的快乐。

如前所述,你的成就,你的作为,把全身心奉献给文学事业,足以证明你是一个具有美德的人,因此,你是幸福的。在此,请接受一个六十年的老友的衷心祝福!

一九九九年十二月十七日灯下
(二〇〇〇年九月九日、十日《大公报》)

送董竹君远行

但愿今年最后一次去八宝山,最不愿意走这条路。今天去给九十七岁高寿的董竹君先生送行。

在我前面,谢晋把鲜花一朵一朵轻轻地放在董先生身上。她,睡得多么安详。

十多天前,五日深夜,中央电视台"读书时间"播放访问董先生,介绍新近出版的她自撰的传记《我的一个世纪》。

第二天早晨,我忙不及打电话告诉国瑛,电视很好看。我还开玩笑,说董先生是个出色的电视明星,想让老人家高兴高兴。没等我说完,国瑛要我"沉住气",然后告诉我:"妈妈走了!"时在电视节目播放完后五十八分钟,电视播放时,医院正在抢救。

我一下转不过来,董先生走了?昨夜还在电视里看到,精神那么好,侃侃而谈。讲辛亥年间,跟革命党人从上海到日本,后来去四川,讲在上海滩闯世界,办事业;讲接受共产党影响和领导,支持参与革命……一句接一句,一点不打顿,思路十分清晰。讲到她几次要求入党,党要她在党外,这样工作更方便。她以为入党要履行签字,"没有让我签字,我就做个不签字的党员","咯咯咯"笑了。

记者问她:"要让您回首走过的近百年的人生经历,您觉得最让您感到伤心和高兴的是什么？"董先生说："非常高兴的事，我也没有高兴得不得了，只是高兴就是了。至于伤心得不得了，要哭它一场的，我也没有。我认为人生必然要经过许多坎坷磨难，对它一定要随遇而安。随遇而安这几个字，对我是有很大好处的。"

一个多月前，和电视台一起看望董先生，老人家还拉着我的手谈了近一个小时，心情十分愉快。她说今年春节，国外的孩子孙子要回来团聚。好，今年拜年，我还是带一条金华火腿给她烧小菜用。董先生喜欢我的外孙女双双，每年都派人送给她礼物。

我还告诉董先生，现在才晓得国瑛看上去年轻，其实还大我三岁，是阿姐，她老叫我"范老"，怎么可以？老人家说："是咯，侬是老阿弟。"

她的声音还在我的耳边，怎么说走就走了呢？这是董先生都不会想到的。

我是"文革"以后才认识董先生的。解放前在上海，有同志告诉我，有约会，有两家饭店尽可以去，那里保险，一是梅龙镇酒家，再就是锦江茶室，只知道这两家饭店是"我们的朋友"开的，更多就不清楚了。我从未去过，倒是在杏花楼吃饭开过一次会，那天，其他同志都穿西装，我穿的学生装，还吃了批评。

七几年，际坰、絜瑛夫妇住在东厂胡同居安里，离董先生家很近，带我一起去。头一次见面，就知道她在写回忆录，我说董先生只要写出来，一定出版。

董先生就把这件事托给我，就这样，我有幸成了第一个读者，得读这部自传的手稿。我惊异这样细腻流畅的文笔，出于九十多岁的老人之手，而内容之吸引人，简直像看传奇故事。

现在书出版了，董先生了却了一个心愿，把宝贵的人生经验，奉献给读者。听说谢晋先生已经着手改编拍摄电视剧，也是董先生高兴的，可是她看不到了。

董先生还有一个心愿：办一个幼儿园。她在中央电视台"东方之子"访问时说："这件事没有做成，很遗憾，我还要再活十年。"她要毫无遗憾而去。

评论说是"奇人、奇事、奇书"。其实她是一个平凡的人,一个普通的中国妇女——黄包车夫的女儿,青楼卖唱女,处在不平凡的时代,成了都督夫人、红色资本家、"不签字的共产党员"、秦城囚徒,这才有不平凡的经历,谱写了一曲丽歌。

《我的一个世纪》这样的书,我认为凡是读过的人,尤其是年轻人,都能够从中受到教育,得到鼓舞,增加做人的勇气。董竹君的道路,是一条艰难的道路,辉煌的道路,走这条路,要有毅力,要有信念,路摆在你的面前,就看你怎么走,有所为,有所不为,董竹君在这方面给我们树立了一个榜样。

周恩来同志在对她的谈话中有这样的话:"多年来,你为党在各方面做了不少工作……一个人革命不容易,一个女人革命就更不容易,一个女人要做成功一件事(指锦江饭店等)就更难了。"这样评价,董先生当之无愧。

董先生认为,妇女要独立,首先要经济上独立。而赚了钱,又是为什么?"要用在有意义的地方嘛"。所以,她一生支持革命,辛辛苦苦创下的事业,"我从来没有把这个当成自己的财产,没有这个观念"。在她看来,做事才是最重要的,她以为解放了,有很多事情好做,所以她把锦江献给了国家。当年,她的很多朋友都不赞成,没有能够说服她。而董先生最后几年因年迈想换一个住处,多方奔走,解决不了。我写信向有关方面反映,也一无结果,连我都有点想不通。

我们做出版工作的,要十分看重《我的一个世纪》这样的书稿。一些前辈,在晚年勉力写作,留下的著作,是不可估量的财富,尽力出版,是对前辈的尊重。要让他们看到自己的著作出版,对于他们,是最好的安慰。一个作者,最牵挂的事情,莫过于看到自己著作的出版。敬老是我们的传统美德,出版社最好规定一条:风烛残年老人的书稿,优先安排出版,专人办理。我记得,谢国桢先生是在病床上看到他的《江南访书记》样本而瞑目。许涤新同志却没能看到他的回忆录《风狂霜峭录》,成了憾事,只好把书送到八宝山放在骨灰匣前。我对不起涤新同志。李一氓先生去世已经七年,他的《存在二集》,在一个出版社先是不见了原稿,后来又不见了校样,至今出版无期。还有一位九十七岁的老人郑超麟先生,一个早期党的历史的见证人,晚年写了几十万字,十分珍贵,稿子在我的手里,仿佛捏着一块红炭。我相信,它会有问世之日,一定会有热心人给它接生。

> 我从不因被曲解而改变初衷
> 不因冷落而怀疑信念
> 亦不因年迈而放慢脚步

这是董竹君写在《我的一个世纪》封面上的几句话,她郑重写下的遗言,值得用金字刻在她的墓碑上,刻在一切求上进,不甘心虚度一生有志者的心上。

一九九七年十一月十七日
(一九九八年一月八日《大公报》)

怀念范泉先生

六十年前,我是范泉先生的读者。

一九四六年,我在读书出版社工作。社里给我一个任务:买杂志。当时上海有一二百种杂志,进步的、中间的、反动的、落后的,还不算那种方块报,都要买一份。于是我天天跑报摊,乐此不疲,跟报贩都混熟了。对我来说,这是一件美差,可以饱看过路刊物。

杂志买到做什么用?领导告诉我是"给毛(泽东)看的"。买好的杂志,过一个时候,凑满一个木箱或者打包,交给地下组织在上海的贸易行,他们有机帆船来往于上海、烟台,可以运进去。

就在此时,我看到范泉先生主编的《文艺春秋》月刊,我每个月到福州路永祥印书馆买这本杂志,顺便翻翻范泉先生主编的几种丛书《文学新刊》《青年知识文库》《少年文学故事丛书》,看又出版了些什么。

《文艺春秋》的开本与目录页,使我想起三十年代鲁迅、黄源主编的《作家》,以及后来巴金、靳以主编的《文丛》这样的文学刊物。

可是,我并未见到过范泉先生,我还是出版社的小伙计,只认识以群、罗荪、罗稷南几位作家、翻译家。当然请人介绍,范泉先生不会拒见。

几十年后,一九九八年顾军小友编《文汇报·星星岛》儿童副刊,我寄去一篇小文《我的小笑话》,由此,顾军在《星星岛》开辟了一个"逝去的童年"小栏目。"编者小语"说:"'逝去的童年'将推出一批著名学者、画家和知名人士专门为孩子们撰写的稿件,回忆他们年少时的生活,透过这些短小而有情的文字,小朋友可以真切地感受这些'大朋友'对童年的眷念,对生活的热爱。"顾军要我帮她组稿,我非常乐于做这件事,因为我在当小学生时就想编儿童副刊,在家乡的日报编过一个叫做《蝌蚪》的副刊,又可以重续旧梦。

这样,我在北京帮她组织到十来篇,作者有于光远、新凤霞、叶至善、杨绛、吴冠中、臧克家、丁聪、方成、牛汉、吴祖光、黄宗江、萧乾、韩羽、张西洛。顾军则在上海组织到施蛰存、王元化、魏绍昌、李纪申的几篇。

每篇文章都配有插图,有的是画家画的,有的是顾军找小朋友画的,儿童画使"逝去的童年"更增添了童趣。

这件事引起了范泉先生的关注,他在上海书店主持编辑工作,他提议"逝去的童年"可以更多地组织一些文章,除了在《星星岛》发表,还可以编集由上海书店出版,后来《星星岛》停刊,这件工作也没有下文,不知道顾军组织到多少篇稿子。

由此,我与范泉先生通过几次信。一九九八年一月二十八日他寄来一信,抄录如下,可见其为人之诚挚与热忱:

> 顾军小友在电话里告诉我,说您最近非常忙,所以我没有马上给您写信。今天农历年初一,想来您可能忙得松一点,就写这封信跟您聊聊。
>
> 前几天从九龙来大陆访友的沈培金(何长福)先生来看我。他先到北京,再到上海,谈到在北京看到您,他说您是"天下第一大好人"(言之过实——范用注),我听后十分感动。
>
> 我代顾军同志写的、以我俩出面的征稿信寄发后,小顾来信说,不到十天,已收到贾植芳、徐中玉、丁景唐等五篇来稿,她很高兴。您如有时间,请开列一批作家地址给她,让她发信。
>
> 读到了《送董竹君远行》,情真意切,也对您有更进一步的了解。
>
> 您说魏绍昌告诉您我正在编辑海派文艺作品,这是不确实的。

可能他听错了人。我现在正编自己写的文学回忆录(回忆郭老、茅公、叶圣陶、王统照等等),本来我想还要写骆宾基、朱生豪(莎翁全集译者)等好友,因为黑龙江人民出版社限期三月底交稿,只得把一批已经写的,审改一下交卷。这套"文坛回忆录丛书"是上海社科院文学研究所的同志编的。第一辑五本,每本约二十—三十万字。他们约请了柯灵、周楞伽(已病逝),我给他们介绍了臧克家和施蛰存(他俩都已同意)。

您对儿童文学作品很有感情,也很愿意自己写一些。我希望您写。我在今后也准备写一些。过去我写过一些童话,是刃锋、陈烟桥作插画的。还写过一本台湾高山族的传说《神灯》,由黄永玉作插画。(您知道黄永玉的通信处吗?)

我想把《神灯》改写,再创作。去年八月,长春的时代文艺出版社出版了我在四十年代编译的一套《世界少年文学名著故事丛书》,共十本,我请出版社寄给顾军小友一套,她看了《木偶奇遇记》后,来信告诉我说,她感动得哭了。

郑超麟老患肝癌(他自己还不知道),听晓方说她已电话告诉您。过几天我会去看望他(因老伴病重,保姆请假过春节,二月中旬才回来,我在家买菜做饭,走不开)。过去每年春节,我总是和他一起呷酒吃饭,他的饭量也很好。目前中国的革命老人,要数他的年纪最大了吧。

敬祝新年体笔两健!

范泉先生在上海书店担任编审,用了十年工夫主编了一套二千万字、三十分卷的《中国近代文学大系》,为中国文学研究提供了可贵的史料,给中国出版史增添了光辉的一页。不幸的是,在"极左"年代,范泉先生受到不公正的对待,被错划为右派,一九七九年平反时已经六十二岁,丧失了整个壮年时期。去年,范泉先生夫人寄赠范泉先生散文集《遥念台湾》,读后才对范泉先生的生平和业绩有所了解。读了其中《青海流放记》一文,感慨唏嘘不已。更不幸的是,范泉先生患了癌症,几次动手术,医治无效去世。先生最后编定的这本散文集,自己竟也未能见到出版,实在是莫大的憾事!

我深深怀念范泉先生,怀念郑超麟先生,他们两位可以在天上乐园呷酒,吃饭,聊天了。

二〇〇一年五月一日,北京

自得其乐

住在东城时，离叶老（圣陶）家不算远，可以常去看望叶老和至善兄。搬到城南以后，除非"打的"（还得不被拒载），难得去一回。如今，叶老不在了，跟至善兄还是有得谈的；谈书，谈出书。

二月间，至善兄曾来一信，说"希望有机会见面，想谈的似乎很多，很可能见了面什么也说不出。不管怎样，还是希望有机会见面"。我也是，人老了，就是想跟朋友多见上几面。

昨天，他托人带来两本书和一封信。书是香港的一位作家的两本随笔，因为书中谈的，跟教育、学校、师生、文学、文字有关，十年前送给叶老看的。至善兄信上说："在抽屉里找到两本借给父亲的书。父亲大概没有看，因为眼睛实在不管事了。我手头实在忙，没法下功夫看，还是早点归回为好。"

意外的是，信里附有两首手写的歌谱，一首《卜算子》，一首《荆轲》。

我从未听说过至善兄也爱唱歌，只知道他会拍曲。等看了信才明白，他说："我的视力也在衰退，闭上眼睛休息的时候，就哼哼唧唧，给旧诗词配上熟悉的西洋曲子。复印了两首呈上，求指正。记得许双的文章说外公喜欢唱歌。"

我马上按谱放声高歌，惊动了老伴，连声叫我："轻点！轻点！"

《卜算子》一首，系苏轼下放靠边站的时候，"黄州定惠院寓居作"。词

如下:

　　缺月挂疏桐,漏断人初静。谁见幽人独往来,缥缈孤鸿影。
　　惊起却回头,有恨无人省。拣尽寒枝不肯栖,寂寞沙洲冷。

配的曲子,是苏格兰斯科特的《安妮·罗莉》。原歌词(邓映易译配)如下:

　　在美丽的山坡下面,朝露闪闪发光。
　　就在那里,安妮向我盟心起誓。
　　她的誓言多真诚,我永远难以忘记。
　　为了可爱的安妮·罗莉,我愿安息在那里。

这个曲子配上苏词唱,听起来有那么一种凄清冷寂的味道。
另一首,晋代左思作的五言古诗《荆轲》(《咏史》之六):

　　荆轲饮燕市,酒酣气益震。
　　哀歌和渐离,谓若傍无人。
　　虽无壮士节,与世亦殊伦。
　　高眄邈四海,豪右何足陈。
　　贵者虽自贵,视之若埃尘。
　　贱者虽自贱,重之若千钧。

配的曲子却是意大利威尔第歌剧《弄臣》中的《公爵之歌》,歌词也有中译,是大家熟悉的:"女人爱变卦,像羽毛风中飘";"主意不断变,不断变腔调"。唱来轻佻诙谐,跟《荆轲》完全两码事。可是这首曲子配上左思的这首古诗唱,倒也给人以激昂悲壮之感,这就奇妙了。假如让多明戈来唱(就像我们有的歌手不识外文而能唱外文歌那样),同样会绕梁三日,我想。
把中国诗词与西洋乐曲相配,李叔同的《送别》就是用美国奥特威作的曲子配的，词是李叔同自己作的。他也给古人的诗词配过外国曲子，例如把聂胜琼的《鹧鸪天·别情》一词配上韦伯的《森林女郎》序曲就是。后来似乎没有人这样做的，当今，恐怕叶至善只此一家。

别以为做这件事很便当，词的字数跟曲的节数必须相当，合拍。《文心雕龙·乐府第七》有云："凡乐辞曰诗，诗声曰歌，声来被辞，辞繁难节。"是说给词谱曲，词不宜多，多了，得删节。给古诗词配曲，词不能删，配曲的难度更大。再说，词意跟曲调也得相投，起码大体可以。总之，是要花些功夫的，不信，您试试看。以古诗词配西洋名曲的乐趣大概就在于此。

人老体衰，只要尚未"蒙主宠召"，还得快快活活过日子，自己找乐，自得其乐。如果叶老还在，说不定会跟至善兄一块儿琢磨推敲，一块儿找乐。

这几年，至善兄大部分时间精力都用在编《叶圣陶集》，还有不少社会活动，现在也还闲不下来。我倒希望他忙里休闲（现在时兴"休闲"这个词儿。"休闲俱乐部"之类咱们休想，那是大款、公款才玩得起的地方，再说，咱们也没那份兴趣，还是自己找乐，免费休闲吧），继续开发古诗词配西洋名曲，古为今用，洋为中用。倘若有哪家出版社愿意出本集子，让有兴趣的人也乐它一乐，功德无量！

至善兄长我几岁，快要进入望八之年，脑细胞尚能跳迪斯科，思维活泼，长寿无疑！

七月十二日清晨（一九九五年）

二十三日至善兄又来信，说《女人善变（公爵之歌）》的曲调本来豪放，在西方早有人填了新词，译过来，歌名是《夏日泛舟海上》，重复达三遍之多，在现在的歌本上可以找到。

还说，古诗词配曲，已经配成了四十首，"颇有几首出人意外，也有不满意的"，想积到五十首编成一本小册子。

七月二十五日又记（一九九五年）
（一九九五年八月二十二日《文汇报》）

漫画家的赠书赠画

　　漫画家签名赠我的书，开本最大（30×32英寸），捧在手中最沉重的，是一九九二年香港美术家出版社出版的《人物画大家叶浅予》。编者说："叶浅予是艺术领域的瑰宝，他的生命在艺术探索中显得多彩多姿，在创作上是一个令人叹息的多面手。"编者从叶浅予工作室保存的各个历史时期学习、教育、旅行、创作上的具体资料，编选了这本大型画册，其中包括一百九十七幅作品和年表。

　　叶老赠我的几本书，其一为回忆录《细叙沧桑记流年》，内容包括：《上海创业史》《抗日行踪录》《"天堂"开眼记（访美见闻）》《师道与世道》《十年荒唐梦》《婚姻辩证法》。原来计划写八个分册，只完成六册，另两册因健康原因搁置。

　　叶老还赠送我两本漫画集：《王先生和小陈》《叶浅予漫画选》。前者我还是小学生时就从报刊上看到，还改编拍成电影，人们从《王先生和小陈》认识叶浅予，这是他的成名作。

　　浅予先生赠我大幅水墨画《新疆舞》，说："不落上款，你有需要时可以换钱。"怎么会呢，再穷我也不会出卖叶老的画。

　　送给我书册数最多的，是华君武和丁聪两位漫画家。

　　二〇〇三年河北教育出版社出版了一部《华君武集》，共十册：文集四册，漫画集五册，影集一册。文集一《我怎样想和怎样画漫画》，二《补丁集》，三和四《漫画漫话》（上、下）。其中《补丁集》《我怎样想和怎样画漫画》先出版过单行本，君武兄都给了我。

　　在此以前，人民美术出版社、上海人民美术出版社都出版过华君武漫画选集，是我最早得到的君武兄赠书。以后四川美术出版社按年代出版《华君武漫画》，从一九四五年到一九九〇年，共九册，君武兄也一一签赠。君武兄说："范用是真正的漫画发烧友。"我欣然领受。

　　最近收到的君武兄赠书，是二〇〇五年新出版的《漫画一生》。作者在自序中说，从这本书可以看出："如果没有革命的教育就没有我的漫画。"我们看华君武各个时期的作品，可以感受到这一点。

　　二〇〇一年君武兄还出过一本《华君武漫画十二生肖》。他说："我在漫画里喜欢画动物，常有十二生肖作主角，因为有些动物富有人的性格、行为、七情六欲，漫画上借动物作褒贬更有趣些。"

　　一九九六年，君武兄在《华君武漫画》（一九九一——九九四）一书中题词："范用是我们漫画家的好朋友，可惜他无权，如有权必为我们的保护神。"未免抬举了我。

　　丁聪漫画，最早在三联书店出版的《昨天的事情》和《古趣一百图》，均由我经手。

　　《昨天的事情》所收集的是一九四四——九四七年的讽刺漫画。这一时期丁聪的作品，如实地画了国民党在垂死前的种种虚伪和狰狞的面目。丁聪说："四十年代是比较遥远的昨天了，把那时的作品翻出来，是想让年轻的一代知道旧社会是怎么回事，要珍惜今天的生活来之不易。"后面附有一九七八年以后的作品。作者说画里所批评的问题，有些今天依然存在，之所以把这些画编在《昨天的事情》，是愿这批讽刺画的内容，早日成为昨天的事情。丁聪的这一愿望能否实现，看来得打个问号。

　　丁聪在赠送我的《昨天的事情》上题词："是你鼓励我出这本小册子的，谨致衷心的感谢。"我乐意做这种工作。

　　以后三联书店又出版了丁聪的《古趣一百图》和十册"丁聪漫画系

列"。

不久以前,方成兄也出了一本颇有自传性的图文并茂的《幽默画中画》,他说:"我几十年的艺术创作和研究历程,就是在创作实践中对漫画和幽默艺术的认知过程。"

早在一九八四年,经我的手由三联书店出版方成兄的《幽默·讽刺·漫画》,以后,又请方成兄编了一套"外国漫画家丛刊",共十册,所选这些漫画家的作品,内容不同,风姿各异,从中可见各国漫画的民族特色和别具格调的艺术表现手法,使我们开阔眼界,对外国人民的生活和艺术有更多的了解,也为我们的漫画家提供必需的艺术参考资料。在每一册之前,都请漫画家或研究者写了序言。出版这套丛刊,是我和方成兄一次愉快的合作。

多年来,我先后得到方成兄的赠书有:《高价营养》《方成漫笔》《画里画》《乐趣无边》《画外文谈》《漫画的幽默》《这就是幽默》《幽默的笑》《方成漫画》《漫画入门》《方成水墨画集》。方成是一位写作甚勤的画家。

韩羽不仅会画,而且杂文散文也写得非常之好。黄苗子说:"谁读了韩羽的画和文章都感到兴味盎然。"

我最喜爱他赠送我的《两凑集》,精装小开本外加封套,彩色印刷,可谓精品。我先后得到他的赠书计有:《闲话闲画集》《陈茶新酒集》《杂烩集》《杂文自选集》《韩羽小品》《韩羽随笔》《信马由缰》。

韩羽画范用坐在酒壶里看书,题曰:"书癖堪可难扁鹊,酒德何妨让高阳。"又画《孙悟空大战金钱豹》,苗子戏题:"道不如魔高,魔也偏胡闹。颠倒孙悟空,真伪金钱豹。真的总归真,伪的难逃跑。一棒劈头抡,露出真面貌。调寄生查子。"

高马得先生也是又能画又能写的高手,晚年专以戏曲为题材。一九九三年马得先生赠我《画戏话戏》,一九九四年赠我《画碟余墨》。一九九八年赠我《马得戏曲人物画集》,这也是一本大型画册,捧在手里沉甸甸的。一九八六年,马得先生曾经赠我水墨画《游园惊梦》,祖光兄题《还魂记》柳梦梅上场词。

汪曾祺说:"马得是个抒情诗人。他爱看戏,因为戏很美。马得能于瞬息间感受到戏的美,捕捉到美。"看了马得的作品,信然。

贺友直先生在解放前画连环画谋生,后来转向创作。去年收到他的赠书《贺友直画三百六十行》,一本从内容到装帧、印制都十分精美的画册。友直先生是老上海,对十里洋场的市态人物十分熟悉,因此画来得心应手,入木三分,我也在旧上海待过,因此,读来十分亲切。

在此以前,友直先生赠我的画集还有:《贺友直画自己》《申江风情录》《捕捉阳光》《朝阳沟》《李双双》。还画过四幅"漫画范用"赠我。

贺老有一幅自画像:"一架眼镜中透出他双眼发出犀利目光,这是一张神情并茂的自画像,目光如炬,观察人间万物,因之也创作了为人民喜闻乐见的好作品(华君武)。"

前年,漫画家廖冰兄寄赠我大型作品集《"三劣"同乐集》。冰兄先生说:"世有自称为或被称为诗、书、画三绝者。而我的画,俗而不雅;我的诗,只能算是顺口溜;我的字,无根基法度。可谓三劣,若要打分,每样最多得三十分,可是三者加起来便得九十分了,能不感觉自我良好耶?"

廖老是专画"悲愤漫画"的政治漫画家,毕生创作数以万计,以漫画记录了中国大半个世纪的沧桑。冰兄漫画是一部浓缩了的百年中国史。

在此以前,一九八六年廖老还曾经赠送我《冰兄漫画》(1932年至1982年作品选)。

一九九二年廖老以范用漫画像赠我,说我是"漫画之大情人"。确实,至今痴情不变。

我有幸得到漫画家如许赠书,在这方面,我是富有者。

此文写就,又收到几本赠书:丁聪《我的漫画生活》、方成《我的漫画生活》、贺友直《上海FASHION》、高马得大型昆曲画册《姹紫嫣红》,真高兴。

(二〇〇五年四月十五日《文汇读书周报》)

诗人的题签

> 里尔克诗钞冯至译
> 豹——于巴黎植物园中
>
> 他的目光被那走不尽的铁栏
> 缠得这般疲倦,
> 什么也不能收留。
> 好像只有千条的铁栏杆,
> 千条的铁栏后便没有宇宙。
>
> 强韧的步履迈出柔软的步容,
> 他在这极小的圈中盘转,
> 仿佛力之舞围绕着一个中心。

三四十年代青年人爱读新诗,甚至做诗人梦,仿佛诗神在向他招手,这不过是一时的激情,浪漫的想法,自以为蛮有诗意。

那时候,正是战争的年代,我读了《火把》(一九四一年)才"认识"艾青。以后,又找来他最初的诗集《大堰河》(一九三六年),诗人自己印的,只印了一千本,版权页很别致,不知是否诗人自己设计的,用红印泥钤有"艾青"印章。

卞之琳,他那首著名的《断章》,只有四行,却赢来诗坛上的许多评论,成了新诗经典之作。我找来读了,但说不清体会,经过细嚼,才知道它的精致之所在。

再后来,读冯至的十四行,那是更为讲究的格律诗,在这方面,艾青比较自由一些。

到北京以后,有幸结识三位诗人,十分亲切,我请他们在我收藏的诗集上题签。

艾青先生见到《大堰河》这本难以找得到的版本,十分激动,他在上面写下了几行诗句:

> 好像一个孤儿
> 失落在人间
> 经历了多少烽火硝烟
> 经历了多少折磨苦难
> 相隔了四十多年
> 终于重新相见——
> 身上沾满斑斑点点
> 却保持了完好的容颜——
> 可真不简单!
> 题赠藏书的范用同志,以志感激。

艾青 1978 年 10 月 24 日于北京

卞之琳先生在《十年诗草》(一九四二年)上题签:"范用同志:承保存旧日拙著,十分感愧,改正原来排错的几个字,以此留念。卞之琳一九七八年十二月三十日。"

冯至先生在刊登他翻译的《里尔克诗钞》(《豹》《Piete》《一个女人的命

运》《Orpheues》《啊诗人说你作什么》）这一期《新诗》月刊（卞之琳、孙大雨、梁宗岱、冯至、戴望舒主编）第三期上题写了："谨录 Orpheues 一诗的原文的最后三行，作为纪念，奉范用同志。冯至 1990 年 6 月 6 日。"

如今，三位诗人都已经作古，每见他们留在诗集上的手迹，总有一种怀念的感激的心情。

诗的梦总是美丽的！

"不朽之光荣"
——缅怀公朴先生

五十七年前,一九四六年七月十一日国民党反动派用极其卑鄙的手段,派特务在昆明暗杀了李公朴、闻一多先生。

我知道李公朴这一名字还在上小学的时候。一九三六年,从报上看到沈钧儒、邹韬奋、李公朴等七位抗日救亡运动领袖被国民党逮捕的消息,即震惊全国的"救国有罪"的"七君子事件"。

抗日战争爆发,一九三八年我逃难到汉口,被读书生活出版社收留当了练习生。读书生活出版社的创办人就是李公朴先生。李先生到山西办民族革命大学,然后访问延安,一九三九年到重庆,住在读书生活出版社,我见到了李先生。

李先生给我的第一个印象,是留有一大把胡子,人称"美髯"。讲起话来嗓门很大,谈笑风生。他见到我这个小孩,用手摸我的脑袋问这问那。当知道我是镇江人,更加亲热,因为他十几岁时在镇江的百货店当过学徒。于是我们大讲其镇江话。

李先生跟我们讲山西敌后和延安的情况。那时是夏天,他穿着汗背心裤衩,扭秧歌舞给我们看,边跳边唱,进两步退一步,唱"二月里来好风光,家家户户种田忙。都说那今年的收成好,多种那五谷送军粮"。时隔六十多年了,我记得清清楚楚,难以忘怀!

我是个"夜猫子"。夜里看书,早上睡懒觉起不来。李先生大声叫醒我:"你学斯大林、毛泽东啊!"原来斯大林、毛泽东夜里办公白天睡觉。

李先生要我每天把报上的重要新闻告诉他,因为一大早就有青年求见,他可以跟他们谈论时局。他还打算介绍我给沈老(钧儒)读报,我因工作走不开,没有去。

李先生在外国轮船上打过工,做过侍者,懂得吃西餐的规矩。他带我到上清寺一家西餐馆吃西餐,教我如何拿刀叉,如何喝汤,咀嚼食物不出声音。

当时重庆常有群众集会,推李先生当主席。国民党特务捣乱,李先生就站到台前大声叫特务站出来,特务只好溜走。

一九四六年,重庆市各界在较场口集会庆祝政治协商会议召开,特务捣乱行凶大打出手。我正在台上散发传单,目睹李先生被打得头破血流。同时被打的还有郭沫若、施复亮先生。我陪同他们到医院验伤治疗。至今我还留着验伤单,前不久连同其他"较场口血案"资料送给重庆市博物馆保存。

一九四〇年,李先生写了一本《华北敌后晋察冀》,介绍华北敌后军民英勇抗日事迹,嘱我绘制一幅《晋察冀边区形势略图》,交刻字店刻版作为插图。

李先生毕生热心教育事业。一九三八年在武汉写有《抗战教育的理论与实践》一书。一九四六年在重庆创办"社会大学",让失学青年有上学的机会。"社会大学"的教员都是知名的进步文化人。还编了一本《社会大学》,交我排印出版。印书的经费是李先生从昆明汇给我的,我收到他的最后一封信写于七月五日。当时昆明、重庆之间并非天天有航班。七月十二日早晨看报,惊悉李先生不幸遇难,中午收到李先生的信,悲痛万分,欲哭无泪!

当时毛泽东、朱德给李夫人张曼筠的唁电中说:"先生尽瘁救国事业与进步文化事业,威武不屈,富贵不淫,今为和平民主运动遭反动派毒手,实为全国人民之损失,亦为先生不朽之光荣。"

公朴先生遇难的消息传到上海时,正是深夜,周恩来在马思南路一〇七号开会。他掉下眼泪,并指着一位参加会议的人说道:"你总认为李公朴是政客,是投机分子。我问你,他的生命是不是为民主运动而献出的?李公朴当然有他的缺点,但是他的缺点并不是主导的一面。应该肯定他是一个为民主革命而献身的战士。"

　　永远怀念公朴先生!

要是韬奋今天还活着

去年有人写文章议论"要是鲁迅今天还活着"。

一九五七年毛泽东在上海接见文教界人士，罗稷南在座，曾经以此问题请教毛泽东，毛的回答是"要么被关在监牢里，要么一句话也不说"。周海婴在《鲁迅与我的七十年》一书中披露此事，后来别的在座者证实此事。

我由此想到：要是韬奋今天还活着，一定还会写文章、编刊物，他不会不说话。韬奋先生毕生作人民大众的喉舌，替老百姓说话，反对专制独裁，坚持抗日救亡。

那时候，国民党查禁韬奋先生办的刊物，查封生活书店。韬奋先生不屈不挠，毫不妥协，痛斥国民党的倒行逆施，因此坐牢，这就是震惊中外的"爱国有罪""七君子之狱"。

国民党查禁他主编的刊物，他就不断改换刊名继续出版。他最后办的刊物，是一九四一年在香港出版的《大众生活》周刊。

假如韬奋今天还活着，编刊物还会受到迫害，他一定绝不妥协。他不怕坐牢。会不会被戴上"右派"帽子？难说。他没有活到今天，所幸这种事情也就未再出现。

一九四四年韬奋逝世，毛泽东在延安题词："热爱人民，真诚地为人民服务，鞠躬尽瘁，死而后已。这就是邹韬奋先生的精神，这就是他之所以感动人的地方。"

一九四九年纪念韬奋逝世五周年,周恩来题词:"邹韬奋同志经历的道路是中国知识分子走向进步走向革命的道路。"

韬奋精神永垂不朽!

恩师洛峰

我进读书生活出版社,还是一个刚从小学毕业的孩子,稚气未脱。

一九三七年十月,日本侵略者打到我的家乡,我是家里的"独苗",外婆给了我八块银元,让我出外逃难,到汉口找舅公。

舅公是会文堂书局汉口分局经理。读书生活出版社迁到汉口,租用会文堂书局二楼办公。读书生活出版社的工作人员只有六七个人,黄洛峰、万国钧、孙家林三位年长,其他几位都是小青年。

我每天一吃完饭,就一头扎进读书生活出版社,因为这里太好"玩",非常自由,充满欢乐气氛。这里的人,都待我很好。年轻的同志赵子诚(刘大明)、陆量才(陆家瑞)尤其热情。

那时候,许多文化人经常来"读社"。作家舒群、周立波在读社搭伙。好多位从延安出来,或者去延安的同志,在这里出入,读社好像是中转站。他们很喜欢我这个"小鬼"。罗炳辉将军几乎天天来,他一来就要我放下工作,陪他玩。桂涛声(大家叫他"阿桂")寄住在读社,他创作《歌八百壮士》《太行山上》《做棉衣》等歌词,由冼星海谱曲,先要我和子诚唱给他听。我和子诚参加海星歌咏团,冼星海教唱歌。

第二年春天,舅公病故,舅婆回浙江,行前把我托付给洛峰先生。这样,读社收留我当练习生,从此我成了读社的一名工作人员。我的工作是收发、登记来信、跑邮局、给订户寄发党在国统区第一个公开刊物《群众》周刊。洛峰先生说:"在出版社工作,要把字写好。"他用印书的白报纸纸边订了个本子,叫我练习写字。我到现在规规矩矩写字,就是因为那时候起练习写字。

出版社有很多书可读。洛峰先生还带头开读书会,学习《大众哲学》。他要我们到书店里买一些杂志阅读,左中右杂志都买来看,提高识别能力。

读社和《新华日报》关系特别好,是兄弟般的单位。《新华日报》开晚会,我们参加出节目。《新华日报》编辑章汉夫、许涤新、吴敏等原先在上海就是《读书生活》的作者,对读社的年轻人十分亲热。

那时候,我还不知道读社是共产党领导的。一九三八年撤退到重庆,一九三九年赵子诚介绍我加入共产党,这才知道。发展党员的名单,是洛峰先生和陈楚云(读社编辑)在武汉就商定的。解放以前,我和洛峰先生之间始终没有党的关系,遵守组织规定,党员之间不允许有横的关系。解放以后才知道洛峰先生一九二七年在做学生时就参加革命活动,是老党员。后来在上海被国民党逮捕,坐过牢。

洛峰先生善于做统战工作。在重庆,在香港,在上海,他团结了许许多多朋友,有作家、军人、生意人。大家尊称他为"黄老板"(还有一位老板是《新华日报》的熊瑾玎先生)。

在国民党统治区政治环境十分恶劣,国民党封门抓人。他镇定自若,妥善安排人员,应付特务。一九四六年重庆较场口事件,洛峰先生团结党外人士,同国民党进行斗争。他是这一场斗争的指挥者,教我如何同敌人进行有理、有利、有节的斗争。

洛峰先生生活刻苦,非常爱护同志。读社工作人员病了,他不惜花钱求医。身体不好的同志,他嘱咐厨师买猪肝给他们加菜。"文化大革命"期间人与人不敢来往,我挨批挨斗,病倒在床,唯一来看我的是洛峰先生。

洛峰先生要我们注意劳逸结合,会工作又会休息。有时星期天带领我们郊游,到乡间走走,然后回到城里下馆子吃顿饭,改善生活。这一天过得轻松愉快,心情十分舒畅。

洛峰先生还鼓励我们练笔学习写文章,办油印刊物《社务通讯》,带头写文章。我和子诚、少卿(刘耀新)下班以后通宵达旦刻印。《社务通讯》一共出了三十几期,我保存一份。不久前捐赠上海出版博物馆保存。

一九四九年五月上海解放,组织上调我到军管会新闻出版处工作,离开读社。那时洛峰先生在北平担任中宣部出版委员会主任,八月将我调到北京。这样,我先后在他领导下工作有十来年之久,受教良多,真是说不完。

一九五〇年,洛峰先生送我一套精装本《鲁迅全集》,共二十卷。那时候我买不起这部书。洛峰先生在书前题词:"横眉冷对美帝指,俯首甘为人民牛。鲁翁名诗,际此中国人民革命胜利之日,实有偷偷改窜一二字眼之必要,近以全集赠鹤镛同志,即以此求正。黄洛峰 6—2—50"

洛峰先生离开我们已经二十三年了,我深深怀念他,永远怀念他!

〔马仲扬、苏克尘于一九九〇年著有《出版家黄洛峰》一书(一九九一年《光明日报》出版社出版),记述洛峰先生生平甚详,推荐同志们一读。〕

聂耳永生

人民音乐家聂耳离开人世已经六十多年,然而在人民的心目中,他是永生的,始终与人民同在。我们天天可以在电视里听到他和田汉作的《义勇军进行曲》——中华人民共和国国歌。天安门升旗、人民政协开会也都要奏国歌唱国歌。

早在一九三四年,我还是小学生,音乐老师教我们唱聂耳谱写的歌曲。最早是唱《卖报歌》:"啦啦啦,啦啦啦,我们是卖报的小行家。不等天明去等派报,吃不饱,睡不好,痛苦的生活向谁告,总有一天光明会来到!"老师还教我们唱《大路歌》《开路先锋》。初小毕业那天,唱《毕业歌》:"同学们!大家起来!担负起天下的兴亡。""我们今天是桃李芬芳,明天是社会的栋梁。我们今天是弦歌在一堂,明天要掀起民族自救的巨浪!"唱得最来劲的就是《义勇军进行曲》。我们虽然还是孩子,但是只要一唱起聂耳的歌,就会热血沸腾。多少年来,聂耳的歌,始终在我的心中回旋荡漾。

不幸的是,一九三五年四月,消息传来,聂耳在日本与友人在鹄沼海滨游泳,汹涌的海浪无情地夺去了他年轻的生命,年仅二十三岁。如施谊(孙师毅)、吕骥在《聂耳挽歌》所写:"风在呼,海在啸,浪在相招。当夜在深宵,月在长空照,少年的朋友,他,投入了海洋的怀抱,被吞没在水的狂涛,浪的高潮。"当年,我们一群孩子,怀着悲痛的心情,含着热泪唱这首挽歌。

八月十六日，上海出版的《电通画报》第七期，为悼念聂耳专刊。从签名看参加悼念的，几乎包括当时上海文化界和电影界的人士。最使我感动的，是童星陈娟娟写的《纪念聂耳先生》，是陈娟娟的童稚的笔迹。她写道："我第一次认识你，你先抚摸我的头发说，'这小孩子我要好好地教她。'你非常爱护我。记得你教我《牧羊歌》，摸着羊妈妈的背唱。你是我唯一唱歌的教师，现在我看见报纸上，说是游泳到水底里不起来沉死了。我正要哇哇哭一场，我好好的聂耳先生，你以前抱了我，低低地说，还教我弹钢琴，还要替我编几支歌谱，教我唱给大家听，现在不是没有人教我了。"

聂耳为什么去日本？是因为上海的白色恐怖日益加剧。二月十九日中共江苏省委与中国左翼文化总同盟均被破坏，田汉、阳翰笙等革命文艺家相继被捕，四月一日传来了国民党政府将要逮捕聂耳的消息。渴望学习的聂耳为了丰富自己的音乐修养、提高音乐创作的技能，决定借此机会出国去深造。党组织为了保护这位奋发有为的青年战士，批准他经日本去欧洲、苏联学习，暂时出去躲避一段时间。四月十五日聂耳乘坐崎丸号轮船离开上海东渡。不料就此一去不返。

抗日战争时期，一九四二——一九四三年我在广西桂林，出版社资金困难，李公朴介绍我去找聂耳的哥哥、云南兴文银行经理聂叙伦，商量贷款。聂叙伦十分热情，给我一本空白支票本，允许我随时到银行支款。谈完公事，他希望我找作家写一本聂耳传记，我接受了，他即交给我八本聂耳日记，都是写在软面洋抄本上的。我即找了诗人洪道，将日记交给他，请他考虑担任写作。没有想到日寇沿湘桂路西侵，桂林紧急疏散，我怕丢失聂耳日记，原件还给了聂叙伦。在远去以前，我连夜请两位同仁和我一起将日记抄写了一份。这份抄稿一直跟随着我，解放以后我到北京，把它送给"音协"孙慎。一九八五年人民音乐出版社和文化艺术出版社出版的《聂耳全集》收有全部聂耳日记。

聂耳遇难后，在日本的朋友，曾成立东京聂耳纪念会，募捐印了一本

《聂耳纪念集》，纪念集中印有聂耳作曲、日记遗迹和遗作，以及郭沫若、秋田雨雀等人的悼念诗文。一九七八年洪遒由珠江电影制片厂将这本一九三五年在日本编印的纪念册寄赠给我珍藏。

　　一九七六年我去昆明，与聂叙伦叙旧，他送我一张聂耳演奏小提琴的照片，在背面写了"聂耳弟遗照送范用同志留念聂叙伦敬赠"。这张照片我一直保存着。

　　《聂耳纪念册》的编者之一天虚，是聂耳的同乡挚友。天虚原名张鹤，曾写过一本以苏区农民暴动为题材的长篇小说《铁轮》，还写过一本抗战报告文学《运河的血流》。抗战期间他由昆明到重庆，我们相识成为朋友。他去世后与聂耳同葬于昆明西山，立有纪念碑，郭沫若书"滇南二士聂耳天虚"。一九七六年我在昆明曾去凭吊。至今我很怀念天虚。

郑超麟及其回忆录

我有幸结识两位世纪老人,一位是董竹君(一九〇〇——九九七),另一位郑超麟(一九〇一——九九八)。

大约是在一九四二年,我买到一部上海中华书局出版,俄国作家梅勒什可夫斯基所著《诸神复活——雷翁那图·达·芬奇》,译者绮纹即郑超麟。当时对绮纹其人一无了解,到后来才知道。

一九八八年前后我在三联书店任职时,出版了一批外国文学传记,《诸神复活》是其中的一本,但无法与译者取得联系。

还是楼适夷先生和我谈起郑超麟,他曾经被国民党逮捕,在南京中央军人监狱和郑超麟关在一起,当时他和郑超麟是不同政见者,一是共产党员,一是托派。监狱"教诲所长"沈炳铨为了照顾关在牢里的一批"文化人",让他们翻译德文《军事法典》,名为翻译,实际是跟老师学习,老师就是郑超麟。译稿拿出去出版,得到稿费。郑超麟译得多译得快,拿的稿费也多,买了不少食品、药物和营养品。他自己所需不多,常常大部分分送给难友,不管这些难友是和他同政见或不同政见的。

郑超麟因反对国民党坐了七年监牢。解放以后,又因托派问题被捕坐了二十八年监牢,一九七九年恢复自由,被聘为上海市政协委员。从适夷先生那里知道郑超麟先生传奇的一生,非常想一见这位毕生为共产主义信念奋斗的老人,一九九六年出差到上海,得便拜访了他。

郑先生住在一所简陋的居民楼里。第一次见面,就给了我十分亲切的印象。我在他面前是个后生小子,郑老却一点也没有架子。

郑老说:我和你是同行。原来早在二十年代郑先生任中共中央宣传部秘书,负责编辑中央机关报《向导》《布尔什维克》,党的出版机构叫"人民出版社",而我去拜访他时,是北京的人民出版社负责人。

从那以后,我们之间通过不少封信。我竭力鼓动郑老撰写回忆录,因为他是早期党史的见证人,已经很难找出第二个人。郑老一九一九年赴法勤工俭学,一九二二年参加建立少年共产党,一九二四年参加中国共产党。在一张一九二三年拍摄的"少年共产党"改名"中国社会主义青年团旅欧支部"大会留影中,有周恩来、王若飞、陈乔年、郑超麟等人。

一九八二年人民出版社以"现代史料编刊社"名义出版《郑超麟回忆录》,只印了一千册,内部发行。

一九九八年我把郑老前前后后写的回忆录,以及《论陈独秀》《马克思主义在二十世纪》,加上诗词《玉尹残集》、诗词近作汇编三卷《史事与回忆——郑超麟晚年文选》数十万言交香港天地图书公司出版。为编此书,全稿我阅读了三遍:第一遍为初读,第二遍为编选,第三遍是看排印清样。在北京植字排版,制成菲林寄香港付印,力图在郑老百岁大寿前出版。出版社全力以赴,将第一册书赶送到上海,飞机中午到达,郑老却已在当天上午去世,距他心血结晶送达上海仅差数个时辰。令人欣慰的是,郑老生前为文选写了一篇自序,也可说是遗言。

最近,东方出版社作为"现代稀见史料书系"之一,重印此书。我愿借此机会郑重向读者推荐这部有关中国现代革命史的参考读物。

还需要提到的是,当年我编这部书,香港出版这部书,曾得到罗孚先生的资助,他为此卖了一幅藏画。为此郑老特在香港版的自序中感谢罗孚先生。香港版还附录罗孚的《郑超麟老人最后一封信》一文,记述与郑老之交往。遗憾的是,东方出版社重印本未经我的同意将自序和罗孚的文章全部删去了。我希望罗孚的这篇文章一同刊出,也算是书林史话吧。

附录　郑超麟老人最后一封信 / 罗　孚

一

罗孚先生：

昨日意外地收到您的信,喜出望外。

我们虽未见面,但心交已久。不记得哪一年,香港杂志(《中报月刊》或《明报月刊》)在拙作《玉尹残集》尚未出版以前,便以"程雪野"笔名,发表了一篇评论文章。我颇惊异,因为非熟人不能写这篇文章,但其中某些事实有出入又不像熟人所写。我和朋友猜想了多时不得解决。直至认识了范用先生之后才知道是您写的,而且由此知道了您这个人,还看了大作《北京十年》,又知道您也是楼适夷的朋友,于是一切疑问都可解决了。由此,我又认识到在"市场经济"之下并非每个人都是自私自利的,罗孚和范用此次共同无私的帮助就是证据。

在此证据之前,一切表示感谢的语言都显得是多余的。

但我们二人只能"心交",今生无能会面了。我不是简单的"违和",而是医院作出确诊"大限已到"。所以,您随时可收到我的讣告。

我的脑子还是清楚的,但写得不清楚,您第一次看我的信,一定看不懂我的字,因此我请人抄一份同时寄给您。

顺便寄给您近日发表的一篇评论。此文也将收入《晚年文选》。

敬礼!

郑超麟
一九九八年七月十八日

二

这是郑超麟老人给我的第一封信,也是他一生中最后写的一封信。写了这封信的第十四天,一九九八年八月一日的黎明以前,他就离开了人世。

我们希望他活得更长一些,长命百岁,可惜只差不到两年,他就走了。我们希望他多活几天,哪怕多活一天半天也好,只要多活半天,他的这部《晚年文选》的第一本书,就可以从香港赶到上海,送到他的手上,可以让他像抚摸小孩子的头顶一样,摩挲一番,抚摸他这晚年所得的孩子。我们迟了,"为山九仞,功亏一篑",只差了三四个时辰,中午才到,并没有赶上黎明。

但是,我知道当我在地球上的另一面读到这封信时,郑老还是在人间,甚至还是清醒的。我可以想象他那习惯性的动作,除下眼镜,把鼻尖和睫毛都凑到纸上,艰难地挥动他手中的笔,用他的心指挥他的手,以意为之地一笔一画给我写他看不见、我看不懂的信。

不过,有人是看得懂的,他要家人后辈抄了一份,和他的信一起寄了给我。

他说,他意外地收到我给他的信。给他的信在我也是一个意外。几个月前,偶然看到香港《大公报》上朋友范用的一篇文章,说他手上有一部几十万字的稿子,是一位"九十七岁的老人,一个早期党的历史的见证人的,出版无期,在他的手里仿佛捏着一块红炭"。我心一动莫非是郑超麟老人的著作,一问,果然不错。

我和郑老虽然素昧平生,却又冒昧地和他有过一点文字因缘。八十

衡宇相望 131

年代我在北京幽居时,曾经在范用那里看到郑老的《玉尹残集》,当时还是待印本,后来才由湖南人民出版社出版了。我觉得这些旧体诗词很有新意,而且又是出于这样一位"威武不能屈"的老人之手的,就禁不住把它写进《燕山诗话》里,送到《明报月刊》发表了。有些地方写得不准确,这就是郑老所说的"有出入"。

这是八九年春天的事,《玉尹残集》秋天才出版,书出后,郑老送了我一本,题上"某某同志惠存",其实我不是托派。后来见他在文章中也称老作家楼适夷为"同志",楼适夷也不是托派。他弟弟楼子春才是托派。

回头得说到范用了,从他那里证实郑老有大著在他手上,我们就商量要使它及时出版问世,为郑老祝贺他的百岁大寿。在这个过程中的后期,郑老突然进了医院,而且像他说的(实际是医生说的),"大限已到",我们于是快马加鞭,从九月提前到八月,从八月底提前到八月初,甚至提前到八月一日,而天地图书公司更跨前一步,在七月的最后一天把书赶出来了,无奈就只差这样的不到半天!

在最后的日子里,我才忽然动念,给这位没见过面的老人报一个信,让他清楚知道,书快要出了!无奈——

不过,这书总算赶上了能陪他大去,为他壮了行色!

他信中一再说"心交"。这只能说对了一半,他那一半,至于我只能是心仪、心折、心香。他是我所尊敬的老战士、老英雄,毫无愧色名副其实的二十世纪的世纪老人!他没有白活他的这一世纪。

附记:信末所说他的文章,指《六十年前的一场世界性争论——〈从苏联归来〉(附〈答客难〉)新序》。这两书都是纪德的作品,当年蒙冤,今已平反。

一九九八年八月于加州硅谷
(二〇〇四年六月四日《文汇读书周报》)

感谢巴老

巴金先生百岁华诞,我想到的,我要说的是,感谢巴老。

我还是小学生时,一位老师送了我一本巴金先生作的小说《家》。这部小说震撼了我的幼小心灵。我是流着泪读完的。我看到封建家庭中的封建礼教、封建势力怎样吞噬弱小者、软弱者,而像觉慧那样的年轻一代又怎样冲破罗网走向光明的道路。我初次接触到人道主义思想。当然小孩子还不知道人道主义,只是一种朦胧的感觉。

巴老著作给予我的另一点启发,就是讲真话,这是《随想录》的主题思想。可是讲真话并不是一件容易的事情。直到现在,我们听到的假话还少吗?有时还不准讲真话,要你讲假话。

巴老在他的《写作生活的回顾》一文中曾经说:

> 自我执笔以来,我就没有停止过对我的敌人的攻击。我的敌人是什么?一切旧的传统观念,一切阻碍社会进步和人性发展的不合理制度,一切摧残爱的势力。它们都是我的最大的敌人。

我很荣幸,还在工作岗位上的时候,得到巴老同意,由三联书店出版《随想录》,不作任何删节。这本书出版以后,受到广大读者的欢迎。而巴

老十分谦虚,写信感谢三联书店为他出版《随想录》:

> 《随想录》能够出合订本,合订本能够印得这样漂亮,我得感谢您和秀玉同志。说真话,我拿到这部书已经很满意了。真是第一流的纸张,第一流的装帧,是你们用辉煌的灯火把我这部多灾多难的小著引进"文明"书市的。

今天,在给巴老祝寿之际,让我们重温他的《随想录》,这部巴老说是"多灾多难的小著"吧。

巴老还是我们出版工作者的前辈,大家知道,在三十年代,巴老和吴朗西先生在上海创办文化生活出版社,出版"文学丛刊""文化生活丛刊"和"译文丛书",出版纯创作月刊《文丛》。一九八二年,巴老在一篇文章里谈出版工作,说:

> 生命的意义在于付出,在于给予,而不是在于接受,也不是在于争取。所以做补书的工作我也感到乐趣,能够拿出几本新出的书送给朋友,献给读者,我认为是莫大的快乐。
>
> 前些时候一个在出版社工作的亲戚告诉我,有人夸奖他们是出版家,不是出版商。他似乎欣赏这种说法,我就半开玩笑地说:你不要做出版官啊!

巴老的这些话,我们做出版工作应当视为箴言。大家知道,现在出版社全部是公营的,我们都做出版家,不要做出版商,更不要做出版官。

一九八九年巴老八十五大寿,北京的朋友曾由丁聪画像,冰心、萧乾题词,签名给巴老上寿,如今这批朋友有好多位已经不在人世。犹忆当年——送请他们签名,音容宛在。他们如果还在世,一定会再次给巴老上寿。

(二〇〇三年一月二十七日香港《大公报》)

巴金先生的一封信

范用同志：

　　信早收到。没有回信，只是因为我的病。《随想录》能够出合订本，合订本能够印得这样漂亮，我得感谢您和秀玉同志。说真话，我拿到这部书已经很满意了。真是第一流的纸张，第一流的装帧！是你们用辉煌的灯火把我这部多灾多难的小著引进"文明"书市的。

　　译文集付印时我也想写篇"新记"。请告诉我最迟的交稿期。不过三、四月内恐怕写不出来。

　　别的话下次再谈。

　　祝好！

巴金　三月九日

　　巴老的这封信写于一九八七年，他收到《随想录》合订本样本。
　　为什么巴老说《随想录》是一部"多灾多难的小著"？
　　《随想录》先是刊于香港《大公报》潘际坰兄主编的《大公园》副刊。在陆续发表的时候，内地就有人说三道四，以至于对际坰兄施加压力，企图腰斩《随想录》。香港向来言论出版自由，际坰兄理所当然予以拒绝。

我得知这一情况，十分气愤。正好巴老来京，住在民族饭店，我打电话问候巴老，同时请求将《随想录》交三联书店出版，可以一字不改。巴老同意，我非常高兴。

这样，《随想录》先由香港三联书店分册出版，即《随想录》《探索集》《真话集》《病中集》《无题集》。

《随想录》精装合订本于一九八七年出版，由我设计版式、封面和包封。另外加印了一百五十本编号特装本，非卖品，供巴老赠送之用；巴老签名赠我的一本为 NO.132。正文用纸是《毛泽东选集》精装本的特制纸张。我认为这种特制纸张，《毛选》可用，《随想录》也可用，当时我在人民出版社任副社长兼三联书店总经理，手上有点小权，可以动用这种纸张。

华夏出版社又于一九九三年把香港三联分册出版的《随想录》，影印出版线装本，五册一函，函套用织锦，请冰心先生题签。巴老为线装本写了一篇后记：

> 有人对我说："你写的书中印刷最多的是《随想录》，有九种印本，可是市里出售的很少。买不到书。"最近我同华夏出版社的朋友谈起，他说"我还为你出一种线装本，你同意不同意？""我同意。"我连声说。我正想编一本新的《随想录》，这将是版本的第十种，我要把来不及收进合订本的两篇随想也附印在里面。我不曾同哪一家出版社订过合同，因此我还有这一点自由。
>
> 这次增补的两篇文章是
>
> 怀念从文
>
> 怀念二叔。
>
> 巴金
> 一九九三年七月十九日

巴老说的华夏出版社的朋友即夏宗禹，我的挚友。

一九九〇年四川文艺出版社出版巴老的《讲真话的书》，里面收有《随想录》,却出现了怪现象。其中《随想录》一四五《"文革"博物馆》一文,在目录页上只标出"存目"两字,正文页里仅有标题,第一〇二六页整页空白。

大家知道,在国民党法西斯专政时期,报刊常有"开天窗",报刊因为某篇文章或新闻被审查官"枪毙"了,编者故意让它空着,让读者知道,以表示对审查的抗议。现在四川出版的这本《讲真话的书》出现这种现象,又是为什么?

巴老在这篇文章里说的不过是:

> 我们谁都有责任让子子孙孙,世世代代牢记十年惨痛的教训。"不让历史重演",不应当只是一句空话。要使大家看得明明白白,记得清清楚楚,最好是建立一座"文革"博物馆,用具体的、实在的东西,用惊心动魄的真实情景,说明二十年前在中国这块土地上,究竟发生了什么事情?!……
>
> 建立"文革"博物馆是一件非常必要的事,唯有不忘"过去",才能作"未来"的主人。

众所周知,党中央已经做了彻底否定"文革"的决定,难道巴老的意见犯了忌?

曾有一位温姗先生在香港《大公报》副刊发表文章议论此事:

> 把巴老这篇文章免登的做法极不可取;但是,编者仍然"存目"还有可取之处,至少他们有勇气告诉读者这里本来应有如此一篇文章,让读者去思索个"为什么",而且引火烧身地招来对他们的批评。如果他们干脆连目录都删去,作者、读者更是连话也说不出一句,岂不省事?

去年,杨苡同志在《钟山》双月刊发表《"文革"博物馆在哪里?(重谈

一九七七年巴金的三封信)》一文,其中说:

"文革"博物馆在哪里?在我们的亲爱的祖国各地,无数无数的高楼在建成,竟没有一座大楼挂上"文革"博物馆的牌子!我现在只能说,它正在建成,或已经建成,它矗立在巴金老人的心里,在他的亲朋好友心里,在所有经历过十年浩劫的受难者的心里!历史可以把一些发生过的事掩盖,淡化,甚至歪曲。但历史终归是历史,它不像是日历、月历或年历,想撕掉就撕掉,而岁月留下的历史踪迹却还能在记忆中永存。

我之所以在这里不厌其详写下这件事,只是想给研究中国现代出版史者提供一些资料。

三联版《随想录》出版至今三十多年,没有发生什么问题,平安无事。天下本无事,庸人自扰也。

巴老信中所说的"译文集",即香港三联书店于一九九〇年出版的一套十本的"巴金译文选集":《草原故事及其他》(高尔基著)、《秋天里的春天》(尤利·巴基著)、《童话与散文诗》(王尔德著)、《迟开的蔷薇》(斯托姆著)、《家庭的喜剧》(赫尔岑著)、《红花集》(迦尔洵著)、《夜未央》(廖·抗夫著)、《散文诗》(屠格涅夫著)、《木木集》(屠格涅夫著)、《门槛》(屠格涅夫著)。是我用自己收藏的书选编的,每本十万字左右,印小开本。台湾东华书局又据香港三联版印了精装本,巴老也签名送了我一套。

犹忆少年时,小学老师沙名鹿先生送我一本巴金的《家》作为生日礼物,自此,我就找巴金著作来读,七十年了。我们这一代人都是读巴老的书成长的。巴老百岁华诞,写这篇小文,略表我的感念之情。

(二〇〇三年三月二十一日《文汇读书周报》)

苦乐本相通　生涯似梦中
——悼祖光忆凤霞

祖光兄一年前遽然去世,心里无比悲痛,回忆前尘往事,不禁泫然。

我第一次见到吴祖光,是在一九四六年。我由重庆到上海,祖强托我捎点东西给祖光,我送到祖光家中,他出来开的门。

在这之前,我早已闻名"神童吴祖光"。他十九岁在四川江津国立剧专,就写出了讴歌东北人民抗日斗争的话剧《凤凰城》。七十年了,至今我还能够唱出它的主题歌:"黑龙江上,长白山头,江山如锦绣。战鼓惊天,烽烟匝地,沦落我神州!……"

不久,祖光又写了《风雪夜归人》。这一剧作标志祖光写作的成熟。《风雪夜归人》当时在重庆上演,轰动山城。讵知上演半个月,便被国民党检查机关禁止上演,社会抗议,舆论哗然。记得周恩来不止一次到戏院看演出,还和祖光亲切谈话,提出一些修改剧本的意见。

此后,祖光连续写了《正气歌》《牛郎织女》《少年游》等剧本,都受到观众热烈欢迎和戏剧界的好评。抗日战争胜利后,国民党倒行逆施,祖光拍案而起,写下《嫦娥奔月》《捉鬼传》等讽刺性剧本。

然而,这样一位正直的剧作家,解放后却陷入了厄运。一九五七年,中央发出"帮助党整风"的号召,要大家"知无不言,言无不尽"。还说"言者无罪,闻者足戒"。祖光相信这些话。在一再敦促邀请下,出席文联的一个座谈会。在那次会上,祖光的发言被人加了一个《党"趁早别领导艺术工作"》的标题在报上发表,成了吴祖光"反党"的罪证,被打成"右派""反革命分子",在批斗之后,发配北大荒劳动改造。"文革"中,又以"二流堂"的罪名,再一次下放劳改,一去三年。

虽然屡遭打击磨难,敢讲意见这一点,祖光始终不改,成为闻名的仗义执言者。举一个例。祖光因批评某商场仗势某权要对顾客搜身,被告上法庭。奇怪的是,开庭之日原告不敢到庭,成为京中一桩笑谈。祖光在法庭上慷慨陈词,受到旁听者和记者们的赞扬。

祖光历经坎坷,生活上、精神上最忠实的支持者,是妻子凤霞。

凤霞出身贫苦,六岁开始学艺,十二岁跑码头走江湖卖艺,流浪受苦。解放以后认识祖光,是老舍介绍的。对自己的终身大事,凤霞向老舍谈了心里话:"一定要选一个在艺术上能帮助我、文化和知识上能教导我的人。岁数大些也行,因为我太幼稚了。"因为从老舍那里全面了解了祖光,凤霞主动向祖光提出:"我跟你结婚你愿意吗?"然而此事却遇到了阻力,有人反对。老舍支持凤霞,让她作生活中的刘巧儿,老舍对祖光说:"我是投了你第一票,我是大媒。"

可是,祖光好讲话敢讲话,一直让凤霞担惊受怕。永玉说:"凤霞和祖光是完全不同的两种性格的人,凑在一起却是十分协调,吴在前台,她在后台,吴在外头闯祸,她在家里承担。这一对夫妻可真算得是'钢铁般的恩爱夫妻'。"祖光被打成"右派",有一位副部长劝她离婚,凤霞说:"你们认为祖光是坏人,我认为他是好人。我既然嫁给他,薛平贵从军,一去十八载,那么我等他二十八年。"

因为不愿意离婚,她在评剧院备受歧视,她仍在北京或出外演戏,但是限制她不能演党员,不能演英雄人物;报上不作宣传。别的演员休息,她要去刷马桶,挖防空洞,挖了七年。一九七五年冬天,终于因高血压瘫痪,从此告别舞台。一九九八年四月,凤霞随祖光回家乡常州参加一项活动,突发脑溢血逝世,接着祖光也中风病倒。祖光向来谈笑风生,凤霞走后,一变为沉默寡言。我每次见到,非常难过,欲哭无泪。

凤霞在世,我去看他们,有时留我吃饭,凤霞总亲手做个酸辣汤。她说在天桥卖艺,一天要赶好几场,有时不卸装,匆匆上饭铺吃碗米饭,要个酸辣汤。如今,我再也吃不到凤霞的酸辣汤了。

凤霞说:"不能演戏我就写文章。"她没有学过多少文化,边学边写。有的字问祖光或者查字典,一本字典一直放在书桌上。写自己的一生,凤霞是含着眼泪说故事。祖光说凤霞的记忆力特别强,"脑子像个电话簿"。艾青说凤霞"具有女性的温柔而细腻的观察力,深刻理解人,感情真挚,写来富有人情味"。叶圣陶读了凤霞的文章说:"新凤霞为什么能写得这样好,她是祖光夫人,得到老舍的鼓励,得到许多朋友的支持,这些当然都是条件。但是有了这些好条件准能写出好东西来,怕也未必。主要的还在她的生活经历丰富,小时候受苦深,学艺不容易,解放后在政治上翻了身,却又遭遇到不少波折……她写的东西不就是这些吗?她写老一辈艺人的苦难,旧班子旧剧场的黑幕;她写新时代剧场的改革,演员的新生;她写十年的浩劫,许多朋友遭到了厄运。要不是亲身经历过来,她也没有什么可写的了。""是否可以这样说,新凤霞在舞台上取得成功,就是因为她从小养成了观察和揣摩的习惯。观察和揣摩本来是生活中的需要,做事的需要,同时也是写东西的先决条件,而在她已成了习惯,难怪她写得这样好,让人读着就像看她演戏一样受她的吸引。"叶老对凤霞的文章的评论,说得真好,十分准确,凤霞写作成为中国作家协会会员。

一九八五年,我请凤霞把她的文章编集出版,这就是三联书店的那本《我当小演员的时候》,她的第一本书。原来设想编印三集,可是直到我退休也未能完成,耿耿于怀。一九九七年,河北人民出版社出版四卷本一百多万字的"新凤霞回忆文丛",真叫人高兴,凤霞留下的这部文集,我愿郑重推荐给世人一读。

凤霞曾师从白石老人学画。一九八一年画了一幅水墨画老倭瓜赠送我,祖光在上面题词:"苦乐本相通,生涯似梦中。秋光无限好,瓜是老来红。"这幅画一直挂在我的床前,每天醒来一眼就看到——我又见到祖光和凤霞,我的两位挚友!

《天蓝的生活》的归来
——怀念罗荪先生

记不清哪一年我收到一本寄来的书,高尔基著、丽尼翻译的《天蓝的生活》。还有一封信。写信人是孔罗荪的儿子孔瑞。

信里说:

> 家父已于去年十月移居上海,由家姐照顾。我在整理图书(已陆续捐赠现代文学图书馆),发现一本您的旧书。由于家父生病多年没能碰过自己的藏书,未能及时奉还,很是抱歉。

我完全想不起这本书何时借给罗荪的,总有几十年了。书确实是我的,在书的书面有好几个我的签名、图章,可见我是多么珍爱这本书,虽然只有薄薄的一百页。

《天蓝的生活》是巴金主编的"文化生活丛刊"第十种,民国二十五年出版。我是一九三七年在汉口生活书店买到的。那时我逃难到汉口,寄居在亲戚家,没有钱,只能买本定价二角五分的《天蓝的生活》。

一九三八年我在汉口读书生活出版社当练习生,见到罗荪先生。他在编全国文艺界抗敌协会的刊物《抗战文艺》三日刊。这本刊物由读书生活出版社出版,罗荪隔天来出版社一次,送《抗战文艺》的稿子。

罗荪给我的印象是衣着十分讲究，头发梳得整整齐齐。他是东北人，说一口国语（即普通话）。

那时许多作家都来读书生活出版社：舒群、周立波、叶以群、白朗、罗烽等等，还有日本友人鹿地亘、池田幸子。非常热闹。

罗荪发稿，总有一本画好的版样，标明文章是通栏还是两栏、三栏，标题占几栏。于是我也学会了画版样。

一九四〇年到重庆读书生活出版社出版《文学月报》，有个编委会，但编刊物发稿就罗荪一人。一九七八年我编《生活·读书·新知三联书店成立三十周年纪念集》，向罗荪征稿。他写了《关于〈文学月报〉创刊的二三事》一文。文中说：

> 《文学月报》的出版和发行，和当时的进步报刊一样，受到国民党反动派的限制和压迫。她出版后，只是在第一年是按期出版的，之后就不对了，不能如期出版了。那时，除了国民党的图书杂志审查委员会对稿件的种种刁难外，还由于印刷厂全被反动派控制起来，采取种种办法使刊物脱期，经常是一两个月的脱下来。一九四一年后，日益加紧了对进步文化事业的摧残和压迫，方法是多种多样的，有的采取大量扣发稿件，有的在你出版后，无法发行到重庆以外的地区去，还有的就是以卑劣手段吊销出版执照，它规定一种刊物脱期半年以上就要吊销执照，而在他们控制着印刷厂的情况下，经常可以使刊物长期脱下去的。《文学月报》就是这样被迫停刊的。

由此可见，当时罗荪是在怎样困难的条件下，坚守文艺阵地，与国民党反动派作斗争的。

罗荪在邮局工作。运送邮件的汽车可以附搭一二人，有同志因国民党追捕需要紧急离渝，我们通过罗荪弄到票子使这些同志得以出走。

一九四九年上海解放前夕，为免再次被国民党特务逮捕，组织上让我到南京寻求罗荪帮助。罗荪留我在邮局住下。

我在阅读文学书籍方面,得到罗荪的指导。他给我书看。至今我还保存他的那些书:一九三五年鲁迅主编的《译文》合订本和一九三四年莫斯科出版的《国际文学》中文版,十分珍贵。

根在祖国
——我认识的李黎

在认识李黎之前,我先读到她的一篇短篇小说《谭教授的一天》,那是在一九八〇年以前。

这篇小说发表于台湾文学刊物,传到香港,一位朋友剪寄给我。我读后,一次去看茅盾先生,顺便带给他看。我说这篇小说像您的作品,茅公看了点头笑笑。

李黎一九四八年出生于江苏南京,在襁褓中随家人离开大陆抱到台湾。在那里成长,受教育,在台湾度过二十二年。二十二岁去美国,以后在那里做事定居。

那时,李黎他们被禁止看三十年代中国现代文学作品。李黎说:"我听到过这些名字:鲁迅、茅盾、巴金,可是那好像是非常遥远的一些名字,我总共只看到一个手抄本的《阿Q正传》,还有人家偷偷从香港买来的巴金的《家》。一到美国,就到大学中文图书馆去,看到一架子都是三十年代作家的作品,我真是如饥似渴地整天整天地坐在办公室里看,一本一本地看,我觉得我接触到一个新的世界,一个以前从来不知道的世界。"

在图书馆,她借到一本很旧的《茅盾选集》(一九四八年上海春明书店出版。我在童年也看过这本书,那是上海一家书店的盗版书)。李黎在一九八一年茅盾访问记中说:"至今我也不会忘记,深夜里在宿舍的斗室中是怎样激动得不能成眠的心情。那样巨大而深沉的苦难和力量,在一本薄薄的书册中竟似排山倒海般的震撼。即使是那篇有自传性的、带一点哀愁的《列那和吉地》,也使我禁不住一次又一次地流泪。""茅盾成了一个带领我走上一条新的心路的人。"

一九七九年李黎在上海访问了巴金。老人跟这位年轻作家的谈话十分坦率亲切。巴老谈过去、现在与将来;谈自己的写作和翻译计划,要写五本《随想录》,一本回忆录,两本小说,还有翻译赫尔岑的回忆;谈人道主义、"双百"方针、谈民主与法治。这次谈话给了李黎深刻的印象。

李黎写作十分勤奋,几乎每年都要出一本书。我收到她二十来本赠书,在书架上放了一排。一九九九年作家出版社出版了一套"李黎系列":《三城之恋》《悲怀书简》《袋鼠男人》。我高兴的是,她的第一本书是在大陆出版的短篇小说集《西江月》,是我推荐给中国青年出版社出版的,并且请茅盾题签,丁玲作序。她的根在中国。

丁玲在序言中说李黎的作品,"使人感到是我国二十年代、三十年代文学的继续"。"李黎生长在海外,她不被那些目迷五色的表面的繁荣所欺骗,她常常透过那些表面生活看到一些要求生存的、要求进步的、要求革新的、普通正直人的挣扎与斗争。"

陈映真对李黎的作品做了这样的评论:"李黎写的故事里,总是有着这样或那样的对于大陆和台湾两地的牵连,和流放异域的、心灵与生命的荒凉,却又始终透露着作者对于人的良善的不二的信心。"

李黎的写作是多方面的。她写小说,写散文,还写随笔。近几年她给祖国内地和台湾报纸、美洲华文版报纸写专栏文章。写专栏不仅需要笔勤,还得善于捕捉题材,情趣成章,如她所说的:"好的专栏文章,不但须得具备好散文的条件——学、识、才、情,缺一不可,此外还得加个'趣'字。专栏文章若是无趣,日复一日年复一年,岂不令读者疲倦不堪?恐怕作者自己先就吃不消了。"

作为作家,李黎有自己的信念,她说:"一个作家的热情和使命感固然是最重要的,可一个作家的诚实和良知促使他去对事物进行更深入的探索与思考,这才是更重要的。"

读《程门立雪忆胡绳》

春节前夕,收到郑惠同志寄赠的文集《程门立雪忆胡绳》,篇幅不多,我用一天多的时间即读完。

郑惠与胡绳同志共事多年,是胡绳的得力助手,"长期受胡老教诲栽培的弟子",他的记叙自然十分亲切。

我读胡绳文章,要远溯到上个世纪三十年代,那是一九三八年在武汉,小学毕业还不到一年,在出版社当练习生。出版社学习条件很好,年长的同事介绍我读艾思奇、柳湜、胡绳、曹伯韩讲解哲学和社会科学的通俗读物,其中有胡绳写的《新哲学人生观》和《辩证唯物论入门》。这两本书深入浅出,很好懂。这些书对我的思想起了很大的影响,使我初步知道了何谓新人生观,何谓新哲学。后来,胡绳还写了好几本通俗理论和历史的著作,是他致力于马克思理论通俗化普及工作的一大成就。

胡绳在理论工作方面的另一成就,是针对抗战大后方思想文化领域中的反理性主义和复古主义思潮,写了一系列思想评论。后来胡绳回顾这一批文章的写作,"总的说来贯穿着的主题就是在马克思主义立场上捍卫理性与自由"。本书对此也做了全面的评价。

本书还介绍了胡绳研究中国近代史的著作,为《帝国主义与中国政治》《从鸦片战争到五四运动》,在这方面,胡绳对一些历史事件提出了新的见解和新的思想,得到史学界的好评,为广大读者所欢迎。

胡绳担任中共中央党史研究室主任期间,主持中共党史的研究和编写,对民主革命时期和社会主义时期党史的总体把握,以及对一些重要事件、重要人物的评论,提出了自己的见解,强调要充分论证教条主义的危害,破除迷信。应选择那些在历史上本来就重要,对现实生活有意义,对振奋人们精神,提高人们思想境界和思想方法有好处的问题,抓紧进行研究。

关于社会主义与资本主义的关系,是胡绳晚年着力研究的课题,他在这方面也提出许多深刻的、新颖的见解。值得注意的,是他多方面论证了必须运用资本主义的文明成果来建设社会主义。他特意提出并阐释了一个人们不大熟悉的马克思主义观点,即社会主义社会和资本主义社会除了对立的关系外,还有一层继承的关系。他明确提出"我们不能补'走资本主义道路'的课,但必须补'继承资本主义遗产'的课"。胡绳在病重后的最后几年,还不停息地研究思考这方面的许多重要的思想理论问题。他在八十年代写的文章结集为《马克思主义与改革开放》一书,从中可以看到胡绳写作和发表见解,终于排除了"左"倾思想干扰。作为胡绳的小友,我深感欣慰。然而一九九九年胡绳在《毛泽东的新民主主义论再评价》一文中探讨中国革命进程中的民粹主义思想之影响,竟招来一番粗暴的围攻,"左"倾顽症于此可见。胡绳对此不屑一顾,好!

(《程门立雪忆胡绳》,郑惠著,中央民族学院出版社二〇〇三年一月出版)

《傅雷家书》的出版

两个多月前收到辽宁教育出版社新版《傅雷家书》。这本书三联书店版印过五版一百一十六万册,还不包括香港三联版。一本书如此受读者欢迎,畅销不衰,令人高兴。

大概一九八一年前后,我与楼适夷先生同去上海。旅途中闲谈,他告诉我傅雷先生情况,包括对傅聪、傅敏兄弟俩的教育培养,我很感动。

我知道傅雷是著名的翻译家,读他翻译的书,还是在抗战时期。那是在桂林,洪遒兄送我一本傅译罗曼·罗兰的《弥盖朗琪罗传》。接着我又读了傅译《约翰·克利斯朵夫》,也是罗曼·罗兰的名著。这部四卷本的《约翰·克利斯朵夫》,是从桂林、衡阳、吉安、曲江四个地方的商务印书馆买齐全的,很不容易。读这部小说,不仅是文学上极大的享受,更重要的是,我深深受到人道主义思想的感染。

罗曼·罗兰在小说的结尾这样写道:

圣者克利斯朵夫渡过了河,他整夜在逆流中走着。

突然,早祷的钟声响了,无数的钟声一下子惊醒了。天又黎明!在黝黑的危崖后面,不可见的太阳在金色的天空升起。快要颠扑的克利斯朵夫终于达到彼岸。于是他对孩子说:

——我们终究到了！你多沉重！孩子,你究竟是谁啊?

孩子答道:

——我是即将到来的日子。

它昭示人们:不屈不挠,永不气馁,方能到达彼岸。明天是属于我们的。

读这部小说,也使人产生对译者傅雷先生的敬仰之心。

听了适夷先生的介绍,我对傅雷与傅聪的通信产生极大的兴趣。正如适夷先生后来所写的:"应该感谢当时的某位领导同志(石西民),在傅雷被划成'右派'之后,仍能得到一些关顾,允许他和身在海外并同样蒙受恶名的儿子保持经常通信关系。"这才有这部可贵的家书。不久,我从傅敏那里取得家书原件。阅读之后,一种强烈的愿望,驱使我一定要把它出版介绍给广大读者,让天下做父母的做儿女的都能一读。

然而,出版傅雷家书却遇到阻力。说受书者傅聪是"叛国",说出版这部书是提倡走白专道路。傅聪本来就是在国外学习,何来叛国?他不过是对父母在"文革"惨遭迫害致死,心存悲愤,有所表示,事出有因。至于提倡走白专道路,何谓白何谓红,谁也说不清。提倡专,有何不好?不仅现在,将来我们也还是要提倡专。专除了要具备天资,更多是靠勤奋与毅力。傅雷的教导,与傅聪的苦学苦练,在这方面做出了榜样,值得向世人介绍。

幸好,当时我得到一份胡耀邦同志关于邀请傅聪回国讲学问题的批示,指示中说:

> 傅聪的出走情有可原,这是一;出走后确实没有损害党和国家的行为,这是二;出走以后,仍旧怀念国家,忠于自己的艺术,治学态度很严谨,博得学生和人们的同情,这是三。这些必须充分理解和体谅。
>
> 他回来演出,教学,要完全允许他来去自由,不要歧视,不要冷

淡。据说他生活并不好,应根据他的工作给予应得的报酬,并可略为优厚。应指定专人对他做点工作,要较充分体现国家对这样一个艺术家慈母心肠。

指示同时指出:出走毕竟是个污点,应有个交代。

一九八〇年傅聪回到国内,在接受记者访问时,对自己过去的出走表示内疚。这可以看作是公开场合的表态。后来种种事实表明傅聪是一个爱国者。

这样,排除了阻力,《傅雷家书》终于在一九八三年出版问世。三联书店还在北京、上海、香港举办傅雷家书手迹展,观众甚为踊跃。

除了《傅雷家书》一再重印,三联书店还出版了傅雷的《世界美术名作二十讲》《傅译传记五种》《与傅聪谈音乐》(董秀玉访谈记录。傅聪认为这本书最合他的心意)、《米开朗琪罗传》。其他出版社相继出版《傅雷书信集》和傅译《罗丹艺术论》《艺术哲学》《贝多芬传》等书。

顺便讲一讲:《世界美术名作二十讲》需要配图片——世界美术名作,向日本讲谈社购买,很快就寄来。说明讲谈社有完备的资料,且一索即得。这一点很值得我们的出版社学习。

一九八一年,我用自己的藏书编了一部十五卷本的《傅雷译文集》,由江奇勇同志拿到安徽教育出版社出版。最近,辽宁教育出版社出版了二十卷本的《傅雷全集》。当年安徽教育出版社出版译文集亏损五万元(当时币值),现今辽宁教育出版社出版全集,也是亏本。对于安徽、辽宁这样有眼光有魄力的出版社,作为出版工作者,我深为钦佩。

至于《傅雷全集》书上印了"主编:范用",实际上我丝毫未尽力,出版社让我挂个名,这一点应当说明。

第三辑　书香处处

买书结缘

买书,说得确切一点,是看书,到书店看书。

五十五年前,一九三六——九三七年,我在省城的一个私立小学读书。省城在京沪线(现在的沪宁线)上,上海出版的新书杂志,到得很快,日报傍晚就可以看到。

城外比城里热闹,店铺、茶楼、火车站、轮船码头,都在城外。北伐以前,城外还有英租界,小时候我还见过租界的铁栅栏,租界里有个海关。

西门大街有家新书店,过去一点,是大舞台戏院,从北平、上海"重金礼聘"来的名角,在这里登台。有一年,南京国立戏剧学校,在这个戏院演出话剧《视察专员》《狄四娘》,前者是果戈理的名剧《钦差大臣》改编的,女主角叶仲寅,就是现在的叶子,是我头一回看到的正式的话剧演出,印象很深。

戏院隔壁有家炒货店,看戏的人在店里买包瓜子或花生米带进戏院,边吃边看。十一点散戏,炒货店门口汽灯煞亮,看戏的人又买包油炸蚕豆瓣什么的,做下粥的小菜,带回家吃宵夜。

我常去的是那家书店,放学路过,总要进去看看有什么新书杂志,有好看的,从架上抽下来,站在书架旁边,看它半个来小时。

这家书店,新文艺书比较多,除了商务、中华这两家老牌子书局,上海的一些出版社，现代书局、良友图书公司、新中国书局、生活书店、开明书店、文化生活出版社的新书，大多都有。北新书局、亚东图书馆早年出的书，也还有一些。成套的书，像生活书店的"创作文库""小型文库"，良友图书公司的"文学丛书""良友文库"，文化生活出版社的"文学丛刊""文化生活丛刊"，一溜摆在书架上，挺馋人。现代书局、新中国书局也各有一套文学丛书，封面看上去蛮舒服。

我买不起书，只有开学的时候，跟爸爸多报几毛钱文具费，再加上过年的压岁钱，买几本书。因此，我就在书店白看；一本本看，看完一本再看一本。现在还能记得起看过的书，有张天翼的《蜜蜂》《团圆》，茅盾的《春蚕》，巴金的《砂丁》《电椅》，施蛰存的《上元灯》《梅雨之夕》，穆时英的《南北极》。巴金翻译的《俄罗斯童话》《门槛》，也是站着看完的。

平日，顾客不多，也就两三个人，有时就我一个看书的。快到年底，就热闹起来，店堂里挂出了贺年片，小学生挤在柜台前面，挑挑拣拣，叽叽喳喳。

三开间门面，宽敞明亮，门口没有橱窗，早晚上下门板。冬天，风往里灌，店堂里冷飕飕；天好，阳光照进来，暖和一些。

有三个店员，从不干涉我看书，不像有的书店，用眼睛盯着你，生怕你偷书，你看久了，脸色就不大好看。

书店老板姓童。后来在武汉，李公朴先生跟我谈起，说认得这位童老板；李先生年轻时在镇江的一家百货店当过店员。

店员之中有一位年轻人，书生模样，年龄跟我小学老师相仿，二十来岁，后来熟了，我叫他"贾先生"。

贾先生人挺和气，用亲切的眼光看我这个小学生，渐渐攀谈起来，谈些什么呢？现在一点也记不起来。年轻人关心的职业、婚姻这些问题，贾先生不会跟我这个小孩子谈，多半谈喜欢读什么书，哪些书好看。再就是谈学校里的事情。我读书的那个学校是回族人士办的，贾先生是回民。

还有一个谈话题目：国难问题，日本人侵略中国，抗战抗不抗得起来。

就这样，我跟贾先生成了忘年交，他大我六七岁，把我看做小弟弟，可是在我心目中，他是先生。

去年六月十六日，贾先生从台湾来信说："忆昔约为一九三四年前后，我们相识于镇江书店，每周六，你必来买韬奋编周刊，那时你在我印象之中，是个好学深思的清秀少年。我也不过二十二三岁。"

孙女听我念信，笑了起来："哼！还清秀哩。"

是啊，她看到的爷爷，是个又干又瘪的瘦老头儿。奶奶却说："你爷爷是清秀。"

不花钱看书，可是韬奋先生主编的《大众生活》（后来是《生活星期刊》）我是每期要买的，事过几十年，贾先生还记得这件事。

《大众生活》《生活星期刊》虽然只有薄薄的十几页，得买回去细细看，反复看。它用大量篇幅报道北平学生爱国运动，每期有四面新闻图片，不仅内容吸引人，编排也很出色，还有金仲华、蔡若虹编绘的"每周时事漫画"。有一期封面，是一个拿着话筒的女学生，站在北平城门口演讲，标题是："大众起来！"后来知道女学生名叫陆璀。五十年代，在东安市场旧书店买到一套《大众生活》，我把这一期送给了陆璀，老大姐十分高兴，如今她也满头银丝。

《大众生活》《生活星期刊》四分钱一本，合十二个铜板。家里每天给我四个铜板零用钱，我用两个铜板买个烧饼当早点，一个礼拜积余十二枚，正好够买一本杂志。

在书店看书，我特别当心，决不把书弄脏弄皱。放学以后先把手洗干净，再到书店看书。看到哪一页，也不折个角，记住页码，明天接着看。

后来，贾先生到国货公司文具部当店员，文具部兼卖杂志，我也就跟过去看杂志，《光明》《中流》《读书》半月刊、《生活知识》这些杂志就是在那里看的。

我只在文具部买过一支"关勒铭"自来水笔，我用的第一支自来水笔。

一九三七年冬天，日本人打来了，我们俩都逃难到汉口，又遇上了。过了年，读书生活出版社收留我当练习生。我向黄洛峰经理引荐贾先生，黄经理听说他在书店做过事，他也进了读书生活出版社。

书香处处

这一年我才十六岁,黄经理能让我介绍一位朋友进出版社,实在高兴。

贾先生在出版社没有待多久,他要到战地抗日,报考战时工作干部训练团,从此分手,一别就是五十几年。

黄经理还常常谈起他,问我:"你那位好朋友在哪里?"我不知道,虽然我很想念他。

现在看了他的来信才知道,他在受训以后,被分配到军委会政治部第三厅军报科,也就是陈诚、周恩来任正副部长,郭沫若任厅长的政治部,以后被派到西北办报,一直从事新闻工作。一九四九年去台湾教书,现已荣休。

时隔半个世纪,我们又怎么联系上的?

去年四月,知友诗人戴天从香港打来电话,问我可认识一位姓贾的老乡?我立即想起了他,准是他!

原来,台北《联合报》副刊登了戴天兄的一篇文章,里面提到我这个酒友:"北望神州,怎忘得了范用。"贾先生看到了,写信通过副刊主编痖弦先生打听:"文中所指范用是否尚存在?是否知其下落?"并说:"本人和他过去有很深厚的感情。"

于是,我们通上了信。我高兴的是,贾先生来信说秋后回乡探亲,定来北京叙旧。

他寄来全家福照片,可我怎么也认不出照片上坐在中间的老人家就是贾先生。他看了我寄去的照片,也"不禁感慨系之",小弟弟成了白头翁!

本月十六日收到他发自江宁的信,说上月十五日返乡,到了南京、镇江、上海、西安,因病不得已改变行程,折返南京治疗,预订的机票须十四日返台,"千祈原谅不能北来苦衷",并寄来三百元给我进补,他还把我当作小弟弟。

这真叫我失望之至,无限思念,无限怅惘!

他已经八十高龄,倘若海峡两岸通航,往来捷便一些,再次回乡的日子当不会太远。我祈愿他老人家健康长寿!

　　一个普通店员,一个小学生,过了五十几年仍不相忘,还能相见,岂非缘分!

　　我见到书店的朋友,常常讲这个买书的故事。我说,开书店要广交朋友,包括小朋友,欢迎他们来书店看书,从小爱跑书店,长大了,准是个爱书人,准是你的顾客。

　　有人说:"顾客是上帝。"我信奉的是:朋友是无价之宝。

　　我到香港,参观商务印书馆,看到门市部有一角专门布置给小朋友们看书,地上放着很好看的坐垫,小朋友可以坐在地上看书,想得真周到。我就看到一位小朋友,把图画书摊放在地上,看得入神,店员不干涉,随他。

　　北京西单附近,有家三味书屋,店主是一对中年夫妇,都是知识分子。店堂中间放了张大桌子,小朋友坐在那里看书,倒不是专为小读者而设,像我这样的老头儿也可以坐坐,来书店的颇有一些上年纪的人。

　　但愿多一些这样的书店,多结一些这样的缘分!

一九九三年二月

为了读书

跟年青朋友在一起,常常有人问我:你为什么选择出版这一行?

不是我选择了这一行,是读书生活出版社收留了我。

一九三七年冬天,"感谢"日本侵略者的炮火把我轰出了家门,一个人逃难到汉口,投靠舅公。没想到过了年,他生病死了。舅公在交通路一家书局当经理,读书生活出版社从上海搬到武汉,租用了这家书局的二楼,我每天放下饭碗就钻进出版社看书,同那里的先生们混得很熟。出版社经理黄洛峰,大家称他黄先生、黄老板,看我这个十五岁的孩子手脚灵活,能跑腿,收留了我,从此,我算是有了个饭碗。

读书生活出版社出的书,都是很进步的,可以开出一串书名。艾思奇的《大众哲学》、曹伯韩的《通俗社会科学二十讲》、柳湜的《如何生活》、李公朴编的《读书与写作》、张庚编的话剧集《打回老家去》、周巍峙编的新歌集《民族呼声集》、以群翻译的《苏联文学讲话》、高尔基的《在人间》,等等。还发行中国共产党第一本公开出版的刊物《群众》周刊,我全看了。

此外,出版社还有一些从上海带出来的参考书,杂得很,有《胡适文存》、陈独秀的《实庵自传》、希特勒的《我的奋斗》、蒋介石的《西安半月记》、《韦尔斯自传》、纪德的《从苏联归来》,等等,也都让我随便看。

这是个有书读,而且让你读书,允许你读各种书的地方,极大地满足了我的读书欲望,胃口大开。

从这一点讲,是我看上了这个出版社,愿意吃这碗饭。

除了在出版社看书,每天还到交通路的一些书店看书。上海搬来的书店大多在这条马路上和附近的弄堂里。有生活书店、上海杂志公司、开明书店、天马书店……还有当地原有的华中图书公司。我成了书店"巡阅使"。

黄老板看我有这么个癖好,就给我一个任务,替出版社采购新出版的杂志,有的是他指定买的,像共产党叛徒叶青编的《抗战与文化》,国民党的《中央周刊》《民意》周刊、《祖国》,还有其他一些党派办的刊物。好的杂志当然要买,像胡风主编的《七月》,丁玲、舒群主编的《战地》,生活书店和上海杂志公司发行的各种杂志。买回来,用个回形针夹起挂在墙上,供出版社的工作人员阅览。

在这里,从未听说过什么"放毒""中毒"。不知道这叫不叫"自由化"?"自由化"这个名词,是几十年之后才听说的。

黄老板就是这么信任我们这班小年青的。

他带领我们读好书,学习《大众哲学》(后来到重庆,学习政治经济学),同时又放手让我们读各式各样的书,包括那些内容有些问题,或是很有问题的书,多多益善,开卷有益。他用这种方法提高我们的阅读能力和识别能力。

黄老板读好书很认真,读有问题的书也很认真,在书上画杠杠,写批语。在重庆时,我就看到他在蒋介石的《中国之命运》上批批画画。

我一生感激他这样地引导我们读书,真正地读书,而不是马马虎虎、随随便便地读书。

这样,多年来我养成了一个读书习惯,越是有问题的书,尽可能找来读一读,不信邪,也不怕中邪。而且要读"原装"的、"整装"的,不要拆装过的,不要零件、"摘编"之类。

后来,听说毛泽东读书也很广泛。正面的、反面的,用他的说法,"香花""毒草"都看。一九三九年在重庆,我在出版社做邮购工作,就多次收

书香处处

到毛泽东秘书李六如从延安"天主堂"寄出的购书信,开来的书单内容很杂。当时我们就知道是毛主席要的书。

一九四一年,我还接到过一个任务,替毛主席买章回体旧小说,我跑遍重庆全城搜罗了好几百本,交八路军办事处运往延安。解放后在北京,王子野告诉我,他在延安见到这批书,毛主席把这些书交给了中央图书馆。

一九四六年在上海又接到过一个任务,上海出的杂志,不论左中右,包括外文的,各买两本,积到一定数量,装箱由海路运往解放区。据告,也是毛主席要看的。

我十分乐意做这种工作,因为可以看过路书刊,同时也可以从毛主席的读书得到一些启发。

我常常想这个问题:毛泽东的这种读书观,这种读书方法,我杜撰称之为"比较读书法",我们普通人是否也适用,我们能不能学这一套?

我有一种体会,书的好坏,要靠自己辨别,读得多了,辨别能力自然会提高。光靠别人指点自己不肯下点工夫,那只能永远让别人牵着你走。万一碰上坏人来牵引你,像"四人帮"这些坏家伙,你怎么办?

我在《列宁全集》上看到过列宁的一篇读书札记,一张写给秘书的便条,前者大意是说看到有篇文章说某本书有问题,我找来这本书读了,确实是本有问题的书。后者是要秘书找某些有问题的书。你看,列宁读书,不光听别人的评论,他得亲自验证。

"文革"时期,"四人帮"及其徒子徒孙,动不动挥舞大棒,什么"反共老手""影射文学"。你想找来看看,对不起,书店早已下架,有的图书馆也不出借了。这是一种封杀灭绝的卑劣手法。"反共老手"不是别人,恰恰是那些专以诬陷正直的共产党员为职业的棍子、文痞们,这些人才是道道地地的反共杀手。

鲁迅做得更好,他总是把别人批评他的文章,他的论战对手的文章,跟自己的文章印在一起,他要读者两方面都看。不像有的人,只要你看他摘引的那几句,不要你看原文,看全文。弄得你看到批判文章再想找那些挨批的文章,真是费劲得很。难道已经给你打了防疫针,消了毒,还怕什么?你又不是卖的假药?编杂志、搞出版的,能否在这方面给读者提供一些方便呢?

  我还有这样一种体会,作为一个现代人,一个知识分子,还是多看点书报杂志的好,你干工作也才能称职。不能把自己装在保险柜里,做"套中人"。我因为做出版工作,要同国外的朋友、香港和台湾来的朋友打交道,见面总得交谈,有话谈。他们提到"先总统",我说我看过他的《苏俄在中国》;他们提到"故总统",我说看过他的《风雨中的宁静》;他们提到白先勇,我说看过他的《台北人》。不光看过,还可谈一点读后感,略加评论。我不能让人家看成是个光会谈吃什么、玩什么的人,看成是个什么都不知道的白痴,看成是个只会讲几句套话客气话的官僚。

  你看,本来是要回答为什么选择了出版这一行,却大谈起读书。那么,可不可以这样说:是为了读书才选择了出版这一行。

一九九二年五月十五日晨
(一九九二年第四期《海上文坛》)

重庆琐忆

一九三八至一九四六年，我在重庆读书出版社工作，曾经几次到红岩村八路军办事处和曾家岩五十号"周公馆"。这两处地方现在已经作为革命遗址对群众开放。因此，这次到重庆去那里参观，里里外外，楼上楼下都走到，流连不去。

在红岩革命纪念馆，看到有关中共南方局的组织介绍里写着文化组的先后负责人是凯丰同志和徐冰同志。

一九三九年我刚入党，关系先在市委，后来转到八路军办事处（当时不知道有个南方局）。与我单线联系的是陈楚云同志，他在读书出版社主编《学习生活》半月刊。一个星期天，他带领我到七星岗附近的一个小楼房里听凯丰同志的报告。听报告的不到十个人，我能认得出来的有胡绳、赵冬垠两位。在这以前，我已经在报纸、刊物上读过凯丰的文章，读过他编译的《什么是列宁主义》。这次见到了他，普普通通的样子，留个平头。报告的内容是讲知识分子问题，就是后来在刊物上发表，还印成了小册子的《论知识分子》。这在我这个年轻人听来，自然感到很新鲜。

凯丰同志不止一次到冉家巷读书出版社，来时手里挟着一个布包，里面是稿件之类，是由延安带到重庆出版的。新知书店和读书出版社在一个地方办公，有的稿子就由新知书店用"中国出版社"名义出版。我从楚云那里知道,我们这几个出版社的编辑工作是由凯丰领导的。

后来听说凯丰调回延安,改由徐冰同志同我们联系。早在汉口的时候,我读过他和成仿吾同志合译的《共产党宣言》,以为又是一位理论家。其实他比凯丰同志还要随和一些,使人感到亲切。从曾家岩到民生路,徐冰同志来回都是步行,一路上有特务跟着。有一回,他回到曾家岩,干脆走进巷口的一家茶馆,招呼跟在后面的那个小特务:"你跟了我一天,坐下来歇歇脚。"特务未曾料到这一着,只好坐下。徐冰对这个小特务开导了一番,告诉他为什么特务不是人干的道理。说得对方低下了脑袋。

徐冰每次到读书出版社,先同担任经理的黄洛峰同志联系,再到我住的三楼小阁楼,谈完了工作,他总抓紧时间对我讲讲国内形势,上一课。最后还要问我最近读了些什么书。我告诉他在"啃"中国古代史,读郭老的《中国古代社会研究》,想弄清一下"亚细亚生产方式",中国古代史分期问题。他笑了起来,劝我不要好高骛远,读书要由浅入深,先学近代史。以后他送给我延安中国现代史研究会编的《中国现代革命运动史》和范文澜的《中国近代史》《中国通史简编》。打这起,我才认认真真地读了几本中国历史。后来从事编辑工作,常常想起徐冰同志对我的开导。我们党内许多老同志都有认真读书好学不倦的习惯,而且关心年青同志的学习。我们这一代正是在老同志的帮助、引导之下成长起来的。我们应当继承和发扬这一好传统。

徐冰对我的帮助,还有更多更重要的,那就是从思想上启发我注意克服小资产阶级的习性,尤其是清理过去所接受的"左"的影响,改变华而不实、哗众取宠的作风,学会扎扎实实地工作,学会在复杂的、恶劣的环境下应付各种可能遇到的情况。

解放以后,徐冰担任党中央统战部长。一九六五年,在中南海怀仁堂听报告,散会时看见徐冰同志坐在走廊里,两手撑在手杖上,面带病容,对我点点头,没有说什么。那些年头,不知为什么,大家都有一种不安的心情,不久"浩劫"开始,徐冰同志也就在所谓"六十一人叛徒集团"一案中受到诬陷,冤死在狱中。

一九四五年抗日战争胜利,何其芳同志从延安来到重庆,改由他与出版社联系,后来知道他是"文委"的成员之一。我年少时看过他的《画梦录》,虽然看不大懂,但很喜欢读,甚至有的句子都背得出。以后其芳同志到延安,写出了《夜歌和白天的歌》那样的作品,给人们的感受就完全不一样了。总之,我能够认识这位仰慕已久的诗人,在他的领导下工作,自然十分高兴。

其芳同志是个作家,一个非常了解知识分子的党员,因此,在统战工作,在团结知识分子方面,工作就更加细致,使我学到更多的东西。其实,这也是周恩来同志领导下南方局工作的一个突出方面,其芳同志在这方面认真地贯彻执行党的指示。记得这么一件事,其芳同志曾经传达周恩来同志的指示,要出版社从经济上去接济一些贫病的作家,但须特别注意方式,采用约请写稿的办法预付作家稿费,这样,作家不至于拒收。至于以后是否交稿,不必催问,只要把钱送到就算完成任务。我还记得,组织上曾经要我送一笔钱给著名京剧演员金素秋,我在中营街的一个搭在臭水沟之上的破房子里找到了她,正病在床上。桌上放着她创作的一本现代京剧《残冬》,我请她将这本稿子交给我们书店出版,请她收下预付的稿费。后来,《残冬》印了出来。我从一位波兰诗人的诗集中借用了一幅插图印在《残冬》的封面上,这幅插图画的是一个穷妇人双手举着一个死婴。我觉得它可以表达出剧的含义。

其芳同志给我另一个深刻印象,是他善于体察知识分子的思想。他经常带来报纸或刊物,指出某些作品的倾向,进行实事求是的分析。在这方面,我感到其芳同志观察问题之敏锐,不单是从政治,而且从艺术上着眼。更重要的,还联系作者历史地看问题。这就使我有机会学到更为谨慎、细腻的思想方法和作风。

在红岩村、曾家岩五十号,我还见到许多位我所敬爱的同志。例如有一次在五十号传达室里看到王若飞同志。时值夏天,若飞同志身上穿的衬衫几乎已经破得不成样。陈舜瑶同志告诉我,他就是那样的人,公家发给他新衣服,总舍不得穿,又退了回去。

在重庆短短的几天,每走到一个地方,总要想起逝去的岁月,我永远怀念着的师长、战友。倘若有机会,我愿再到红岩村、曾家岩五十号。在这里,可以洗涤胸怀,获得慰藉,受到鼓舞。感到革命前辈们和我们同在,就像昨天一样。

一九八三年七月

说"油印"

"油印"这东西,已经退出了社会生活。早二十年,学校、机关还刻蜡纸印文件、资料、讲义、试卷等等。后来不用刻写了,改为打字油印。再后来,被复印机代替。现在,用电脑,就可以印出一张张非常清楚的文件。

我与油印,从小就结下不解之缘,那是上小学的时候。除了铅印的课本,学生还可以拿到油印的讲义,油印的歌片,我视若宝贝。讲义一份一份攒起来装订成册,歌片用讲义夹夹起来,成为收藏品。

终于,我也学会了刻写和油印。放暑假,我和十来位同学请沙名鹿老师辅导阅读文学作品。我们仿照《开明活页文选》,买几张蜡纸,把老师选的文学作品刻印出来,每人一份,像夏衍的《包身工》、高尔基的《海燕》、周作人的《小河》等。还给标题加上装饰,高尔基的《海燕》,就刻印上他的剪影像。这也可以看作我从事出版工作的开头。几张蜡纸我们买得起,可买不起油墨。学校里摇铃兼油印的工友很和善,帮我们印了,还夸我:"刻得不坏啊!"他每种都留下一份,说给他的小孩子。

一九三八年在武汉进了读书生活出版社。发行党在国统区第一个公开出版的刊物——《群众》周刊,给订户寄杂志,由我刻写地址贴头。一九三九年,社里办了个内部刊物《社务通讯》,我和同事担任刻印工作。其中有一位刘少卿(后来改名刘耀新)刻写得最棒,像蚂蚁那样的小字,一笔不苟,整整齐齐。后来知道,三十年代他在上海做秘密工作,由苏区带到上海的文件,交给他刻印,一直到交通员被捕,失掉组织关系。后来经人介绍到读书出版社工作,我们成为同事,我拜他为师学刻印。我的字不如他,但我会写美术字,画题头。至今我还保存着一套三十几期的《社务通讯》。有一年,中国革命博物馆还借去复制封面作为革命文物。

在地下时期,油印起过很大的作用。现在在电视剧里还可以看到油印机,地下工作者怎样在刻印,怎样应付敌人的搜查。那时候,如果让特务搜查到油印的传单、文件,轻者吃官司,重者甚至掉脑袋,陈然烈士即是因为油印《挺进报》而牺牲的。至于在根据地、解放区,物质条件十分困难,油印发挥的作用也不小,有的报纸就是油印的。我在汉口认识的罗炳辉将军后来到新四军任师长,他知道我喜爱收集油印品,从皖南寄给我油印报纸。

邓小平也是刻印能手。一九二四年邓希贤(小平)在法国勤工俭学,曾经刻写少年共产党机关刊物《赤光》。毛毛在《我的父亲邓小平》一书中说:"《赤光》是十六开本,每期十六页。它出版灵活而迅速……父亲是负责刻蜡版和油印的,翻开《赤光》,你就会看到他当年那隽秀的字迹和从中反映出的认真态度。因为字迹清晰,装订简雅,大家曾赞扬他为'油印博士'。"

文人学者,也有油印诗稿文稿分赠友人、交流切磋的习惯。我是个后生,也有张伯驹先生送的《丛碧词》《春游琐谈》,夏承焘先生送的《瞿髯词》,王世襄先生送的《髹饰录解说》《刻竹小言》(其舅父金西厓的稿本),都可以说是油印精品。听说现在有人专事搜求收藏油印本,成了一个门类。

油印技术最早是从东瀛传来的,叫做"誊写"。我收藏有一九三三年日本兵库县小塚省治编辑刻印的《藏票(藏书票)趣味》,可能在日本都难得一见了。

一九四八年,我在上海蛰居在友人戴文葆家,他的朋友陈尚藩(曾在《文汇报》工作),收听解放区电台广播,记录下来,我帮他刻写,他拿到闹市山东路一家皮箱店楼上用钟灵手摇印刷机印刷,印刷机有响声,楼下做皮箱,丁丁东东,可以掩盖。印好以后,穿"义务警察"制服的骑车取走分送。这件工作不是组织上交的任务,是自发行为,因为我正闲着,同时也想露一手。住的地方是北四川路横浜桥海军月刊社,那是国民党为了安置海军人员郭寿生办的刊物。住在这里不必担心查户口。一天,我正在埋首刻写,不防他推门进来看到了,他没有吭声,事后只叮嘱文葆"叫你的朋友小心点"。这份油印品只印了两期,一期叫《北方》,一期叫《方向》。

一九九四年《上海滩》杂志第九期有一文谈到郭寿生。大革命时期,郭寿生是中共党员,曾在周恩来领导下组织上海武装起义。一九四八年参与策反国民党海防第二舰队代司令林遵起义。后来到北京任中央人民政府国务院参事室参事。

一九七六年四月,我还靠边站,到天安门抄录了一些诗文,偷偷刻印了一本《悼念周总理》,其中诗句"红心已结胜利果,碧血再开革命花。倘若魔怪喷毒火,自有擒妖打鬼人",是含泪怀着悲愤的心情刻印的。这是我最后一次从事刻印。

"漂亮小玩意儿"
——《我的藏书票之旅》代序

我是个书迷,爱好藏书票,仅仅是爱好,涉猎成趣而已,说不上收藏与研究。

我之知道藏书票,早在三十年代,在一本文学期刊读到一篇题为《藏书票与藏书印》的文章,可能是叶灵凤写的,一下子就吸引住我。此后,随时留意有关藏书票的介绍,至今兴趣不减。但也仅止于此,不事收集。

中国人收藏书籍,加钤印记,由来已久。叶德辉《书林清话》一书就谈到明代藏书印。现代文人学者鲁迅、周作人、郑振铎、马隅卿等也都各有藏书印。书票则来自西方,据说早在十五世纪就开始制藏书票,到十九、二十世纪逐渐盛行,后来竟有人当作小型艺术品收藏。董桥在《藏书票史话》一文中说,英国维多利亚时代的人以喜欢"漂亮小玩意儿"(Pretty things)出名,用剪贴簿收藏零零碎碎的小印刷品——藏书票。

我最早见到藏书票原票,是抗日战争时期在重庆上清寺旧书店买到一部商务印书馆出版的"万有文库"本《托尔斯泰传》(罗曼·罗兰著,傅雷译,民国二十四年版),书内除盖有国立中央大学藏书章,还贴了一枚单色印刷的藏书票,画有旭日与青松。

七十年代到香港,见到叶灵凤夫人,她给我看叶灵凤先生的遗物——他收藏的藏书票,有好几百张,且慨然相借,让我带到北京。我在人民出版社资料室展出这批藏书票,邀请朋友们来参观。现在我还保存当时拍摄的一张照片,郁风在仔细观看书票。展览藏书票,这在北京大概是头一回。

使我十分惊奇的是,叶先生的藏品中,竟然有我设计的一张藏书票。那是一九四六年在上海,我在读书出版社工作,社领导黄洛峰是个爱读书,并且鼓励职工读书的人,出版社不惜花钱买书供大家阅读。为此,我设计了一张"一斋图书馆"藏书票。已故的郑一斋先生和兄弟郑雨笙(易里)是读书出版社主要资助者,用"一斋"命名以示纪念。在这张藏书票上,有一行用拉丁化新字拼写的话:"人人都应当有书读。"不知道叶灵凤在香港如何得到这张藏书票的。

八十年代,北京成立中国版画藏书票研究会,兴起藏书票之风。研究会副会长郭振华赠送我一纸袋藏书票,多是原版套色拓印。作者为李桦、梁栋、莫测、梅创基、王叠泉诸家。此后,有关藏书票的图册、专著一本一本出版,多了起来。而藏书票的实用性却日趋淡化,创作藏书票似乎是为了艺术欣赏。本来,票跟书是不能分离的,从一张书票可以看出藏书者对书的一份亲切的感情,窥见书主的内心世界,仿佛闻到书香。失去了这一层,藏书票就名不副实了。这可能与印制书票不便有关。听说在国外有专供个人印刷书票的工具出售,我至今未见到过。

我最早见到的藏书票刊物,是一九三三年日本兵库县小塚省治氏编刊的《藏票趣味》(ZOHYO SHUMI)。这是一份用蜡纸刻印的小刊物,每期只有十页,却贴有六枚设计者或票主提供的藏书票。其中一期贴有叶灵凤书票,即在繁花中栖一凤凰的那张,是他自己设计的。

这一刊物我只见到几期,现在,大概在日本都难以觅见了。

我有幸得到几位作家签名赠送藏书票,十分珍贵。签赠者为巴金、施蛰存、戈宝权、赵瑞蕻、曹辛之、董桥。吴兴文兄曾以现居美国的王惠民教授所制的藏书票赠我,也是上品之作。如今宝权、瑞蕻、辛之几位都已仙去,睹票思人,往事种种都到眼前。

一九九五年赵瑞蕻先生赠送我的一张书票,附有详细的说明,可见书

票之设计颇合他的心意。说明文字如下:

赵瑞蕻侧面木刻头像。头发上(左边)有一只海鸥在飞翔,头发仿佛是流云,又像海浪。右边是东海瓯江口。有一个诗人伸出双臂,面对波涛,引吭高歌。右下角是一只古典帆船。左下角是江苏画院著名画家黄养辉教授所赠的"赵瑞蕻藏书印"一方。脸下部是拉丁文EX LIBRIS(某人藏书之意)。上边顶端是德文 Dichtung und Wahrheit(诗与真),原是歌德自传的书名。左边上是英文 Sweetness and Light(甜蜜与光明),原是十九世纪英国马修·阿诺德(M. Arnold)名著《文化与政府》一书中的篇名,他又引自十八世纪英国作家斯维夫特(Swift)的名作书籍之传说蜜蜂能产蜜(甜),又制蜡带来光明。右边上是法文 Le Rouge et le Noir(红与黑)。这三样是我一生所探索追求的,也可概括文学艺术的创造,人生的道路,在不断斗争中,奋勇前进。

票如其人。一张藏书票包含如许内容,思想、情操、追求,令人神驰,堪可玩味。

我与吴兴文兄因藏书票而相识,他从台北来北京,曾两次到舍下,给我欣赏他收藏的藏书票,有的还是刚从伦敦收集、以高价购得的,都属精品珍品。并赠送我他编著出版的有关藏书票的专著:《票趣》(一九九四)、《图说藏书票》(一九九六)、《藏书票世界》(一九九七)。三联书店将出版他的新著《我的藏书票之旅》,命我作序。我只能拉拉杂杂谈些与藏书票的交道。我们还是跟吴兴文到藏书票世界去漫游吧。"漂亮小玩意儿"!

(二〇〇〇年十一月四日《文汇读书周报》)

关于《莎士比亚画册》

在外国，莎士比亚戏剧有多种插图。在中国，我最早见到的莎士比亚戏剧插图，是中华书局出版、田汉翻译的《罗蜜欧与朱丽叶》，是抗战期间在桂林买到的。田汉翻译的《哈姆雷特》，亦由中华书局出版，想来也有插图。

山东画报出版社出版的这本《莎士比亚画册》，是依据一本玻璃版的印样翻印的。说起这本印样，要追溯到"文革"期间。那时，我作为"走资派"，每日在出版社大楼打扫卫生。一天，在垃圾堆看见一批废弃的玻璃图版，还有一份图版的打样。我看出是莎士比亚戏剧插图。既然是"垃圾"，人弃我取，就捡回贴在一本笔记本上藏起。

后来，我从郑效洵（人民文学出版社副总编辑，原先读书生活出版社同事）了解到，这批插图来自葛一虹先生收藏的一本英国的画集。

"文革"总算"闭幕"，我可以带着这批插图去看望葛一虹先生了。葛先生看到插图，十分激动，详细告诉我它们的来历，让我留下它们，他在每页空白处主要依据朱生豪的译文写上说明。

过了十来年，山东画报出版社汪稼明先生在舍下看到这剪贴的插图，爱不释手，带回济南，现在终于印了出来，奉献给读者。

以上所述，就是这本《莎士比亚画册》的来历。

河北教育出版社曾于一九九八年，以豪华本形式出版《莎士比亚画廊》,其所用母本,亦借自葛一虹先生。《莎士比亚画廊》一巨册,制版、印刷、用纸、装帧都十分考究,每部定价近两千元,非一般读者所能问津。山东画报出版社以普及本形式出版这本《莎士比亚画册》,使读者可以按自己的兴趣与购买力选购。如此,山东画报出版社出版此书,也可说是善举。

下面摘录葛一虹先生为《莎士比亚画廊》写的后记中有关英国画家创作莎士比亚戏剧插图的介绍,供读者参考。

威廉·莎士比亚(1564—1616)是英国文艺复兴时期伟大的戏剧家和诗人,一生创造了无数人物,写出了社会各阶层许多复杂的事情。十九世纪英国著名画家,皇家科学院的艺术家莱斯利(C.R. Leslie)、麦克列斯(D.Maclise)和科普(C.W.Cope)等从他的剧本和诗作中汲取题材,据以绘成图画,而由罗斯(C.Rolls)和夏普(C.W. Sharpe)等能工巧匠精雕细刻制成的一幅幅精美的版画。《画廊》除了莎士比亚的肖像、塑像、环球剧场和一首十四行诗各一幅外,都是莎翁笔下栩栩如生的人物形象。他们的衣着佩带表现出各自的身份,他们或喜或悲的神情也透露了出来,当与浮云、树木、城堡和宫殿等场景交织在一起时更营造了一种特定环境的浓郁气氛。

名剧《哈姆莱特》戏中戏的那一幅,王宫里聚有男女老小三四十人凝神观看小戏台上的演出,各人有各不同表情,哈姆莱特的沉思,丹麦国王克劳狄斯的恼怒跃然可见,也似可感触的一般。再如《第十二夜》一剧中奥丽维娅掀开面纱瞬间,一个端庄面带少女含羞的可爱形象便出现了。这之外,还有奥瑟罗、李尔王、夏洛克、朱丽叶等等,真是美不胜收,百看不倦……

本书中说明文字,系用葛一虹先生当年写在我的剪贴本上的手稿制版,与绘画相得益彰。

我盼望我们出版的中外文学名著,都能附有精美的插图,在这方面我们也要不落后于外国。美术工作者、出版工作者我们共同努力吧。

二〇〇一年元旦

书香处处

"大雁"之歌

七年前,一九八九年,卞之琳先生赠我一册新版《十年诗草 1930—1939》。旧版是明日社出版的,那是一九四二年在桂林,陈占元先生办明日社,就两个人,他和妹妹,陈先生翻译、编辑,妹妹跑出版、发行。用土纸印了一批文学著作,除了《十年诗草》,还有冯至《十四行集》、梁宗岱《屈原》、罗曼·罗兰《悲多汶传》(陈占元译)和《歌德和悲多汶》(梁宗岱译)、纪德《新的粮食》(卞之琳译)和《妇人学校》(陈占元译)、里尔克《交错集》(梁宗岱译)、狄瑞披里《夜航》(陈占元译)。一九四三年,湘桂大撤退。别的可以不要,心爱的书不能丢,我把这几本书带到重庆,以后到上海,最后落户北京,如今伴我安度晚年。感谢陈先生,在战争年代艰苦的条件下,印了这些好书。

一九七八年,卞先生在旧版《十年诗草》上为我题了这样一句话:

承保存旧时拙著,十分感愧,改正原来排错的几个字,以此留念。

这本作者亲笔题签改正的诗集,成了寒舍的珍藏。

一九九〇年新版《十年诗草》,出版者为台湾大雁书店,"大雁经典大系"之一。另外三本是冯至《十四行集》、何其芳《画梦录》、辛笛《手掌集》;

我也都藏有旧版。

这家出版社的广告文字不同于一般：

> 大雁书目（给爱书、懂书、读书、写书、藏书的人）。
>
> 四十年代文学菁华：卞之琳宏伟，冯至浑厚，何其芳瑰丽，辛笛清新，为现代文学之典范。

再看印在书前的大雁书店《"大雁经典大系"出版缘由》：

> 现代文学因为语言文字及社会思想种种突变使新文学在中国文学发展史中，俨然自成一个新体系，但令人惋惜的是，政局的动荡变迁，意识形态壁垒分明，使得台湾茁长而日趋丰厚的现代传统有自成台湾的趋势。
>
> 我们正视上述的疏离空间与断层危机，并且强调台湾现代文学的发展，与早期大陆现代文学的关联为一整体现象。我们不愿意台湾现代文学的辉煌楼阁奠基在历史分期的浮沙，我们愿意做砌石搬土的工作，出版这套经典丛书，填补文学的断层空间，我们强调现代文学早期三四十年代作家的作品，因为我们相信，他们是文学的普洛米修斯，为我们播下火种……
>
> 大风起兮，北雁南飞，无论此岸彼岸，对大雁而言，来处是家乡，去处亦是家乡。
>
> 支持我们，让我们成"人"字的雁群。

这种真诚的态度，美好的愿望，我不能不感动。说来惭愧，我也做过出版，在出版每一本书的时候是否都认真想过，可曾如此恳切向读者交心？

下面，我要讲初见新版《十年诗草》的惊讶。它的封面竟是老熟人！我从书架上找出卞先生的另一本诗集，一九四〇年香港明日社出版的《慰劳信集》。那是皖南事变后，一九四一年冬，我从重庆经桂林到广州湾赤坎(今之广东湛江市,那时处于法国统治之下),准备由那里渡海去香港,买好十二月十日船票,要等两天。我到书店看书,买到这本薄薄的诗集。不料八日日本进攻香港,去不成了。旅费却用光了,我忍着饥饿步行三天折返玉林,再到桂林。

《慰劳信集》一共收了作者的二十首诗,其中一首的标题是《给〈论持久战〉的著者》,即给毛泽东。卞先生到过延安,我怕路上检查遇到麻烦,把印有"卞之琳著"的封皮撕掉。

一九四九年,这本诗集跟随我到北京,不能再让它光着身子,找了两张纸,给它装了个封面,还写了个书签贴上。

奇怪的是,我这本手制的《慰劳信集》封面,跟新版《十年诗草》封面,竟然一模一样,就像孪生兄弟,都是用两张纸裱糊的,其中一张也都是蓝色的,书签也都是贴上去的。不同的是,《十年诗草》书签是直行,《慰劳信集》书签为横式。朋友们见了,也都说不可思议。不可能是谁抄袭谁,只能说是巧合。

不久,我从台湾弄来"大雁经典大系"的《十四行集》《画梦录》《手掌集》几本。这套丛书的《出版缘由》说:

作家在作品中的特性,不但突出他的文学信念,同时亦反映出他的时代位置与精神,惟有整体性的构成组合,才能进一步产生批评的文学观念,所以我们在编选中,配合导读和各种历史资料,让读者对作者与作品能有综合性的全面了解。

这就有卞先生的《〈十年诗草〉重印弁言》、冯先生的《重印〈山水〉前言》。导读则有张曼仪的《一个年轻人在荒街上沉思——试论卞之琳早期新诗》、张错的《山水依然在人间》、刘西渭(李健吾)的《读〈画梦录〉》、唐湜的《手掌集》。附录有余光中、艾青、痖弦、也斯诸家的论评,何其芳答复艾青的信,也附在书里,还有作者小传、作者手迹。这样,几本书就不是简单的翻印。

大雁的编辑未必懂得"编辑学",他们编的书却大有学问。做编辑、出版的如有兴趣,可以看看大雁的这套丛书。读"编辑学",不如多看看别人编的书,自己在实践中用心琢磨,必有所得。

后来,我又得到大雁另一套"大雁当代丛书"中简媜的一本散文集《下午茶》,事情就更清楚,简媜即大雁书店发行人,书里有她写的《非常小的传》:生于一九六一年,还不到三十岁,台湾大学中文系毕业,一九八八年与作家张错等友人共同筹划大雁书店,自称"出版界的学徒"。学徒一出手就不凡,而她本人,此时已经是六七本散文集的作者。

《下午茶》有篇序:《粗茶淡饭——顺道说说大雁的逸笔》,一篇写得极其潇洒的散文。其中谈到"大雁":

> 那时,我仍然独自窝在木栅的高地,过一种于今想来十分奢侈放纵的生活。山岸多茫草,春天开得像浪浪的荡妇;秋冬之际又像含怨的新寡。在星月与草木的柔臂里,我逐渐恢复过往的疲倦——尤其是对人事社会的疲倦,纯然安静的独居生活,也使我拥有完整的思路叩问自己的前途,在创作的过程里是否仍有可能选择另一任务,吐哺。
>
> 于是有了"大雁"。
>
> 我仍记得那些个夜晚,几个朋友聚在张错客居的化南新村里试替这家出版社命名,其中一个(恕我姑隐其名),在纸上写着"大雁"两个字,几乎在场的人眼睛雪亮。在天空排成人字雁阵,象征了人文精神的复活,也为我们共同创立出版事业的情谊作志。

此后,简媜说她就像一个"奉命寻找各路英雄的密使",寻找大雁合作者,志同道合而又能实干的伙伴。

第二要找的是吕秀兰——一个名不见经传的女子。然而在书店的书海里,她所设计的封面总是抓住我的眼睛,构图锋利,用色大胆,使我忍不住买下那家出版社的所有书籍,回家陈列在书架上,与其他书籍作一比较。我决定翻天覆地也要把她找出来。

果然,她找到了吕秀兰,几次讨论之后,"彼此共识与情绪几乎到达沸腾"。吕秀兰说:"要做就做别人不敢做的,从纸张,从封面,从整体设计。"她们两个人想象"大雁"版的脸谱:

"可不可能一本书的封面、纸张,摸起来像婴儿脸上的茸毛?"

"很轻,很软,随便卷起来读,手怎么动书就怎么卷!"

"不要光上得滑滑的,像泥鳅!"

"不要五颜六色的,我希望简单、朴素,有点古书的感觉!"

"让读者对书产生感情,再来读书!"

"要中国自己的味道。"

简媜被吕秀兰征服了,她写道:

　　我逐渐体会,她把一本书当作活的生命,能呼吸,能言谈的生命,而不是一堆铅字与几根线条而已。面对这样的人,我唯一能做的决定是:"把大雁当作你的,爱怎么玩就怎么玩!"

爱怎么玩就怎么玩,多大的信任,把书籍装帧放到最重要的位置。这样地出书,有简媜,就有吕秀兰"玩"得出的"大雁"。

大雁用的纸是专门生产的,纸行几乎全力配合,不断地实验,修正,造出心目中想要的纸:鲤纹纸、松华纸、山茶纸、海月纸,"中国的东西,自己的土产"。

大雁版,又软又轻,摸上去真有那么一种茸毛的感觉,还看得出纸里一丝丝纤维。

在每一本书的末了,还专门用两页印着:

　　《××××》的印制,必须感谢所有奉献的人,他们是……

后面是作者、主编、美术编辑、校对者的姓名,以及打字、造纸、内文印刷、封面印刷、装订四五个厂店的名字。并且声明:两千册手工裱装封面,宜百年典藏,售罄为止。

我不厌其详地抄录,这样才能把事情说清楚,何况文字又那么生动。

大雁还有一句话,深得我心:

> 做出版,必须感情用事。

说得何等的好!只有带着感情做,才能做好,才能享受到工作的快乐。

"对大雁而言,来处是家乡,去处亦是家乡。"此岸彼岸,两岸都一样。视中国现代文学为整体,填补断层空间,张扬人文精神。这样的想法,这样的识见,令人起敬。砌石搬土,接棒吐哺的大雁!

《下午茶》里有张简媜的照片,一个普普通通的年轻人,不是出版家,不是女强人,简媜也不愿做"女强人",一个爱书人——感情用事的爱书人。

"大雁经典大系"选这几本书,纯粹是主编和出版社的考虑,看书的人未必看作经典,作品最终要由历史评定。我所看重的是,大雁纯正的动机,良好的愿望,认真的态度,尤其是对装帧的重视。当然,他们在选作品方面,也是有眼光的,选的都是三四十年代中国现代文学佳作。

文人办出版社,办严肃的出版社,有个性的出版社,有人说那是书呆子办傻事。我们有过文人办的未名社、创造社、三闲书屋、文化生活社、平明出版社、复社、泥土社、明日社、开明书店、万叶书店、怀正文化社……主持人都是作家,早已成为历史,此地空余悠悠,只有读者尚记得他们。他们出的书,散在人间,有些就被爱书人收藏。如果现在有人还做这个梦,办这样的出版社,就呆气十足,傻得可爱。

两个月前,我写过一篇《〈水〉之歌》,那是为一份家庭刊物而歌。现在我为"大雁"而歌。人生在世,老来尚能纵情放歌,亦一乐也!

"九·一八",不能忘却的日子(一九九六年)
(一九九六年十一月二日《文汇读书周报》)

《水》之歌

七十年前,苏州城内九如巷张家十姐弟元和、允和、兆和、充和、宗和、寅和、定和、宇和、寰和、宁和办了个叫《水》的家庭小刊物。前面四个是女儿,名字都带"两条腿",会嫁人走掉;后面六个是男儿,名字有"宝盖头",都留在家里。

刊物名叫《水》,因为他们喜欢水的德性,正如张家三女婿沈从文说的:

> 水的德性兼容并包,从不排斥拒绝不同方式侵入生命的任何离奇不经事物,却也不受它的影响。水的性格似乎特别脆弱,极容易就范。其实,柔弱中有强韧,如集中一点,即涓涓细流,滴水穿石,无坚不摧。

《水》每月一期,出了二十五期。七十年后,张允和建议继续办下去。今年二月十七日,复刊号问世。

机不可失。我立即打电话给沈从文夫人张兆和,求她赐赠一份,或者借给我看一看也行。张先生欣然慨允。

复刊号《水》,约两万字,共二十面,全部由原件复印。刊前有主编兼

发行人张允和的一封信——第一号信,建议复刊的征稿信。信里说:

　　多少年来我有一个心愿,想写我们的爸爸张吉友。叶圣陶先生几次催我写,寰和五弟也要我写。我想,不但要写爸爸的事,还要写我们一家人的真人真事。这是一个宏大的工程,不是我一个人的力量可以完成的,我要发动张吉友一家人,就是我们爸爸的十位子女和他们的配偶来完成,也要他们的子女共同努力来完成。

　　首先,大家都来写我爸爸的回忆录。其次,写自己,写配偶,写子女,甚而至于孙子、重孙子都可以。最后,写在我们家的外人,如教书先生、保姆、门房、厨子等。

　　我自幼在家塾念古书,最佩服古人司马迁。我想用司马迁的体裁,写一篇叫《保姆列传》。

信的后面,附印了她写的三篇样品:写自己的《本来没有我》,写爸爸的《看不见的背影》,写四妹充和的《王觉悟闹学》。

复刊号的目录如下:

　　复刊词　　从文、允和
　　启蒙教育家张冀牖　　余心政
　　一封电报和最后的眼泪　　张允和
　　《从文家书》后记　　张兆和
　　张宗和日记摘录
　　　附录
　　张蔼青手书
　　张冀牖诗词、寿周企言手书
　　张冀牖词送周有光远行
　　韦均一山水画送有光、允和赴美
　　张充和词《望江南》

书香处处

集诗书画,琳琅满目,读手书,如闻墨香,如见其人。

收到《水》,我给允和先生写了封信,说《水》的复刊,乃"本世纪一大奇迹,可喜可贺"!附去十五元作为一二两期的定费(其实只是复印费),请接受我做它的"长期订户"。

隔了两天,允和先生来信,搬出家规:

我们的《水》只接受十家姐弟的捐款;我们的《水》学我们爸爸张冀牖办乐益女中不收捐款的作风;我们的《水》只能是赠送知己朋友的小小刊物。因此,您寄来十五元,原璧归还。否则,我将受姐弟们的谴责!

"本世纪一大奇迹",您太夸奖了,我们受之有愧。

十姐弟至今健在的还有八位,年龄七十到九十,八位老人尚有豪兴继续办家庭刊物,岂非奇迹!不为名,不为利,起码得给个"老有所为"奖。

小时候,我同五位堂兄弟也办过一份手抄的家庭刊物,至今还记得是用一种银墨印的原稿纸抄写的。六个人还各自取一笔名,想当作家过把瘾。一晃也快六十年了,几位堂兄,或亡故,或离散,不能像张家,还能圆复刊梦。

我不知道现有多少家庭刊物?家庭刊物,这里大概不会有壮言宏论,不过是谈家常,叙家史,甚至油盐柴米,鸡毛蒜皮。然而,感情却是真挚的,涓涓细流,点点清水,不是假大空。从一篇《保姆列传》,或许可以见到人性之善,人情之美。退休养老,打麻将打保龄球,养花养鸟,爱好不同,悉听尊便。可有张家那样办家庭刊物,既自娱延年益寿,又教育子孙陶冶情操,诗书传家久的?

(一九九六年七月十七日《光明日报》)

在石头城里宣传马克思
——《中央日报》《资本论》广告事件

马克思主义经典著作《资本论》中译本的出版、发行,经历过种种波折。这里讲的是一九四七年在南京《中央日报》刊登《资本论》广告的事件。

抗战期间,读书出版社由上海迁往武汉,又撤退到重庆。沙坪坝有家书店,老板陈汝言常来进货,成为读书出版社的好朋友。他不同于一般书商,思想比较进步,政治倾向明显,是生活书店、读书出版社、新知书店出版的书刊的热心推销者。这在当时,是要承担一点风险的。他的人缘好,善于应付,书店也就没有什么问题。

抗战胜利后,陈汝言回到南京开办正风图书公司,并在上海设立办事处;除了卖书,还兼营出版。一次他到上海读书出版社进货,正好《资本论》重印出版,向读者发售预订,就和陈汝言商量,请正风图书公司担任南京特约预订处,陈汝言同意。读书出版社又和他商量,在南京报纸上刊登广告,而且是在国民党的《中央日报》刊登广告。这对于陈汝言,是一个难题。《中央日报》是受国民党中央宣传部控制的,谈何容易。

读书出版社经理黄洛峰告诉陈汝言,广告属于商业性质,国民党检查官一般不会注意广告。陈汝言和读书出版社一向相处甚好,彼此信任,他毅然接受这一托付。黄洛峰同他研究如何减少环节,拿广告稿去刊登,势必要通过划样、排版、校对等一系列工序,这样环节一多,容易引起国民党的注意。可以先把广告排好,打一张纸型,到报馆订好广告位置,凌晨三时左右临开印前把纸型送去,赶上浇版开印。

当时,即由范用设计广告稿,交陈汝言带回南京找一家印刷厂排版,打纸型。

黄洛峰一再叮嘱陈汝言,千万要小心,见机行事,切不可冒失。当时,交给陈汝言六十万元法币付广告费。

陈汝言回到南京后,反复思考了几天,最后决定打电话给过去认识的《中央日报》广告部的一位职员,约他到家里来商量,试探一下他能否帮助。那位广告部的人员说,《中央日报》从来不登这类书籍广告。陈汝言说,这是学术著作,欧美一些国家都是出版的。这样,终于谈定了,陈汝言把广告纸交给了他,并要求他尽可能刊登在第一版报头旁边。

事情似乎办得很顺利,但陈汝言心里还是忐忑不安。《中央日报》是国民党的橱窗,果真登出了宣传马克思主义的广告,其后果会怎样呢?

陈汝言回到家中,告诉了妻子,让她思想上有所准备,并且把书信等等做了一番清理,然后离开家,到一位亲戚那里借宿,但彻夜未曾合眼。

第二天清早,陈汝言到《中央日报》社,远远地看到报贩蹲在人行道上数纸,他过去溜了一眼,看见《资本论》广告十分醒目,非常兴奋。随即买了两份,去车站购票去上海。读书出版社黄洛峰见到他,紧紧握住他的手说:"谢谢你!这件事干得很漂亮。"然后关照他暂时不要回南京。

就这样,这一2寸×7寸的大幅广告,"卡尔·马克斯(思)""资本论""世界伟大名著""人类思想的光辉的结晶""政治经济学"这些用大号字排印的词语出现在国民党中央机关报上,立即在国民党内部掀起了一场轩然大波。蒋介石看到这天的报纸,勃然大怒,下令追回全部报纸,可是为时已晚,报纸已发到读者手里。国民党中央党部秘书长奉命打电话给《中央日报》社长马星野查究此事。"反共大炮"龚德柏,在《救国日报》发表题为《〈中央日报〉竟为共党张目》的社论,气急败坏地叫嚣"这在国民党的声誉方面和心理方面招致了不可补偿的损失",要国民党中宣部长彭学彭引咎辞职,"以谢蒋总裁"。

其时,国民党胡宗南部队正疯狂向陕甘宁边区进攻,五路大军逼向延安。反对内战的人民看到这幅广告,无不感到新奇而欢欣。有人戏拟了如下一副对联:

黄洛峰绝妙设计石头城一弹中的
胡宗南大军压境陕甘宁四面扑空

我与蒋介石

我用了这样一个标题,其实谈的是我经手编印《蒋介石全集》和《蒋介石传》之事。

"文革"中揪斗我的罪名之一:为蒋介石树碑立传,为蒋介石反攻大陆做准备,出版蒋介石全集和传记。

我怎么可能给蒋介石"树碑"?"立传"确有其事,曾经主持编辑《蒋介石全集》,也曾经打算请人写《蒋介石传》。

出版《蒋介石全集》,是受命于上,而且是作为一项政治任务。大约是在"文革"前一两年,中宣部通知我开会,那时我担任人民出版社副总编辑,与会的还有中华书局总编辑金灿然。

中宣部副部长许立群主持会议,说毛主席一次接见外国客人,说了在王府井书店可以买到两个人的全集,一个是赫鲁晓夫,一个是蒋介石。我表示这两部全集都不适合由作为国家政治书籍出版社的人民出版社出版。金灿然说中华书局是出版古籍的,也不属于他们的出书范围。最后议定《蒋介石全集》由人民出版社出版,《赫鲁晓夫全集》则请世界知识出版社考虑。

我提出人民出版社承担这一任务有三点要求:一、请中宣部出具介绍信,由人民出版社派人到几个地方的大图书馆了解并调借蒋介石论著；二、请中宣部帮助人民出版社从一些出版社借调适合担任此项工作的编辑人员；三、请邮局给一免检邮箱，以便收寄从港台搜集的资料。

这三点都得到同意。于是，我派了三名编辑分三路调查、收集图书馆收藏的蒋介石论著：一路南下去武汉、长沙、广州，一路到西南的四川、云南、贵州，一路赴南京、上海。不久，大批资料陆续寄来北京，放了好几个书架；连蒋介石跟流氓头子拜把子的金兰帖都弄来了，洋洋大观。借调人员，由我开名单，须是熟悉这方面历史和资料的有经验的编辑，调来的不是右派，便是多少有点历史问题的人，加上我平日在人民出版社分管中国历史编辑室、外国历史编辑室、新华文摘编辑室所用的人员也有一些这样的人，"文革"期间以"招降纳叛"之罪一起受到清算。当时，我还请人民出版社的一位编辑负责这个临时拼凑起来的编辑组，因而他在"文革"中也被揪斗，受到迫害，真对不起他。其他几位借调来的同志如果也因而遭殃，其咎亦在我。

《蒋介石全集》的编辑工作进展甚快，不久就编出了十几集，我通读了每一集，签字付印了一百部稿本，给中宣部打了个报告，附上一本稿本。报告说拟印一千部，限定发行范围。没有几天，中宣部通知我，毛主席做了批示，要我去看。我看到毛主席的批示只有一句话："一千部太少，印它一万部。"老天爷！印一万部能够卖掉多少？

我阅读蒋介石早期的论著所得的印象，此人并不是不学无识之辈。黄埔军校时期，蒋介石每晚到学员宿舍巡视，当场训话，有条有理，且有见识。有一天，他甚至讲过这样的话："谁骂苏联，就等于骂我的爹娘"（查对后来文本，"反对苏联"改为"反对英美"了），挺革命的。那时不像后来，有陈布雷、陶希圣给他捉刀，他也是个有点文笔的人。抗战时期在武汉，蒋介石有一号召国人奋起抗日的文告，据说是由时任政治部三厅厅长的郭沫若为其起草。

没有多久，"文革"出台，除了清算、批斗我的罪行，此事也就没有下文。后来我在干校听说，《蒋介石全集》的资料和档案，全部运到三线的山洞中保存，以后又运回北京，不知现在何处。

在文化部集训班，揭发此事的大字报，有数米之长，由三楼挂到一楼。我不敢交代此事是毛主席交办的，怕被说成"恶毒污蔑伟大领袖"。后来实在顶不住吃不消了，只好悄悄告诉造反派是怎么回事。一夜之间，这张大字报无影无踪消失了，我松了口气。只是当时我还不敢反戈一击，造造反派的反，说他们狗胆包天批到毛主席头上来了。"是可忍，孰不可忍！"

至于《蒋介石传》，完全是我个人出的点子。说来可笑，本意还不是为读者提供一部严肃的传记，而是编写一本政治读物。那时，东南亚一些国家的共产党都走到了台前，拥有相当多的群众，有的还参与了政权，分得席位，如印尼共。有一次，一位印尼共中央委员路过北京，希望知道一些做出版工作的经验，组织上叫陈原和我跟他谈。我讲了过去这方面的一些情况和经验，主要是要有两手，公开的和秘密的，要防备今天的合作者资产阶级反动派明天可能举起屠刀，中国在这方面有血的教训。后来印尼果然如此，印尼共领导人艾地连命也送掉了。

因此，我想从这一角度组织编写一本《蒋介石传》。我在人民出版社主持出版有关中国现代史的书籍，有两位热心的顾问，田家英和黎澍。恰巧黎澍的一位老相识严庆澍，即写《金陵春梦》一书的唐人，路过北京，我想他掌握这方面的资料可能比较多，是否可以让他写。我在黎澍的指导下拟就了一份编写《蒋介石传》的提纲，供他参考。我要求根据准确丰富的资料撰写一本严肃的传记，而不是演义，严庆澍后来病故，此事也就到此为止。

一直到现在，我有时还想到，我们应当有一本认真编写的《蒋介石传》。听说现在坊间也有一些关于蒋介石的读物，我没有看，不知其中有没有写得好的传记。此外，还应当编写一本类如吴晗主持编印的"中国历史小丛书"那样的较为通俗的读物，使年轻人多少知道一点蒋介石这个历史人物，多一点中国现代史的知识。陈伯达那本《人民公敌蒋介石》是为当时政治需要编写的，揭露蒋介石的反动本性和罪行，起过很好的作用，但算不上是传记读物。而研究中国现代史,蒋介石的言论著作资料,则是不可或缺的,是不是应当从这方面来理解毛泽东关于编印《蒋介石全集》的指示。

(二〇〇一年十二月二十九日香港《大公报》)

长者赠联

我有幸得到两位长者赐赠的嵌名联。两位都姓张，一位张伯驹，已故；另一位张佛千，九十岁，尚健在。

张伯驹先生是大名士，对祖国文化事业很有贡献。特别在保存珍贵文物方面的功绩，更深为人们所钦敬。其中历经艰难坎坷，收藏西晋陆机《平复帖》、隋展子虔《游春图》，解放后慨然将《平复帖》连同唐李白《上阳台帖》、唐杜牧《赠张好好诗》、宋范仲淹《道服赞》、蔡襄《自书诗》、黄庭坚《诸上座帖》、吴琚《杂书诗》、元赵孟𫖯《章草千字文》捐献于国家，使传世最古之法书宝绘，未流出国外，可谓千秋佳话。

令人喟叹的是，一九五七年张老竟然也被戴上"铁冠"，后来幸由毛泽东的一句话，才重新入籍北京作为一个市民。

二十多年前，祖光兄以张老《春游琐谈》（六集）、《丛碧词》、《京剧音韵》、《素月楼联语》等稿本转交我，其中联语两本为手稿，余八册系蜡纸刻印本或复写本。后陈凡兄借去联语，在其主编之香港《大公报·艺林》副刊连载，又由上海古籍出版社印行。《春游琐谈》由辽宁教育出版社出版，书名改为《春游记梦》，我以为还是《琐谈》较为贴切，不改为宜。随后，张老又以《平复帖》珂罗版印本题签见贻，前面有张老之题记，称此帖"以项子京收藏之富，清高宗搜罗之广而独未得此帖，余何幸得之敢以自私，爰付印公诸同道"。此印本有董其昌、恭亲王溥伟、傅增湘题跋,书前复有张老两页手书,述此帖流传之经过,并"就可能辨识之字释文。印刷至精,今亦成珍本矣"。

不久,冯统一老弟转来张老赐赠之嵌名联:

范画自成宽有劲
用行亦复舍能藏

署"范用先生雅属","中州张伯驹时年八十有一"。并加小注:"宋范正中性缓,世人称之曰范宽,但其画笔则苍老有劲。《论语》子谓颜渊曰:'用之则行舍之则藏,惟吾与尔如是夫。'"张老书写的是蚯蚓体(我姑且以此称),秀美有致,自成一家。如今张老早归道山,我后生小子也已届望八之年。

张老喜宴客,曾两次召饮,一次吃西餐,在新侨饭店。另一次在曲园酒家,掌勺的大师傅听说张老来了,出来问安,张老告诉我:这位大师傅在毛主席那里做过饭。

张佛千先生,我还是小学生就看过他主编的《十日杂志》,一九三五年在南京出版的。是为了看画,这本杂志封面封底都是漫画,里面还有插页也是漫画,作者都是高手,如叶浅予、张光宇、高龙生、张乐平、黄尧等。那时正是民不聊生、国难当头,这些漫画不是刻画社会黑暗,就是哀我民族多难,大声疾呼:"寇深矣!"深深打动我的幼小心灵。

一九八几年,佛老来北京,从包立民兄处知道我藏有这份杂志,由包兄陪来舍下,借去杂志复印了一套带回台湾。由此我和佛老也成了忘年交。佛老联作甚多,尤擅长于制作嵌名联。佛老尝谓:

中国字兼有两大艺术之美,一字一形有绘画之美,一字一音,有音乐之美,因而产生对联此一最精美的文学形式,为世界所有拼音文字之所无。

书香处处

我对中国文字怀着一个虔诚宗教徒的爱心与信心,我对所有敬慕之人赠之以联,实具有"传教"的严肃意义。

　　我自少即好交游。我之赠联,乃是我交友最美的媒介,最好的纪念。

　　二十年来,制联数以逾万,我想再加一倍。我今年已九十矣,愿天假我以年,成此奢愿。

他回到台湾后,先后三次寄联,并请名家书写,联语为:

　　范水模山,胸多丘壑。
　　用行舍藏,室富图书。

　　佛老见我书房壁上所悬挂的张伯驹先生画写的嵌名联,甚为高兴,说张氏大才高名,少时久慕而无缘谒识,今日得见。这也可以说是"联缘"吧!

我的读书观

小孩子看戏,常常会问:"这是好人还是坏人?"有的人读书也要问:"这是好书还是坏书?"

书没有绝对好的或绝对坏的。好书坏书,要看了以后自己判断。人都是有智慧的,要相信自己有判断的能力,这种判断的能力,要靠长期读书养成,读得多了,有了比较,渐渐就会有判断的能力。

读好书会得益,读坏书也会得益,从反面得益。可以知道什么是坏,坏在哪里。

我读书有个癖好,人家说不好的书,一定要找来看看,说是好奇也可以。我不信邪,也不怕邪。十年前我写过一篇文章,里面讲到我接待台湾来的客人,他们提到"先总统"蒋介石,我说读过他的《苏俄在中国》,他们提到"故总统"蒋经国,我说读过他的《风雨中的宁静》,来客大为惊奇:"你读台湾的书?"是的,我不能让他们得到这么一个印象,只知道哪些地方好玩,哪些东西好吃。我们知书识礼。

《读书》杂志创刊登过一篇题为《读书无禁区》的文章,这个题目闯了大祸,读书无禁区,你们提倡读坏书,这还了得!

那篇文章是针对"四人帮"把一切书都归为"封资修"查抄焚毁,只准读一本"红宝书""一句顶一万句,句句是真理"这件事的。天底下哪有这样的书。这篇文章说得清清楚楚:"对于书籍的编辑、翻译、出版、发行和阅读,一定要加强党的领导,加强马克思主义的阵地。对于那种玷污人类尊严、败坏社会风气、毒害青少年身心的书籍,必须严加取缔。因为这类图书,根本不是文化。它极其肮脏,正如鲁迅所说,好像粪便和鼻涕。"

这也难怪,有的人是只看标题不看文章,甚至只听汇报,所以才闹笑话。至于我上面所讲的,他是否同意,很难说。对这样的人不能期望过高。我只希望他们再忙也抽点时间读些书,好书坏书都要读一些。

我的读书格言:"博学之,明辨之,开卷有益,读书无禁区。"这是一个完整的句子,不可割裂,关键在于"明辨之"。

(二〇〇二年四月八日《北京日报》)

相约在书店

十多年前,我还在出版社上班,丁聪每星期必来,老远的从西到东,坐公共汽车,路上要换车。

丁聪老诉苦,不知说的真话还是假话,说"家长"(夫人沈峻则谦称是"高级保姆")太怜爱他,不忍心看他横向发展,影响健康,早餐定量供应,一片面包,外加一个西红柿,或半根黄瓜。丁聪翘起嘴唇,说面包薄得风一吹就飘走,还用手比画。一九八三年,我们的朋友李黎从美国来,听了随手画了幅漫画《丁聪先生随风而去的面包》:丁聪笑容可掬,盘腿坐在面包上,仿佛坐着飞毯,飘飘然,一点看不出在受苦受难。

丁聪也学会了"上有政策,下有对策","我有办法,到范用那里'反饥饿'"。

他到三联书店,先看望《读书》杂志的五位女将——人称"五朵金花",聊一阵。到中午,跟范用下小馆,东四一带的小馆子,几乎吃遍。那时候还不兴高档,两个小炒一碗汤,外加四两二锅头,花不了几块钱。

丁聪最反感的是,范用总要叫二两米饭,而又吃不下。于是用语录教育我:"贪污和浪费是极大的犯罪。"代我把饭吃掉,一粒不剩。

我们有一条不成文法:以西单到西四这条马路为界,上路西的馆子,丁聪掏钱,路东的馆子,范用付。有时多几个朋友,就远征到丁府楼下的馆子吃烤牛肉；碰上叶浅予，那就吃叶老的。

我退休了，没有了地盘，丁聪不来了，说："不好玩了！"只好两地相思。

现在又好玩了。三联书店在美术馆东侧盖了楼，开设门市，附设咖啡座。我们相约今后在"三联"见面，看看书，喝杯茶，然后"反饥饿"；我也反，买不起书，饱看一通，也是"反饥饿"。当然，有好书，也还是要买一两本。

以往，丁聪吃完饭，还有一项重要任务，上王府井新华书店，用他的话说，"送两个钱给书店才心安"，买本书，不能空手而返。实在没有可买的，就买张北京市街道图，家里已经有七八张，还买。书买重了，送给范用。书店欢迎这样的买主。

我在出版社，接待过好多位鸿儒、作家、学者、画家。王世襄、费孝通、黎澍、王芸生、萧乾、吴祖光、冯亦代、黄苗子、郁风、黄宗江、卞之琳、吴甲丰、戈宝权、梅朵、方成、韩羽、姜德明……人民文学出版社韦君宜、严文井、孟超、李季、许觉民、绿原，一个楼办公，他们也随时过来坐坐，孟超总端着茶杯。香港三联送来的咖啡，正好用来招待客人。我的出版社小伙伴闻到煮咖啡的香味，也来喝一杯。不过老年人还是习惯喝茶。

有一年，艾芜先生要率团到朝鲜访问，打成都来，七十多了，还爬上五楼到我办公室。三十年代他就是三联书店（读书生活出版社、生活书店）的老朋友，我们是一九四二年在桂林认识的，他住在郊外观音山，生活清苦。初次见面，他杀了一只自己养的鸡招待我，那一年我刚满二十岁，他长我十八岁，我叫他"汤先生"（艾芜本名汤道耕）。

另一位老朋友戈宝权，每回来只谈书不谈别的。我们谈书，谈了四五十年，从重庆谈到上海，又谈到北京。现在，他住到南方去了，夫人贤惠，生活很幸福。

卞之琳先生从干面胡同到东四邮局寄信，走累了，没有地方歇脚，也来爬五楼，走进办公室说："你忙你的，我抽支烟。"楼公（适夷）说："北京没有茶馆、咖啡馆，街上找不到坐一坐的地方，不像上海。记得上海南京西路的一个拐角，有家用球状玻璃器煮咖啡的小店，路过我总要进去喝一杯,十几年前还在。北京老舍茶馆,不是我们说的那种茶馆,也喝不起。"

"文革"期间,一九七二年我"解放"了,袁水拍还靠边站,没有事干,一个人在家里推敲毛泽东诗词英译,有时也来,无可奈何的样子,有点颓唐。

后来他当上文化部副部长,就忙了,没有时间来我这里泡。再后来……世上的事,真难说;不过我至今还是怀念他,诗人马凡陀。

我办公室对门是洗手间,朋友封我为"文史馆长"。"文"者"闻"也,我如入芝兰之室,久闻不觉其香,客人陪闻,我很抱歉。最近,我还给人民出版社提意见,一要办好食堂,二要修讲究的卫生间,一进一出,乃关系职工利益的大事。为什么会议室倒舍得花钱一再装修?他们说因为要接待外宾。

有一天,真文史馆长启功先生来了,老人家居然登高,赠我一书一画。我从不敢跟人讨字画(王世襄、郁风例外),更不敢向启老讨,看他吃力的样子,我不知道说什么好。

我在人民出版社工作三十六年,在"五二○"办公室三十年,三分之一的人生在这里度过,由中年到老年。一九五八年"大跃进",一九六六年"大革命",歌于斯,哭于斯,不堪回首。还有一些可悲可喜、刻骨铭心的事情,留下回忆,难以忘怀。

说是退休会有失落感,我的失落感是再也不能在"文史馆"接待我尊敬的先生、朋友们,向他们讨教,取得他们的帮助,或者随便聊聊。这种闲聊对我也十分有益,增长我的知识,使我知道如何待人接物。他们的乐观精神,更是感染了我,做人很快活。

半个多月前,丁聪住进医院,上星期动手术,到今天还只能进流质。楼公、君宜大姐住院一年多了,我去看望,他们说了许多,可我一句也没能听出来讲的什么。卞老下不了楼,宝权兄出不了房门。我多了一条腿,三条腿走路还不如两条腿。老了,都老了!只有方成,仍骑车到处跑,宗江还漂洋过海,不服老。

丁聪出院,恢复健康,我们每月一定到"三联"相会,然后下馆子。不过现在得爱惜自己,自觉一点,不大块吃肉,不大口喝酒,让我们的"家长"

书香处处　　　　　　　　　　　　　　　　　　　　　　　　　　　199

放心。

　　十月一日,北京举办"丁聪画展",丁聪书面答谢说:还可再画十年,也就是说画到九十岁,那真是读者的福音!到那一天,八十四岁的小老弟,我一定敬他一杯。

(一九九六年十月二十九日《文汇报》)

办杂志起家

我知道韬奋先生和生活书店,是看了两本杂志。

一九三六年,几个小学生对演话剧发生了兴趣,一位老师拿来一本《文学》月刊,厚厚的一本,里面有一个墨沙的独幕剧《父子兄弟》,学生们排演了这个剧本。另一位国文老师订了一份韬奋主编的《大众生活》周刊给学生。这两本杂志都是生活书店出版的。从此,杂志在这个学生的生活中占了重要的位置,他一天不看杂志,就会若有所失。只有在干校"脱胎换骨"的日子里,只有一本《红旗》是规定必读的,跟看"样板戏"一样。

余生也晚。《新青年》《语丝》《小说月报》《创造周报》这些响当当的杂志,是后来知道的。在我从少年走向成人的三十年代,上海有好多杂志,几家著名的书店、出版社,几乎都是办杂志起家,各有一两本杂志作为台柱。

可以随手开列这么一些杂志:早一点的,如良友图书公司的《良友》画报,现代书局的大型文学杂志《现代》,继起的有开明书店的《中学生》,文化生活出版社的《文丛》《文季月刊》,上海杂志公司的《译文》《作家》《中流》和《自修大学》,时代图书公司的《时代漫画》《论语》。最热闹的是一九三六年,人称"杂志年"。

生活书店崛起不久,《生活周刊》即被国民党当局查封,改出《新生》,

再封再出，于是有《大众生活》，有《永生》，有《生活星期刊》，有《国民》，人称"改头换面"战术，其实内容和形式依旧，明眼人一看就知道，合法斗争，官方无可奈何。

也就在这一时期，李公朴、艾思奇主办的《读书生活》半月刊自办发行，成立了读书生活出版社，也是查封一个再出一个，《读书生活》之后，有《读书》，有《生活学校》。

新知书店出版孙晓村、钱俊瑞、姜君辰主持的《中国农村》，因为中国农村经济研究会的诸君子活动有方，没有被查封，寿命最长，一直出版到四十年代皖南事变，才被勒令停刊。

可以说，担负着国民党统治区革命出版工作任务的生活、读书、新知三家出版社，都是先办杂志，再办出版社，并且都把主要力量放在办杂志。

除了上面讲的几种杂志，生活书店还同时出版了《世界知识》《妇女生活》《新学术》《新知识》《生活知识》《文学》《译文》《太白》《光明》《生活教育》《中华公论》《读书与出版》，号称"十大期刊"。读书生活出版社同时出版的杂志有通俗刊物《大家看》，理论刊物《认识月刊》。新知书店同时出版的有理论刊物《新世纪》《语文》和《阅读与写作》。

从抗战开始，到迁入内地，生活、读书、新知先后出版发行的杂志有《抗战》《战线》《全民周刊》《全民抗战》《国民公论》《理论与现实》《哲学杂志》《战时教育》《读书月报》《学习生活》《文艺阵地》《文学月报》《文艺战线》《新音乐》。到四十年代初，政治环境恶化，除重庆一地，各地分支店全部被查封，这些杂志也全部停刊。抗日战争胜利后，在上海、重庆出版了《民主》《民主生活》《萌芽》和《读书与出版》（复刊），到全面内战开始，又统统停刊。

三四十年代参加爱国进步活动的青年，几乎都受到过生活、读书、新知三家出版社的杂志的良好影响。这些杂志的主编或实际主编人，多属知名的理论家、文学家、编辑家、社会活动家，开一张不完全的名单：胡愈之、韬奋、李公朴、沙千里、陈望道、张仲实、沈志远、钱亦石、钱俊瑞、胡绳、艾思奇、柳湜、陶行知、沈兹九、金仲华、艾寒松、曹孟君、平心、胡曲园、郑易里、姜君辰、陈楚云、赵冬垠、茅盾、郑振铎、周扬、傅东华、宋云彬、陈子展、楼适夷、洪深、沈起予、黄源、叶以群、罗荪、戈宝权、何其芳、陈翰伯、史枚、徐杰、林默涵、陈原、李凌、赵沨、林路、叶籁士。主持出版发行工作的是徐伯昕、黄洛峰、徐雪寒、华应申几位出版家。对中国出版事业做出贡献的前辈,不仅三联书店,包括其他出版社的许多编者、发行人,如今大多已经不在人世,历史不会忘记他们。

生活、读书、新知三家出版社,由办杂志起家,生根发芽,成长壮大,用杂志开拓思想文化阵地,直接面向大众,联系读者,团结作家,推荐新人,培养编辑人才,改变了过去出版秘密刊物只在极小的圈子里流传的局面,中国共产党和进步团体的主张、号召,才能够迅速与群众见面,并能彼此交流思想,同时,也在青年知识分子中,通俗地介绍马列主义和社会科学基础知识,从思想上理论上武装他们。

从经济上讲,发展出版杂志征求预订,吸收了可观的订户存款,一部分订户又发展成为邮购图书的基本读者,这就在相当程度上解决了出书资金问题。更为有利的是,在杂志上发表书评文章,刊登新书广告,为图书发行及时传递信息,许多读者,是看了杂志,再去买书找书。生活书店的一套"创作文库"(其中有巴金、老舍、张天翼、沈从文、靳以等人的小说)、《我与文学》、《文学百题》、《中国的一日》、《表》等书,我都是从杂志上知道的,当年我这个小学生还买不起书,但在图书馆都找到了。从此,我又有了另一个癖好,经常看报纸和杂志上的出版广告,看不到书,看看广告也好。

解放以后,三联书店迁来北京,还出版《学习》杂志。一九五一年三联书店并入人民出版社,《学习》杂志另立门户。

一九七九年酝酿恢复三联书店,打算从出版杂志着手,曾经设想出版三个杂志。《读书》算是办成了。综合性思想评论半月刊《生活》,几位热心同志忙了一阵,忽蒙某"理论权威"关注,偃旗息鼓,胎死腹中,只留下一份试刊号。以学生、青年为对象,介绍当代和未来新知识新学科的杂志《新知》,也就不必提了。当时,听说商务印书馆陈原老总有复刊《东方杂志》之议,后来不见下文,不知道在哪里卡壳了。

当年三家办这么多杂志，是不是有个庞大的编辑部？没有，每个杂志除了主编，最多配备一两名助手，有的甚至助手也没有，就光杆主编一个人，更没有要占多少编制之说。有人讥笑是"皮包编辑部"。皮包有何不好，方便之极，拎起就走。《新音乐》主编李凌连皮包也没有，稿子都放在一个布袋里，写稿、看稿、画版式、看校样、写回信，就一个人。《读书》杂志编辑部专职人员开始两个人，即史枚同志和董秀玉，后来两三个人，最多五个人，五个年轻的女青年，"五朵金花"，目前只剩下了三朵，照样开花，杂志按期发稿出版不误。

出版社把主要力量或相当一部分力量放在办杂志上，靠办杂志起家，解放以后已不多见。有的杂志办起来以后，又从出版社分出去，独立经营，出版社对此仿佛卸掉了包袱，这不仅是出于经济上的考虑，还在于政治上可以少点麻烦，少担些风险，君不见，稍有风吹草动，杂志往往首当其冲。

三十年代，书店兼卖杂志，读者跑书店，顺手翻翻杂志，十分方便，现在杂志交邮局发行，吸收订费也就与出版社不相干，一方有盈，一方无利可图，邮局零售杂志种类有限。许多杂志除非订阅，读者无从见到也零买不到。

至于要创刊一个杂志，谈何容易。但也有容易的，这两年北京就新创刊好几个杂志，花开花落，有忙有闲，不可一概而论。要办好一个杂志，须下大功夫，要办得有看头，够水准，能叫座。如果内容平平一无可看，甚至自命为"中流砥柱"，有的标榜"追求真理"，干的却是批这个批那个，仍然没有读者，那也是无可奈何。

凡此种种，逐渐形成今天的这种编辑、出版、发行格局。谈改革，这方面是不是也可以借鉴三十年代的经验？且不说资本主义有无可以对我有用的，我们自己的经验总有可资参考的吧，那样一来是不是"自由化"了？这就不是我这篇摭忆所能探讨的了。

然而我以为，一个出版社要办得有特点，能拥有基本读者，培养编辑人才，不妨从办一个有特点的杂志做起。

记筹办《生活》半月刊

在旧中国,有一些知识分子,热衷于办书店办杂志。十年前我写过一篇文章《办杂志起家》,介绍这方面的情况。

韬奋一生办杂志,从民国十五年(一九二六年)接手办《生活周刊》开始。一九三三年《生活周刊》被迫停刊。其后生活书店继续出版《新生》周刊、《大众生活》周刊、《永生》周刊、《国民》周刊、《生活星期刊》。改名换面,内容宗旨不变。抗战期间,韬奋在武汉、重庆,办《抗战》、《抵抗》三日刊、《全民抗战》周刊,一九四一年出走香港,又办《大众生活》周刊,给中国期刊出版史写下了光辉的一页。一九四五年日本投降,抗战胜利,生活书店在上海出版《民主》周刊,郑振铎主编,一九四六年重庆三联书店出版《民主生活》周刊,宋云彬主编,都可视为《生活周刊》之延续。

一九八〇年生活·读书·新知三联书店的招牌还挂在人民出版社,我和人民出版社的几位朋友酝酿是否也办一个杂志,沿用《生活》刊名。

我们邀请了在京的十几位理论界朋友、作家就此事座谈了一次。到会者发言很热烈,都支持办这么一个杂志。于光远说:"今天我们的刊物不算少,但是以专门发表思想性散文为编辑方针,似乎《生活》还是第一个。我们今天处在大改革的时期,经济体制正在改革,政治体制也正在改革。反映改革的,同改革相适应的,那就是思想的解放。人们脑子里有多少疑问、多少感想要讲！知识界多么要求交换自己的观点，展开讨论甚至辩论。在这种情况下，长篇大论固然需要（如果有人能够写出马克思主义的理论巨著，只要有所发明、有所创造，那也是会很受欢迎的），但是思想性的散文，写起来快，看起来容易，我想也许更为广大读者所喜爱。"李庚说："我希望这个刊物的内容，是联系实际的，要勇于提出和探讨现实生活中的问题；是思想解放的，要能够对新情况新问题发表新的见解；是发扬民主的，要敢于讲事实、讲真话、讲道理，贯彻百家争鸣；是积极战斗的，要向一切阻碍'四化'前进的现象和思想作斗争。"项南说："《生活》应当有自己的风格，韬奋就是很有风格的嘛，他对封建的东西、落后的东西是毫不妥协、毫不留情的。这是当时我们这些年青人所以能成为《生活》的忠实读者的一个重要原因。"唐弢说："思想是抽象的，生活是实在的，思想从生活而来。刊登思想性散文的刊物，决定命名为包罗万象的《生活》，除了别的种种含义外，也维系这点辩证的意思：尊重生活。"廖沫沙说："刊物有上千种，且不讲内容如何，总要拿钱买，有的刊物得一块多钱买一本。三十多岁需要文化知识的人，生活负担重，工资才几十元，买不起。看书的时间也很有限。我觉得《生活》的读者对象应该是广大青年。"宋振庭于前一天晚上才从欧洲经莫斯科、平壤飞回北京，还没有休息，第二天早晨第一个从几十里以外赶来开会。李普正在住院，请假来开会。萧乾因病接连虚脱三次，寄来书面意见。今天我写这篇东西，还深为这几位先生的热心支持感动万分！其中有几位先生现在都已不在人世，想起了他们，心里很难过。

为了征求意见，我们还编印了一份试刊号。其中"《生活》半月刊发刊旨趣、征稿启事"是这样写的：

> 《生活》是一个思想性的半月刊。它要求以生动优美、犀利简练的笔调，写出文理清新，汪洋恣肆，幽默活泼，韵味隽永的简短文章，论述政治、经济、哲学、教育、文艺、历史、自然、社会生活、道德风尚、青年修养、思想方法、工作作风等诸般问题。凡散文、随笔、杂感、纪

事、纪行、回忆、读书随笔、社会调查、读者来信、寓言警句等形式均可采用。此外,也拟登少数诗歌(新旧体均可)、木刻、漫画作品。

思想性是这个刊物的灵魂,生动优美、引人入胜而又深入浅出的文体是这个刊物的表达形式。

《生活》的指导方针,是坚持马克思主义与中国革命相结合的方向,坚持四项基本原则,坚持百花齐放、百家争鸣,坚持解放思想,坚持反对倒退复辟,为实现社会主义现代化而努力。

试刊号的内容:《为完全实现"第三样时代"而奋斗!》(严秀)、《发展变化和安定团结》(李洪林)、《"四大"纵谈》(魏壁嘉)、《我们希望这样来办〈生活〉》(宋振庭、于光远、唐弢、刘宾雁、项南)、《写在"赞美我主"之后的午夜里》(方励之)、《三仙姑下神的联想》(陈允豪)、《经典・历史・改革》(胡靖)、《关于"三不主义"的一点思索》(谢云)、《赵丹绝笔》(钟惦棐)、《知识分子与节约时间》(傅雷)、《围墙的解放》(秦似)、《总统与业余消防员》(道弘)、《郑人买履之后》(王荆)、《门岗 警卫纱帘》(湘南)、《昭君出塞的题目还没有做完?》(郁进)、《访墨散记》(田流)、《岳飞和于谦(史诗摘抄)》(姚洛)、《问题讨论:"向前看"与"向钱看"的一致性》(晓愚)、《夜思录》(夏耘)、《对镜七律三首(有序)》(聂绀弩)、《回忆和希望》(德圻)、《今昔〈生活〉》(刘瑞龙)、《北京晨曲(木刻)》(王仲)。

《生活》半月刊每期篇幅三十二页,定价一角七分。

可以看出,《生活》半月刊完全不像当年韬奋的《生活周刊》的风格,而类似现在的《随笔》双月刊。时代不一样,而办刊物的人也不是韬奋。

胡乔木收到我们寄去的试刊号,写来一信,他大概认为我们办这个刊物有点不自量力,又把参加我们座谈会的一位同志误认为另一个同姓名者:这个人是"持不同政见者"。因此,提出善意的劝告。我们向来尊重他,不办就是。

这样,《生活》半月刊未开张即收歇,胎死腹中。不办,省事省心,乐得清闲,何必自讨苦吃。但过了两年,我的罪状,想不到筹办《生活》半月刊也在其中,还是躲不了。

一九九五年,生活·读书·新知三联书店出版《三联生活周刊》。这是一份形式类似美国《生活》(LIFE)、《时代》(TIME)有图有文的杂志。

从那时到现在,八年中《三联生活周刊》已经出版了一百七十多期。它做得怎样,有待读者评论。我作为读者,密切关注它的成长。它的定位,读者之中有不同的看法,有人认为这是一份编给知识分子"精英"看的,甚至有人认为是供"白领"看的。而更多的人认为它是面向大众的。我觉得这是一份高品位的严肃的刊物。它有一批得力的记者,能够密切关注国际问题、社会问题,乃至像贪污腐化这样的政治问题,善于捕捉题材,经过调查采访,迅速反映到版面上。文章都比较扎实,而不是浮光掠影式的泛泛之论。

要说《三联生活周刊》有什么缺点,我愿坦言指出一点:连载的漫画毫无看头,且庸俗,与这个刊物极不相称。

作为三联书店的老人员,我衷心希望《三联生活周刊》坚持正确方向越办越好,以告慰我们前辈韬奋先生。

回忆上海读书生活出版社

一九四五年八月十四日，日本宣布投降。重庆的生活、读社、新知三店做了新的部署，首先是把生活、读社、新知三店门市合并，称为"生活书店、读书出版社、新知书店三联书店"，这是第一次以"三联"的名义在读者面前出现。同时在北平、广州、长沙设立分店。三店的出版工作保持独立发展。一九四五年十二月，中共中央派出参加政治协商会议的代表团，由延安飞抵重庆，博古同志给读社带来一批解放社的纸型和样本。读社派万国钧携带纸型东下，随后，总店亦迁回上海，很快就印出一批书在京、沪、平、穗等地发行。到一九四七年，两年多的时间内所出版或重印的书籍，较重要的有《资本论》、《唯物论与经验批判论》、普列汉诺夫的《论一元论历史观的发展》、《思想方法论》、周览（周扬）编的《论文艺问题》（原名《马克思主义与文艺》）、高烈（博古）编译的《辩证唯物主义与历史唯物主义基本问题》以及苏联科学院编的《近代新历史》、《殖民地附属国新历史》、《中国近代史》（范文澜著）、《中国民族解放运动史》（华岗著）、《科学历史观教程》（艾思奇、吴黎平著）、《唯物辩证法》（罗逊塔尔著）、《辩证唯物论辞典》、《西洋哲学史简编》、《中国近代史参考资料》（杨松、邓力群编）、《卡尔·马克思》、《恩格斯传》、《恩格斯论资本论》、《资本论通信集》等。

一九四六年，三店决定派更多的干部携带纸型、书籍到解放区开展工作，在当地党政领导之下，先在胶东，次在大连，以后在东北各地建立了光华书店。

一九四六年，召开政治协商会议，但国民党反动派随即撕毁了政协决议，发动全面内战。生活、读社、新知三店又处于敌人的严重迫害之下。广州兄弟图书公司在一九四六年五月被特务捣毁。在北平，国民党特务以"人民戡乱除奸团"的名义在朝华书店的门窗上张贴布告，声称"朝华"是"奸党"在北平的潜伏组织，贩卖"反动书刊"，"宣传赤化"，并在大门上贴了封条。七月十一日，读社创办人之一李公朴在昆明被国民党特务暗杀。十月四日，上海市各界举行李公朴、闻一多追悼大会。邓颖超代表周恩来宣读亲笔书写的悼词。

一九四七年春，国共和谈破裂，中共代表团被迫撤回延安，反动逆流达于顶点。六月一日，重庆三联书店经理仲秋元被逮捕。同一天武汉联营书店经理马仲扬等六人同时被捕，并搜查了书店门市部和宿舍，致使书店被迫暂时关闭。上海的环境也日益恶劣。地下党所领导的《文萃》杂志发行部"人人书报社"转移到读书出版社原来办公的地方四川北路北仁智里一五五号，被特务破获，全体工作人员被捕。读书出版社在同一弄堂内，因发觉周围有可疑的人侦察，范用前往"人人书报社"报信，被特务捕去，次日欧阳章去寻找，又被扣留，两人被中统囚禁两个多月，经多方营救，花钱由国际文化服务社韩侍桁疏通、光明书局王子澄保释出来。

一九四七年十月九日，中央社发表国民党中央宣传部副部长陶希圣"答记者问"，声称"近来出版事业颇见萧条，但坊间充斥黄色书刊及共产党宣传书刊，两者同为麻醉青年之毒物。新知书店、读书出版社刊行共匪书籍尤多"。一九四八年二月十二日国民党上海市执行委员会发出查封"共匪宣传机构"生活、读社、新知三店的密令。这样，三店不得不紧急应变，决定同时撤退。十月十七日派人到大公报馆预先订了一处广告位，到深夜十二时报纸临开印前才送去稿子。次日全上海都看到《大公报》上生活书店、读书出版社、新知书店宣告结束迁往香港和《读书与出版》月刊休刊四条并列的启事。等特务发觉,已经人去楼空。欧阳章、欧建新进入解放区。范用、丁仙宝等留在上海。汪锡棣去南京,并秘密运去一批书籍,寄存友人朱文华在下关开的金山药房内,准备迎接解放。

一九四七年六月底,读书出版社即派倪子明、汪静波到香港筹办读书出版社分社。一九四七年九月底,黄洛峰、徐伯昕、沈静芷等先后到达香港,这时三店的领导中心,实际上已从上海转移到香港。读书出版社先后到港参加分社工作的有韦起应、石泉安、郑权(树惠)、唐雪仪(棠)等。万国钧则经常往来沪、港,联络两地工作。在香港,三家书店的党支部先后由胡绳、邵荃麟领导。

当时,读书出版社图书出版工作仍然在上海,由范用办理,但是只能秘密地进行了。为了有一隐蔽的住处,丁仙宝利用亲戚关系到公路局总局上海办事处工作,范用伪装养病住入公路局的宿舍,白天跑印刷厂,晚上关起门看校样。这时,郭大力由福建分批寄来马克思的《剩余价值学说史》的译稿,一百几十万字,不到一年就全部由一个仅有几名排字工人的小排字房排好,打成纸型,又向印刷厂借了三百多令报纸印成书,全部装箱存入银行仓库,准备上海一解放就可取出发行。在这期间,还排了《巴黎圣母院》《有产者》等外国文学名著。与此同时,在郑易里主持下,编出《英华大辞典》,并且发排。这部大辞典,解放后由三联书店出版。出版《英华大辞典》和外国文学名著,当时是出于经济上的考虑,作为二线的工作。

这里,讲讲印书的事情。读书出版社没有印刷厂,排印书刊,只能同印刷商打交道。这些印刷商当然不了解读书出版社的底细,但是生活、读书、新知三家书店是"有颜色的",多少是知道的。他们为读社印书,固然是为了做生意,但"读书"与这些印刷商关系搞得很好,也很重要。因此,他们明知担风险也肯帮忙。特别是在上海解放前的两三年,在风声很紧的情况下,大华(王璧如一家)、合作(王良生等)、协兴(成宝林、培熙父子)、大陆(包森源)几家印刷厂一直为读书出版社排版或印装书籍。有一位陶汝良,早年参加过革命,后来开书店、办印刷厂,抗战胜利后到上海,以私人关系介绍到中国印书馆任营业主任,这个印书馆的董事长是"中统"特务头子叶秀峰。陶汝良同黄洛峰、万国钧关系甚好,在印书、"调头寸"等等方面,给了不小的帮助。说来使人难以相信,读书出版社和生活书店有几本书就是在这样一个与"中统"有关系的印刷厂排印的。一九四七年春,中共上海代表团撤退的前一天,《新华日报》徐迈进匆匆到读书出版社留下两期《群众》周刊纸型,由陶汝良介绍到明星印刷厂印了出来。不久,"中统"逮捕了明星印刷厂的老板,并且扣押陶汝良讯问。十分可贵的是,陶汝良和明星印刷厂的老板始终没有说出与读书出版社的关系。上海临解放,为给"三野"提供材料,党组织交给方学武、范用调查官僚资本的出版机构情况的任务,陶汝良也给了很大的帮助。

一九四七年十二月二十五日,毛泽东同志发表了《目前形势和我们的任务》这个著名报告,宣告中国人民革命已到达一个伟大的转折点,蒋介石反革命势力已走向覆灭的道路。香港三家书店的同志们和全国人民一样受到极大鼓舞,在党支部的发动下,三店同志购买了大批刊登这篇重要文献的《华商报》向国内寄发,扩大影响。到了一九四八年,全国胜利在望,三家书店根据党的指示,着手全面合并办三联书店,准备把主要的人力物力转到解放区,迎接全国解放。大约在八月间的一天晚上,章汉夫到黄洛峰住处,通知他中央已来电,让黄早日到中央所在地河北平山筹备成立中央出版局,并催促加速进行三店的合并工作。当时三店合并工作,由胡绳、邵荃麟、黄洛峰、徐伯昕、沈静芷为领导核心,进行规划。一九四八年十月二十六日,三联书店总管理处成立。至此,作为革命出版机构之一的读书出版社完成了自己的任务,并入三联书店。

(摘自《革命出版工作五十年纪念集》)

在孤岛上海出版的三部名著

六十五年前,一九三八年在上海出版了三部辉煌的巨著:《鲁迅全集》、《资本论》中译本和《西行漫记》。

一九三七年七月,抗日战争爆发。八月,日军进攻上海,冬天中国军队西撤,上海租界沦为孤岛。

在孤岛留下的文化人,其中不乏不畏敌伪恐吓、绑架、暗杀,坚守新闻出版阵地的志士。在他们的艰苦努力下,出版了三部皇皇巨著:二十卷本《鲁迅全集》、三卷本《资本论》和《西行漫记》、《续西行漫记》,值得在中国现代出版史上大书特书一笔。

编印《鲁迅全集》,在当时谈何容易。全集的编辑出版,名义上是鲁迅先生纪念委员会和鲁迅全集出版社,实际主其事者是许广平和胡愈之两人。他们两位竭尽一切办法筹集资金,组织编印,推销发售,靠热心人士和朋友们的赞助。据我所知,当时国民党著名人士邵力子就预订了二十部,在昆明经商的郑一斋也预订了二十部,分送昆明的一些中学。生活书店则承担了全集在内地的发行工作。

美国记者埃德加·斯诺和宁谟·韦尔斯的《西行漫记》《续西行漫记》的出版,也是采用募款方式。当时斯诺正在上海,收到从美国寄来的《西行漫记》印样,胡愈之见到,表示愿把这一部第一次向世人报道中国共产党内幕以及中国工农红军二万五千里长征的书翻译出版介绍给中国读者。斯诺了解到出版此书的复社是由读者组织起来的非营利性质的出版机构,便慨然表示"我愿意把我的一些材料和版权让给他们,希望这一个译本,能够像他们所预期的那样,有广大的销路,因而对于中国会有些帮助"。斯诺说的"对于中国会有些帮助",当理解为对于中国革命会有些帮助。

正如斯诺所预期的,《西行漫记》中译本出版以后,迅速在读者中传播开去,无数追求进步的青年读了这部书,走上了革命的道路,历经艰难险阻,奔赴革命圣地延安。

《西行漫记》书名原为《红星照耀中国》,翻译这部书的有十几位译者。为了便于出版发行,胡愈之把书名改为《西行漫记》这样一个隐晦的书名。胡愈之向朋友们征订,朋友问《西行漫记》是讲什么的?胡愈之说你不必问内容,掏钱预订就是。预订者后来拿到书才知道买了一本什么样的书。

《西行漫记》和《续西行漫记》在上海出版的次年,我在重庆花了相当于半个月工资的代价买到这两部书。读了以后思想受到极大的影响,知道了原来不知道的许多事情,知道了中国工农红军,知道了二万五千里长征,知道了人称"朱毛"的毛泽东、朱德以及其他红军领导人。

这两部书在朋友们中间传阅,数不清有多少人。由于大家很爱惜,这两部书始终保持原貌,成为我最珍贵的藏书。有一年中国革命博物馆举办有关斯诺的展览,曾借去展出。为纪念中国人民的这位老朋友,我希望有出版社按一九三八年初版本原样重印《西行漫记》和《续西行漫记》。

一九六〇年,斯诺和夫人洛伊斯·惠勒·斯诺来华访问,毛主席曾亲切会见,并且在国庆节与周恩来和他们登上天安门城楼,参加庆典。

一九七五年,美国出版洛伊斯·惠勒所著《尊严的死——在斯诺生命的最后日子里》一书,这一书名是美国书商取的,斯诺夫人并不满意,她原来想取名《中国人来了》。三联书店出版中译本,用斯诺临终时用生命的最后的力量讲出的一句话作为书名:《"我热爱中国"》。斯诺夫人认为这个书名改得很好。封面上的斯诺的像,她觉得画得很好,很有趣。这幅像是我的同事马少展所画，后来评选封面还得了奖。她在书上签名题词留念："在友谊中。"洛伊斯·惠勒·斯诺在这本书里记叙了斯诺生命最后的日子。斯诺逝世后，毛泽东在唁电中说："他将永远活在中国人民心中。"宋庆龄在唁电中说："埃德加·斯诺在中国人民的记忆中将永葆青春。"

斯诺夫人在访问中国期间，还赠送我三张斯诺签名的照片，十分珍贵。

卡尔·马克思的《资本论》全译本的出版，是马克思主义在中国传播的一件大事。一八六七年，马克思的心血结晶《资本论》问世，中国有识之士即提出翻译这一巨著以介绍于国人。但是当时在中国没有书店愿意组织翻译出版，倒不是政治原因，而是顾虑没有多大销路。后来《资本论》个别章节曾经有人翻译出版，但并未引人注意。

一九三六年，黄洛峰接手主持读书生活出版社，不久即发生沈钧儒、李公朴等"七君子"爱国被捕入狱事件，在白色恐怖下，读书生活出版社经营发生困难，经济上维持不下去。这时，郑易里从云南哥哥郑一斋那里借了三千银元，使刚刚成立的出版社又活了起来。黄洛峰、艾思奇、郑易里大胆设想翻译《资本论》全书。此事工作量既大且艰难，找谁来啃这硬骨头？终于打听到郭大力能够胜任，于是把郭大力由赣州老家请到上海，在出版社那间小屋里从事翻译。译稿经郑易里校核，第一卷还请章汉夫校核。后来郑易里回忆："中华民族的命运激发着爱国知识分子的使命感和责任感，在政治情况甚为复杂的孤岛上海，担负很大的风险，夜以继日地加快工作进度，终于不足两年时间，于一九三八年四月开始排版，争分夺秒随排随校，改完了即打纸型，这一整套程序，全由郑易里、郭大力两人完成。到秋天付印，第一次印了三千部，装了二十大箱，不料刚运到广州就随着广州的沦陷全部损失了。只好再印，陆陆续续经过广州港转运内地，又经过许多曲折和险阻，分批通过苏北新四军辗转运到东北。"

运到内地的，第一批送往革命圣地延安的《资本论》，就是读书生活出版社桂林分社的工作人员连夜打包装箱，由八路军办事处设法运走的。

在延安，毛泽东读过的《资本论》留有批注，如在第一卷扉页上原来印的出版时间是"中华民国二十七年八月三十一日",他在下面写了"1938年"。还写了《资本论》第一次问世是"1867年","在71年之后中国才出版"。到了一九五四年他再次阅读此书时,在第一卷目次下又写了:"1867年距今87年了"。(见龚育之著三联书店版《毛泽东的读书生活》)

《资本论》发售预订时,我正在重庆读书出版社工作,记得宋庆龄、冯玉祥、邵力子都曾经派人来预订。徐特立亲自到读书生活出版社那间二楼小办公室来预订。他见到出版社的工作人员都是二十岁上下的年轻小伙子,十分热情,给大家讲自然辩证法。老人家一口湖南话,眉飞色舞,给我留下深刻的印象,至今难忘。

在出版《资本论》之后,读书出版社又请郭大力翻译三卷本《剩余价值学说史》,全书百余万字,由我经手排校工作。我蛰居在上海闸北,每日往返排字厂取送校样,又向一家印刷厂借了三百令白报纸印成书,装在箱子里存入银行仓库,上海一解放,这部书就出现在书店中,出版名义为"实践出版社";这是天亮以前读书出版社在国民党统治区最后完成的出版工作。

第一本书

我知道生活书店,是在上小学五年级,看了杜重远主编的《新生》周刊。级任老师周坚如订有这份刊物,我很喜欢看,每期向他借,周老师干脆订了一份送给我。周老师生活清苦俭省,每天清晨花一个铜板喝碗豆浆,但是舍得花一块八毛钱订份杂志(全年)给我看。师恩终生难忘!

看生活书店的书,第一本即韬奋编译的《革命文豪高尔基》,是沙名鹿老师借给我的。沙老师教低年级,年轻,活跃,爱好文艺,几个爱看小说、爱唱歌的高年级学生,很自然地被他吸引在周围;与其说他是老师,倒不如说他是大哥哥。

一九三六年夏天,高尔基逝世,"一盏理智的明灯熄灭了!"消息传来,正值暑假,沙老师组织我们选读文学作品,头一篇就是高尔基的《海燕》,用的瞿秋白译文,逐句逐段讲解,并且朗诵。我们印成活页文选,人手一份。我因为刻写钢板,文章印象更深:"白闸闸的海面的上头,风儿在收集着阴云。在阴云和海的中间,得意洋洋地掠过了海燕,好像深黑色的闪电。""那是勇猛的海燕,在闪电中间,在怒吼的海的上头,得意洋洋地飞掠着,这胜利的预言家叫了:'让暴风雨来得厉害些吧!'……"这篇散文诗,至今,我还能背诵十之八九。

同时,沙老师还教我们唱《伏尔加船夫曲》《囚徒之歌》,前者是流行的

俄罗斯民歌,后者是高尔基作的词:

> 太阳出来又落山哟!
> 监狱永远是黑暗。
> 我虽然生来自由,
> 哒哎哟哒哎!
> 挣不脱千斤铁链。

随后,沙老师借给我一本《革命文豪高尔基》,厚厚的一大本。这本书是韬奋根据康恩所著《高尔基和他的俄国》编译的。韬奋力求把它写得适合中国读者阅读,但是对于十几岁的小学生,还深了一点。不过它的前几章"儿童时代""幼年时代""青年时代",我能够一路看下去,津津有味。这几章讲高尔基五岁失父,成了孤儿,十岁投身社会谋生,当学徒,十二岁逃难到伏尔加河,过流浪生活,和码头上脚夫做朋友,到轮船上洗碗碟,在神像铺子绘图。其间,开始读书,看了普希金、果戈理、龚古尔、司各特等人的作品,使他超越了当前的环境,用新的眼光去观察社会,体验生活。

这本书对我最有影响的,是开头的一段话:

> 物质环境支配人的力量诚然是很大的,但是人对于环境——无论是怎样黑暗的环境——的奋斗,排除万难永不妥协的奋斗,也能不致为环境所压倒,所湮没。

这一段话,标了黑点,书里还有不少标了黑点的话,我都抄在一个本子上,一有时间就拿出来看,这些话刻印在我的脑子里。

读了《革命文豪高尔基》,我开始懂得怎样去面对命运,怎样走上崎岖的人生之路,尽管我还很幼稚,还不十分清楚。我出生在小商人家庭,生性软弱,这部书给了我勇气。这一年,我也失去了父亲,生计成了问题,不仅失了学,而且感到前途茫茫。感谢韬奋先生的这本书,尤其是写在全书之前的几句话,在精神上给了我莫大的鼓舞:不要畏惧,学高尔基那样,唯有奋斗,才有生路。

读书生活出版社的书,我最早看到的,是一本薄薄的小刊物,柳湜主编的《大家看》半月刊,小三十二开本,每期只有三十面。

柳湜在创刊词《见面的交代》里这样写道:

我们要大家看什么?

看我们自己生活中的形形色色,看我们今日生活着的世界与中国,看敌人的屠刀和我们的抗争,看我们日常生活中的一切受苦受难的同伴。

看清了世界及中国,我们会知道中国究竟应该怎么办!

看清了生活中的一切,我们才知道中国究竟应该怎么过,才是办法!

我们要求大家看,自己看了,还要别人看,自己认识了世界,还要帮助他人也把眼光扩张。

大家看!大家看!不仅看,还要干!挺起身子来把天下兴亡担,大家都如此,中国就有望。

文章作者有李公朴、艾思奇、金仲华、恽逸群、陈楚云、曹伯韩、以群、陈白尘、张天翼……用最浅近的语言,跟读者谈心,讲种种大道理。还有诗歌、弹词、连环画、国难地图。

《大家看》每本只卖二分钱,它登广告说:"少吃一包花生米,就可以看一本《大家看》。"这本杂志我买得起。不仅自己看,还带到学校里给同学们看。

"不仅看,还要干!"太可怕,"煽动阶级斗争"。《大家看》出到第二期就被国民党查禁。下一年,一九三七年冬天,在汉口读书生活出版社,见到柳湜先生,很高兴,他和李公朴先生在办《全民抗战》周刊。我告诉他:"大家看,不仅看,还要干!"他笑了,拍拍我的头。

在穆源小学，我也办了一个刊物，也叫做《大家看》，不过是手抄的，是给同学们看的。别的我还干不了，就干编辑、出版、发行，一个人包办，自得其乐。

那时，我还看到读书生活出版社的另一个刊物，陈子展主编的《生活学校》半月刊，它是接替李公朴、艾思奇主编的《读书生活》半月刊而出版的。读书生活出版社出版的高尔基的长篇小说《在人间》，我也从图书馆借来看了。

就这样，我如饥似渴，不分高中低兼收并蓄，只要能够满足我的读书欲望，统统看，上了瘾。在三十年代，年轻人都很苦闷，只好到书本里寻找答案，像我这样的"三联"读者，何止万千。

新知书店的书，我看的第一本，是陈白尘先生从上海寄我的《最后一课》，许幸之写的儿童剧，写一群不愿做亡国奴的孩子们的怒吼。当时，我们一批小学生正醉心于演话剧，组织了一个儿童剧社，已经公演过一回，于是我们在暑假里排练《最后一课》和别的两个儿童剧，准备第二次公演。"七七"炮声响了，日本人真的打来了，神圣的抗战开始了，我跟千千万万同胞一样，投入抗日的洪流。而今后的生活，很可能背井离乡，像高尔基那样去流浪、打工、走进"人间"。

顺便说一说：陈白尘先生也写了一个儿童剧《一个孩子的梦》，讲两个儿童想抗日的故事，抗日爆发前三个月在读书生活出版社出版，我们儿童剧社也排了，我这也是"不仅看，而且干"。

在那个时代，我能读到"三联"的书，是一种幸福。我常常想，我们的下一代，在读书方面，也能够有这种幸福还是别的什么？世上还有不平事，富了不完全等于文明，愚昧落后还是难治的顽症……我们做出版工作的，要多想想这一类问题。

就这样，我先是"三联"的一名小读者，"三联"的书引导我走上人生之路，在精神上给了我鼓励，在思想上启发我追求进步，懂得爱与憎、善与恶。在成为"三联"的工作人员之后，我又在工作中学到不少东西，在这里锻炼成长。正因为如此，我热爱出版这一行，愿意把我的一点心力、一点余热奉献给"三联",也就是说,奉献给"三联"的读者和作者,尽管我已年老。

我也乐于看到"三联"后继有人,乐于看到韬奋精神代代相传。

(为纪念生活·读书·新知三联书店成立六十五周年而作)
(一九九七年九月十七日《大公报》)

读杂书

我爱看书,并非为做学问,只为求点知识,还有就是欣赏文学作品,有时也只是为了消遣。

我读书很杂。读杂书,毛泽东堪称楷模。一九三九年在重庆,我给毛主席买过书,写信买书的是毛主席的秘书李六如(小说《六十年的变迁》的作者)。寄来的书单,一看就知道是毛主席的笔迹。那时还不知道保存这些书单,日后对了解和研究毛主席的读书生活有用,更不用说,后来毛主席的墨迹成为珍贵的文物。

一九四七年——九四九年在上海,组织上交付的任务,给毛主席买杂志,外文的也要(如《密勒氏评论报》)。买好后,交党的地下贸易机构机帆船带往大连,转运烟台到河北。

六十年代,我编了一本《新华文萃》试刊,毛主席办公厅副主任田家英来我办公室见到,拿走一本,说"他喜欢看这种杂志","他"即毛主席。后来正式出版,刊名《新华文摘》。这是一本名副其实的"杂"志。家英也喜欢读杂书,是我的书友,他大概买过找过不少杂书。

读书有的须精读,有的可略读。中国古典文学选本《唐诗三百首》《古文观止》就值得精读,其中名篇要背诵,如唐诗中的《赠卫八处士》《梦游天姥吟留别》《长恨歌》《长干行》《游子吟》《琵琶行》等。《史记》"纪""表"可不读,"传"可选读。司马迁写人物,不但"如闻其声","如见其人",而且给人以"共呼吸,同生死"之感觉。《史记》选本,三十年代有"万有文库"本,叶圣陶选注,现在已难以见到,可读人民文学出版社出版的王伯祥选注本。《古文观止》中《报任安书》《归去来辞》《岳阳楼记》《秋声赋》等名篇宜精读。

读书亦如进食,多吃五谷杂粮有益身体,不可偏食。

得书日志

十月十三日方成寄来《方成自述》，李辉为大象出版社主编的"大象人物自述文丛"之一。前收到过黄裳、邵燕祥赠送的两本自述。李辉后生可畏，仅就为出版社策划、编辑丛书来讲，已经出了好几套书。他为大象出版社编的另一套图文书"大象人物聚焦书系"，出版了近二十种。

十月十五日李济生寄来《巴金与文化生活出版社》，上海文艺出版社出版。巴老是作家，也是出版家，是我们出版工作者的榜样。张元济办商务印书馆、叶圣陶办开明书店、巴金办文化生活出版社，在近代中国出版史上，都值得大书特书。

十二月十日收到廖冰兄寄来《"三劣"同乐集》大型漫画集。廖老说："世有自称为或被称为诗、书、画三绝者。而我的画，俗而不雅；我的诗，只能说是顺口溜；我的字，无根基法度，可谓三劣。若要打分，每样最多得三十分，可是三者加起来便得九十分了，能不自我感觉良好耶？"一九八六年廖老曾赠我《冰兄漫画——1932年至1982年作品选》。广东教育出版社新出版的这本，全部彩色印刷。

十二月十四日吴兴文自台湾来，带来新版钟芳玲：《书店风景》（台湾大地地理文化科技事业股份有限公司出版）。旧版《书店风景》曾由北京三联书店出版，印了一万册。新版增添了约一百张新图片。钟芳玲说她的《书店风景》仅仅是希望能挑引起一些人对这些风景的渴望。书店之美——如山水之美，等待有心人的开发。为得到此书，写了一篇小文，托李瑞月（季季）在台湾《中国时报》发表，换得稿费买书，托便带到北京。我希望开书店的都能看到这本书，从这里取点经。

与吴兴文同来的一位台湾客人傅月庵，赠我他所著的《蠹鱼头的旧书店》。此书详细介绍台北以及外国的某些旧书店，附有书店店堂平面图，指点某类书在某架，还捎带告诉你附近有家什么小吃店，逛完了书店可以歇歇脚吃碗面什么的。附录《台湾旧书店地图》和《禁书参考目录》（大概便于访求禁书）。

与吴兴文同来的另一位朋友谢其章，赠我《创刊号风景》，北京图书馆出版社出版。谢君自称是个"不折不扣的'杂志癖者'，藏有新旧杂志三万余册，挤占了家庭的生活空间，挪用了家庭的日常开销，衣带渐宽终不悔，为杂志消得人憔悴，何苦？何必？旁人难解其中意，冷暖只自知。杂志如海，一九四九年以前有目录可查的即达三万多种，一九四九年以后的没有目录，据最新统计是八千多种，还不算已经停刊的那些。刊林如海，人生有涯，财力有限，'人心不足蛇吞象'，权宜之计是每种杂志只集创刊号，美其名曰'珍爱最是第一声'，微酸无可奈何"。"'进军的第一类'，那是创刊号的步伐，'东方的微光，冬末的萌芽'，那是创刊号的风景，风景这边独好"。写得多么有情意！

书中的文章介绍每种杂志，娓娓道来。所有创刊号均有彩色印的书影，书印成这样，可谓精品。

想到我也收藏有一些旧杂志，哪天也写一篇《我的创刊号风景》。

十二月十四日赵蘅送来杨宪益赠书戴乃迭自传、文存《我有两个祖国——戴乃迭和她的世界》，广西师范大学出版社出版。乃迭是卓越的英籍翻译家，为翻译事业奉献了一生，耗尽了她所有的心血。几十年翻译（中译英）中国古典文学、现代文学、戏曲作品达六十部。一九九九年去世，没有能等到与宪益结婚满六十年这一天。

十二月十六日友人自国外寄赠《人权与宪法》，厚达六百页，二十一世纪中国基金会出版。近日报载人大决定修宪,已将人权订入条文。

十二月十七日不相识的朋友郁田君自福建寄赠《中国藏书票精点》,海峡文艺出版社出版。集中收有藏书票一百八十枚,皆彩色印刷,部分有票主签名。其中竟有我绘制自用的藏书票。英国维多利亚时代人喜爱藏书票,昵称"漂亮小玩意儿"(Pretty things)。

十二月十八日李黎自美国来与朋友欢聚,赠我散文新集《翡冷翠的情人》。久违了"翡冷翠",当年徐志摩译 Firenze 为"翡冷翠",李黎取为篇名书名,甚美。李黎为台湾、上海报纸专栏撰文,每年都要印本书,书架上已有一排近二十本李黎文集。

钟叔河夫人朱纯寄赠《悲欣小集》,非卖品,自费印三百本赠送友朋,此本编号第一百八十八。书名取自弘一大师李叔同所书"悲欣交集"易一字。

宗江赠我阮若珊文集《忆》,中国文联出版社出版。若珊十四岁即参加"一二·九"学生运动,一九三九年加入共产党,成为一名文艺战士。一九五八年任中央戏剧学院副院长,二〇〇一年辞世。斯人已去,遗篇尚在,给人以温暖。书前有宗江代序七篇,首篇一九五六年《求婚书》。

一日得三书,快何如之。

十二月二十一日钟叔河寄来文集《念楼集》,安徽教育出版社出版。叔河住二十号楼,"念"即二十。这是二〇〇三年最后收到的一本书。

书香处处

去年，我收到浙江农村一位青年的来信，他中学毕业没考上大学，做小生意当个体户，卖牛羊肉为生。他是个爱书人，爱读"有品位的、书卷气十足的书"。爱读柯灵、金克木、季羡林、张中行、黄永玉、黄苗子、杨宪益……的书。"发誓等将来有更多的钱买更多的书，以充实自己的心灵"。他想读王国维、陈寅恪的著作，不知何处可以买到。

我看了他的信十分感动。我是个干出版工作的，也是个爱书人，有这样不相识的读者把我看作知己，说不出的欣慰。

我要让我的同行也受到鼓舞，摘录来信写了篇小文，请《文汇读书周报》《钱江晚报》发表。

这篇文章登出以后，商务印书馆退休编辑，也是我的朋友汪家熔，给我来了封信，愿意把他的藏书王国维、陈寅恪文集赠送这位青年。

这又叫我十分感动。王国维文集我只知道有部《观堂集林》，没读过，有好几卷吧。陈寅恪文集有部六卷本《寒柳堂集》。这两部书目前都不容易买到。汪家熔兄如此慷慨，赠书给不相识者，读书人之美德也，唯有读书人才了解求书之渴啊！这只能是书林佳话，可遇不可求。

由赠书我联想到借书。我一生受过不少师友赠书之惠，而更多的是受惠于到图书馆看书借书。

小时候,先是在学校的图书室借书看,后来到五州图书馆借书看,那是镇江地方上热心人士办的,我在那里看了不少新文艺书刊。

进一步,通信借书。上海有个蚂蚁图书馆,只要买本该馆的图书目录(有一厚本),查出要借的书,写封信附去邮资,不出一星期书就可以寄到,如果书借出了暂缺,会另外推荐一本借给你。办这个图书馆的是地下党员和职业青年,这是后来在武汉认识蚁社负责人何惧同志才知道的。

至今我还记得在蚂蚁图书馆借到的书,有辛克莱的《屠场》,杰克·伦敦的《铁踵》,雷马克的《西线无战事》,良友出版公司的"新文学大系",张天虚的《铁轮》(这是一部以苏区为背景的长篇小说)。图书馆目录上印着那本书目的页数,厚本薄本邮资差不多,我拣厚的借,二三十年代,在上海、北平等大城市,某些中小城市,都有一些私人办的图书室,大多是爱读书的人把自己的书放在一起,供同好借阅。楼公适夷在一篇回忆谢旦如的文章里这样介绍"上海通信图书馆":

> 在钱庄当学徒的富家子谢旦如和穷小子应修人(后来当上江苏省委宣传部长跳楼拒捕牺牲)两人一见如故,一拍即合,一块儿学习,一块儿参加救国十人团。他们和另外几个视书如命、热心国家大事的小开,共同发起了读书会,把各人的书放在一起,专人保管,不分你我,互相交流。每月还出钱买新书刊。图书渐渐多起来,从"共进读书会"转变为"共进图书馆",到 1923 年对外公开,改名为"上海通信图书馆"。凡是爱书的青年,无论生张熟魏,到晚上都可以进来看书,填一张单子,把书带走,定时归还。甚至外埠青年也可以通信借书。一封信来,书立即邮去,书读完寄回,一律无偿,也无担保,这样办了五年,借书人遍布全国,甚至胡适也当上了会员。

后来,上海又有个著名的"电报流通图书馆",史量才老板聘请李公朴、艾思奇、柳湜、夏征农等进步人士主持其事,不仅出借图书,还解答读书问题,乃至社会、人生问题,影响更大。

上面说的，今天听起来近乎"天方夜谭"。去年在报上见到上海公布的取消乱收费项目，其中有多项图书馆巧立名目的收费。看到这里，请莫给我扣今不如昔的大帽子，谁不愿意风景这边独好今胜昔。然而出书要作者掏钱，书店无立身之地，图书馆经费短绌，绝非好兆，让人揪心。

当我们过上小康的日子，但愿有好书可读，有好书可借，同步小康，甚至提前一步走向大康，书香处处尽开颜。"面包会有的"，书当然也会有。贫穷不是社会主义，精神堕落思想匮乏更不是社会主义。两手抓，两手都过硬，抓精神文明建设，也得有点抓三峡工程、申办奥运的气派，如何？

希望在人间，我这不算是奢望，起码也是一种良好的愿望吧！

谈文学书籍装帧和插图

作为一个出版工作者,总觉得对作家有点抱歉,我们的书印得不够好,特别是文学作品。我认为文学作品应该印得比一般的书要好一点。

我看到很多外国的书,文学作品,小说、戏剧、诗,在出版方面给予很高的待遇,最好的纸张,最好的装帧,而且把它与那些大量印的书区别对待,使人一拿到手就知道,啊!这是文学作品。我们呢?我干了多少年出版工作,就没有印出几本像样的书。只有一本自己比较满意的:巴金先生的《随想录》精装本。巴老曾经来信说:"真是第一流的纸张,第一流的装帧!是你们用辉煌的灯火把我这部多灾多难的小书引进'文明'书市的。"那才像一本书,巴老满意,我很高兴。

我买了很多文学书,总觉得我们出版社应该多想一想,能不能使文学作品用好一点的纸张,装帧设计好一点?

外国文学作品,外表很朴素。董鼎山有一篇文章说:作品好坏,不靠封面,不靠颜色多。我还在《世界文学》上看到一篇翻译文章,说外国文学作品的封面不能超过两种颜色,多了就不好。有的颜色,红颜色、黄颜色,文学作品不用这两种颜色,用冷颜色。每个国家情况不一样,我们不必照搬。

这就使我想起巴金先生的文化生活出版社,他印的书,"译文丛刊",

《死魂灵》的封面就只有黑颜色三个字。"文学丛刊"，曹禺的《雷雨》《日出》，封面简简单单，除了书名、作者名，没有更多的东西。一直到现在，也还觉得非常好。台湾《联合报》副刊主编痖弦十几年前春节给我寄来的贺年片上写有一句话："直到现在我还觉得三十年代文化生活出版社出的'文学丛刊''文学生活丛刊'是最美的。"

　　当然，我们的封面也不能搞得太简朴，因为中国的读者习惯热闹一点，我们要照顾读者的需要，照顾发行工作，封面还是要设计得好一点。

　　英国、法国、德国出版的文学作品的封面，很少形象，小说没有把形象印在封面上的。我们出版的《安娜·卡列尼娜》，封面上印了两个妇女的形象，看上去像电影招贴。外国文学书的封面比较朴素，不像儿童读物、实用书那样。可以加一个包封，印得热闹一点，设计得很吸引人，还印上内容介绍、作者的像。卞之琳先生跟我说过，作者不好意思把印有自己照片的书送人，如果印上了，我就不好送人，要撕掉，印在包封上，可以把它拿掉。作者不在世了，作者照片当然可以印在书上。

　　总之，文学作品的封面，基本上要朴素一点。为了市场需要制造的那些所谓文学作品，是另一码事，封面花里胡哨，反正藏书家是不要的，看过就扔掉了。但是真正的文学作品，是要摆在书架上书房里的。

　　再一点，我希望文学作品考虑插图的问题。人民文学出版社、中国青年出版社是重视插图的，它们出版的《青春之歌》《红岩》，插图是版画。苏联出版的文学作品几乎都有插图，很精致的插图，我看到很多，如《战争与和平》《安娜·卡列尼娜》《静静的顿河》《毁灭》。法国出版的雨果的《巴黎圣母院》就有几十幅很精致的蚀刻画插图。大家知道，鲁迅先生曾经将果戈理《死魂灵》一百多幅插图引进中国出版，不遗余力。

　　我们有些书也有插图，比如鲁迅的作品，茅盾的作品，老舍的作品。我们也有很出色的画家画的刻的插图非常之好。孙犁先生有一本《铁木前传》，插图非常好，可惜现在不见了。为什么文学作品插图少？大概作家认为，你能给我出书已经很不容易，我不好更多要求你，要插图会耽误出书时间，要增加成本。但我们出版社，应当主动考虑这个问题。有时初版来不及,再版的时候,特别是已经得到好评的作品,能够站住的作品,再版的时候是不是可以考虑插图?

怎样组织美术家画插图?外国有专门画插图的美术家,中国好像还没有。出版社要主动做这件工作,组织美术家,把小说送给他们看,给他报酬,我想他是会同意画的。我们出版工作者要为作家服务得更好一些,对文学作品插图多下一点工夫。

（在一个座谈会上的发言摘录）

《时代漫画》选印本前言

一九九二年,廖冰兄先生画了一幅范用漫画像赠送我,并题词:"热恋漫画数十年,地覆天翻情不变,范用兄亦漫画之大情人也。"

算来我爱上漫画,总有六七十年了。还是上小学的时候,就爱看报刊上的漫画。最早看到的是丰子恺先生的漫画,知道"漫画"这个词儿。

子恺漫画先是以儿童生活为题材,例如画小朋友用两把大蒲扇做脚踏车轮,给凳子的四条腿穿鞋,等等。后来转向社会生活,他在《社会相》漫画集的序言中说:"吾画既非装饰,又非赞美,更不可为娱乐,而皆人间之不调和相,不欢迎相,与不可爱相。"这就扩大了读者的视野,从漫画中得到更多的感受,认识社会。

后来又在报刊上看到叶浅予的《王先生》和黄尧的《牛鼻子》,觉得很有趣,牛鼻子的造型更是吸引了我。

三十年代,上海出版了几种漫画刊物:《时代漫画》《上海漫画》《独立漫画》《漫画生活》《漫画界》等,漫画题材与风格越来越多样化。其中最特出的是《时代漫画》,作品具有鲜明的战斗性、批判性。正如《时代漫画》主编鲁少飞所说:"有不平我们就要讲话,有丑恶我们要暴露,有战争我们要反对。""漫画是为良心为正义活着的,为公道拿画笔是我们的天命。"

当时,鲁迅先生在《漫谈"漫画"》一文中指出:"漫画的第一件紧要事是诚实,要确切的显示了事件或人物的姿态,也就是精神。""因为真实,所以也有力。"

对这一时期漫画的成就,黄苗子尝谓:"三十年代在上海的漫画家群,在形式上接受了十九世纪末西方美术风气的影响,并从我国绘画的夸张造型与线条中吸取养料,形成了足以与世界漫画同其光辉的艺术成就。"

为了适应当时的环境,使刊物不至于被国民党扼杀查禁,《时代漫画》不得不刊登一点软性的作品,这是可以理解的。

可以说,三十年代的漫画是新文艺战线上的一个方面军。一九三六年在上海举办的第一届全国漫画展览会是漫画界的一次总检阅,有人认为是"埋下种子",是"突出反蒋抗日"的。这次展览组织、团结了全国的漫画作者,推动了漫画事业的发展。此外,还有一个成果就是成立了全国漫画家协会。

作为了解和研究中国漫画史的重要资料,一九八九年我曾经筹划重印《时代漫画》,得到漫画界前辈叶浅予、鲁少飞、张乐平、胡考、特伟、张仃、丁聪、华君武、黄苗子、廖冰兄诸先生的赞同,并为此题词作画。只是由于种种原因,当时未能实现。时隔十几年,现在经沈建中兄热心奔走,上海社会科学出版社予以重印,终于遂了这一夙愿,令人高兴。

《抗战漫画》重印本前言

三十年代,有两本漫画刊物标志中国漫画的鼎盛与成熟,一本上海出版的《时代漫画》,一本武汉出版的《抗战漫画》。

一九三七年七月,卢沟桥打响了抗战第一炮,接着日寇又在上海开火。上海的漫画工作者立刻响应上海文艺界救亡协会的号召,组织起来,参加到抗日战场的前线和后方去,决心与日寇做一回殊死的"漫画战",为保卫祖国尽力。当时由叶浅予和张乐平、特伟、胡考、梁白波等人组成漫画宣传队。一九三八年,在军委会政治部郭沫若的第三厅的领导下,担当起漫画界救亡协会的任务,出版《抗战漫画》半月刊,发表了大量极富战斗力的作品,由于该刊当时的影响,宣传群众,鼓舞斗志。

那时我在汉口读书生活出版社当练习生,在书店买到《抗战漫画》,十分喜爱。后来我跑印刷厂,见到正在印刷的《抗战漫画》,便每期捡一份自己折页装订成册。十几期《抗战漫画》就是这样得来的。后来到重庆被朋友抄走,大概他也是一个漫画迷,夺人所爱。

四九年解放以后到北京,认识了叶浅予先生,成为忘年交。他藏有一套《抗战漫画》,我如见故人,后来借来复印了一套。

我认为作为研究中国漫画史的重要资料,有必要重印《抗战漫画》。如今沈建中同志继《时代漫画》之后又将《抗战漫画》推荐给上海社会科学出版社重印出版得以流传,难能可贵。

"我热爱中国"
——《西行漫记》重印本前言

我知道斯诺这一名字,还是个小学生。一九三七年七月,抗战前夕,我在家乡镇江的一家书店买到一本《毛泽东自传》,斯诺著,汪衡译。

时值酷暑。我跑进一家澡堂脱光了衣服,一口气读完这本小册子。由此知道了中国共产党,知道了中国工农红军,知道了两万五千里长征,知道了毛泽东和其他红军将领。

后来我在一篇回忆文章中说:"我的心,我的思想越飞越远,书真是个奇妙的东西。"

一九四○年在重庆我买到上海出版的《西行漫记》和《续西行漫记》(大约花了我半个月的工资),才知道《毛泽东自传》原是《西行漫记》中的一章《一个共产党员的来历》。

著名的老漫画家华君武在他的《我读〈西行漫记〉》一文中写道:

> 我的好友黄嘉音(可惜被错划了右派后来死在青海狱中)某天递给我一本中文版《西行漫记》,读着读着我被它吸引住了,从感性上了解了中国共产党、中国工农红军和老百姓的关系,原来中国还有这样一块地方——陕北。那是和我所厌恶的国民党统治区和丑恶的十里洋场完全不同的一块净土,那边空气新鲜,人和人是平等的,呼吸是

自由的,共产党和红军是一贯主张爱国抗日的。《西行漫记》用大量的事实,给我澄清了国民党对共产党长期的造谣污蔑、反共宣传。

一九三八年上海沦陷,我更加处于一种不甘心当亡国奴、又不愿跟着国民党走的状况中,斯诺的《西行漫记》真可以说是黑暗中的火把。我瞒着家庭亲戚、朋友和同事,由一位女友送我上了轮船,秘密地离开了上海,我从未出过远门,我单身一人经过三个月长途跋涉,途经广州、长沙、汉口、重庆、成都、宝鸡、西安,到达了西北,当时已是隆冬,这都是《西行漫记》给了我力量。

因此我几十年来对斯诺和《西行漫记》始终怀有一种崇敬而又感激的心情。

华君武这番话很能代表我这一代《西行漫记》读者的心态和思想。

《西行漫记》中译本的出版,首先得归功于胡愈之先生。一九三八年在"孤岛"上海,他见到斯诺,从他那里拿到国外寄来的《西行漫记》印样,胡愈之阅读后,即认为应当把这部著作介绍给中国读者,于是组织了十三位译者合译,于一九三八年出版,很快销售一空,短期内又重印了几版。同时还出版了《续西行漫记》。这两部书用复社名义出版。复社还出版了二十卷本《鲁迅全集》。当时出版这两部书,很需要一笔钱,都由愈之先生筹借。《鲁迅全集》和《西行漫记》的出版,在中国出版史上都值得大书特书。今天重印《西行漫记》,不仅是对中国人民老朋友斯诺的纪念,也是对愈之先生以及译者们的纪念。

《西行漫记》原名《红星照耀中国》,为了便于在国民党统治区发行,采用了较为隐晦的书名。读者拿到书看了才知道这是一部有关中国共产党和工农红军的书。我的这两本藏书《西行漫记》和《续西行漫记》曾经被许多朋友借去传阅。

一九七〇年斯诺夫妇来中国访问,国庆节应邀登上天安门城楼观礼。斯诺夫人在我收藏的《西行漫记》上签名留念,并赠我三张斯诺照片。

一九七二年斯诺逝世,遵照他的遗愿,骨灰安葬于他曾经任教的北京

书香处处

大学校园内。

重印本系依据一九三八年复社版影印,在装帧上也力求保持原书面貌,只是精装封面原用棉布,现在改用漆布。

斯诺夫人洛伊斯·惠勒·斯诺所著《尊严的死——在斯诺生命最后的日子里》一书,中译本采用斯诺临终喊出的一句话:"我热爱中国"为书名。斯诺夫人认为这书名比原来的好。

胡愈之先生一九七九年为三联版《西行漫记》写的序言和《"我热爱中国"》一书,附录于本书。

《买书琐记》前言

我爱跑书店,不爱上图书馆。在图书馆想看一本书,太费事,先要查卡片,然后填借书单,等待馆员找出书。

上书店,架上桌上的书,一览无余,听凭翻阅。看上的,而口袋里又有钱,就买下。

生平所到的城市,有的有书店街,如重庆武库街,桂林太平路,上海福州路,都是我流连忘返的地方。旧书店更具有吸引力,因为有时在那里会有意外的惊喜,如重庆米亭子,桂林中北路,上海卡德路、河南路。我在旧书店买到鲁迅先生印造的几种书:《海上述林》《引玉集》《梅斐尔德木刻士敏土之图》《铁流》《毁灭》,都是可遇不可求。这几种书印数都很少,《士敏土之图》只印了二百五十本,《引玉集》三百五十本,《海上述林》五百部。还在旧书店买到曹禺签名赠送郑振铎的精装本《日出》,夏衍赠送叶灵凤的一九二七年创造社出版的《木犀》,上面有夏公题词:"游镇江、扬州得此书于故书铺中,以赠此书之装帧者霜崖(叶灵凤)老弟。"还买到过田间签名赠送艾思奇的诗集《中国·农村的故事》。如今都成为我的珍本藏书。

跑书店的另一乐趣是跟书店老板、店员交朋友。还在当小学生时,我跟镇江的一家书店店员交上朋友,时隔五十多年,他还记得我,从台湾带上家人到北京看望我这个小友。我写了一篇《买书结缘》讲这件事,现在也印在本书中。

由于有此癖好,我对别人记述逛书店买书的文章也有兴趣阅读,现在我把它们汇编为《买书琐记》,以贡献于同好。

《爱看书的广告》编者的话

我爱书,爱看书的广告。

我看书的广告,最早是在二十世纪三十年代。那时父亲病故,家境困难,买不起书,只能到书店站着看不花钱的书,看报纸杂志上的书的广告。

印象最深的,是商务印书馆的"每日新书"广告,印在《申报》《新闻报》头版报名之下,豆腐干大小的一块。我不大看商务印书馆的书,而是看几家进步出版社:生活书店、读书生活出版社、新知书店(现三联书店前身)出版的书刊,看它们的广告。这三家出版社的广告,设计新颖,书名用美术字,有的还配图。生活书店出版的《文学》《光明》《世界知识》等杂志,底封和底封里都刊登新书广告。

开明书店的广告,文字编排有特点,不留一字空白,我曾刻意摹仿。

有的出版社还编印宣传推广的小刊物赠送读者,如生活书店的《读书与出版》,开明书店的《开明》,人民日报出版社的《书讯》(彩色版)。我在三联书店编印过名为《书的消息》《三联信息》的宣传刊物。

十六岁那年到汉口,我有幸进了读书生活出版社当练习生,出于爱好,自己学习设计广告。后来,出版社的广告就交给了我,让我包办了。二十世纪八十年代,三联书店出版《读书》杂志,底封和底封里有两面广告,我又有了设计广告的机会。一干几十年,直到离开三联书店。

旧中国几家著名的出版社,叶圣陶主持的开明书店、赵家璧主持的良友图书公司、巴金主持的文化生活出版社都很重视广告。鲁迅先生也很重视书的广告,写过不少广告文字。此外,茅盾、施蛰存、胡风、陆蠡等先生,都写书的广告文字。

为了学习前辈怎样做广告,我留意搜集以上诸家撰写的广告文字。用短短的百来字介绍一本书,是很要用心的。出版社的编辑应当学会写广告文字,这是编辑的基本功之一。广告文字要简练,实事求是,不吹嘘,不讲空话废话。

现在我把搜集积存的广告文字和广告式样,以及谈书籍广告的文章,汇编成这本小书,奉献给做编辑工作的同志参考。作家李辉和我有同好,听说我在编书,把他所搜藏的广告文字贡献出来,使本书更加充实,这是不能不提到的。

让我们都来做好书刊的宣传。

《我很丑也不温柔——漫画范用》编者的话

我爱漫画,小时候就喜欢。那时候叶浅予的《王先生》、黄尧的《牛鼻子》带给我极大的快乐。

一九九二年廖老冰兄画了一幅范用漫画像赠我,并题词:"热爱漫画数十年,地覆天翻情不变"。老来无事,看看漫画,开心一刻,亦长寿之道。

因为爱漫画,也就爱跟漫画家交朋友,于是我也到了他们的笔下。他们画范用,千姿百态,竭尽夸张之能事,然而都那么神似逼真,这就合得上美学观点之"丑即是美,丑中见美"。

现在我把他们的漫画范用奉献给读者,让大家看了也开开心。

顺便讲讲。外国人物肖像画,我见到的,有两位漫画家画得很好。一位是 Joss,我在塔布衣夫人所著《国际外交战争》一书中见到他的一组三十九幅二次大战前国际风云人物的漫画像。一位是 Hirschfelo,画文坛艺坛精英。前者用笔简练,后者线条流畅,都很耐看。

二〇〇三年十二月

《读书》三百期

从一九七九年到二〇〇四年,《读书》已经出版了三〇七期。

三联书店前身生活书店、读书生活出版社、新知书店,都是办杂志起家。生活书店出版韬奋主编的《生活》周刊,读书生活出版社出版李公朴主办,柳湜、艾思奇主编的《读书生活》半月刊,新知书店出版姜君辰主编的《中国农村》月刊。

出版杂志,出版社可以更好地联系读者作家,也有利于培养编辑。

《读书生活》半月刊被国民党查禁,更名《读书》继续出版,又被查禁,就出版《生活学校》,这两本杂志由陈子展主编。

抗战时期,四十年代在重庆,生活书店出版《读书月报》,艾寒松、胡绳、史枚主编。读书生活出版社出版《学习生活》半月刊,陈楚云、赵冬垠主编。国民党设立图书杂志审查处,每期原稿都得送审,常常被扣留或删改。皖南事变,党安排一部分文化人疏散去香港,陈楚云、赵冬垠亦在内,为掩护他们撤离,我编了最后三期《学习生活》。

抗战胜利后到上海,生活书店出版《读书与出版》月刊,胡绳、史枚主编,一九四八年九月终刊,这时距上海解放已经不远。

大约在一九七〇年前后,我和陈翰伯在湖北咸宁干校谈起办刊物,我们设想一旦有条件,还是要办读书杂志。

打倒"四人帮"之后,由陈翰伯出面邀请于光远、夏衍、黎澍、戈宝权、林涧青、郑文光、许觉民、曾彦修、许力以、王子野、陈原、范用组成《读书》编委会,《读书》编辑部冯亦代、史枚、丁聪、倪子明列席。可是这样的编委会很难召集,不如改为办实事的编委会,由陈原任主编,倪子明、冯亦代、史枚任副主编,按照陈翰伯意见,范用亦忝为编委。

一九七九年《读书》创刊。"编者的话"里申明:"我们这个月刊是以书为主题的思想评论刊物。它将为实现四个现代化、为提高全民族的文化水平而服务。我们这个月刊以马列主义、毛泽东思想为自己的指导思想,要坚决贯彻'百花齐放、百家争鸣'的方针,要解放思想敢于打破条条框框,敢于接触多数读者所感所思的问题……我们主张改进文风,反对穿靴戴帽,反对空话套话,反对八股腔调,提倡实事求是,言之有物。"

生不逢时,《读书》甫一落地,即招来种种责难与非议。起因于创刊号头一篇文章李洪林的《读书无禁区》。文章的标题原为《打破读书禁区》,发稿时我改为《读书无禁区》。

于是有人就说《读书》提倡读《金瓶梅》,主张给坏书开绿灯。真是危言耸听,匪夷所思。

当时出版主管机关找我谈话,批评《读书无禁区》的提法不妥。

我说明此文写在党的十一届三中全会之后,目的在于批判"四人帮"的文化专制主义,打破他们设置的精神枷锁,并未主张放任自流。文章有一段说得很清楚:"对于书籍的编辑、翻译、出版发行,一定要加强党的领导,加强马克思主义的阵地。对于那些玷污人的尊严,败坏社会风气,毒害青少年身心的书籍,必须严加取缔。"

后来有同志说,领导同志事忙,没有时间看文章,只看标题,或者光听汇报。以后标题多加注意。

当年人民出版社党组讨论《读书》杂志,曾经决定,这本杂志如果出问题,由范用负责。我是党员,当然要对党负责。《读书》每期清样我看了才签字付印,直到退休。至今未听说《读书》有什么问题。

《读书》初办时,只有两名工作人员,一位是史枚,他是编杂志能手,一位是董秀玉,做他的助手。后来增加了几个人员,其中四位是女青年,加上董秀玉,人称"读书五朵金花"。除了杨丽华读过大学,其余四位都是高中生,因此有人说:几个高中生编了份给研究生看的杂志。现在吴彬、贾宝兰两位,仍在岗位。

一九八七年《读书》百月,丁聪画了一幅漫画,反映《读书》之处境。画稿我保存至今,现予发表,以飨读者。

从创刊号起,《读书》的封面和版式都是丁聪设计的。每期出版之前,编辑部将原稿送给丁聪,一两天之内就画好版式退回。从第五期起,丁聪给《读书》画漫画,从未停止,后来一期画两幅。二十六年了,丁聪正是望九之年,还每月给《读书》画版式,画漫画,中国找不出第二份这样的杂志。

一九八〇年王若水写信告诉我:"夏衍同志很喜欢看《读书》,对《读书》评价很高。"这是对我们的支持与鼓励。《读书》同仁应当进一步努力办好刊物。

有人问我现在还看不看《读书》,我说每期都看,有好文章,只是有的文章太专。总的印象,如今的《读书》拔高了。我希望《读书》办得适合像我这样的读者。不是为了做学问,只是业余喜欢看点杂志。当然看《读书》的也有学者。

从《新华文萃》到《新华文摘》

还在上小学的时候，一九三七年，我在学校图书馆借到一本杂志，上海开明书店出版的《月报》，厚厚的一大本，将近五百页。

这本杂志扩大了我的眼界。杂志里有政治栏、经济栏、社会栏、学术栏、文艺栏，读书俱乐部，"最后之页"是"读报札记"，摘编一些有趣的文字。

《月报》里我最感兴趣的是"漫画的一月"，每期六面，选有十几幅中外漫画。

月报社社长夏丏尊，我从《爱的教育》一书早就知道他的名字。编者是胡愈之、孙怀仁、胡仲持、邵宗汉、叶圣陶。多少年后，我知道《月报》的主编是胡愈之。非常幸运的是，一九四九年开国那年，我在北京见到愈之先生。当时他刚出任出版总署署长，我参加全国新华书店工作会议，他带会议代表去见毛主席，毛主席和大家一一握手。

愈之先生主编的《新华月报》由人民出版社出版。我给《新华月报》画版式，送工厂排印。我在创刊号封面上印上政治协商会议刚通过的五星红旗。那时没有国旗法，我这样做，不算违法。

后来听到对《新华月报》不同需要的读者意见。有的偏重于资料性，供查考用；有的是为了阅读文章，听说周总理常常查用《新华月报》，有时出国还带着，不过只带扯下来的资料这部分。有一次，查不到某一资料，还打电话到新华月报社询问。

六十年代，我产生了办一个供阅读的文摘杂志的念头。把这一部分文章从《新华月报》分出来。一九六二年，我编了一本《新华文萃》试刊号作为样本。

《新华文萃》也分政治、经济、学术、文艺、美术、作品、"读书与出版"、学术论文摘要、报刊文章篇目辑览、科学文化之窗。在文艺栏，选了艾芜的小说、巴金的散文、田汉和郁达夫的旧体诗、丁西林的剧本，美术作品选了华君武的政治讽刺画、杨纳维和黄新波的木刻，还有摄影作品。

"读书与出版"栏头请丰子恺题写，他写了两张让我选用。墨迹我至今保存。

《新华文萃》试刊号只印了一百本，准备送请有关同志征求意见。有一天，毛主席秘书田家英来我的办公室看见了，拿去一本。我说上面还没有批准出版，他说带回去放在主席桌上，他也许有兴趣翻翻。这桩事，我一直提心吊胆，怕挨批评绕过了中宣部。家英好像不在意，我想他是赞成办这样一个刊物，否则他不会送给毛主席看。

一九七九年开始出版《新华月报》文摘版，一九八一年改名《新华文摘》。到今年出版三百二十一期。

关于要不要附录被批评的作品，有不同的意见，有人不赞成，我就作罢。我记得鲁迅先生编杂文集，就把对方的文章附录在里面，对读者很方便。

当年编《新华文摘》，我想这样一本杂志，对于边远地区的读者，那些地方难得见到很多杂志，一卷在手，可以满足他们阅读的需要。

我祝愿《新华文摘》长命百岁，越办越好！

编后琐记 / 子　聪

九月十四日,范用先生去世整整五年了,那天,不少书友撰文纪念,三联书店也在其时出版了范用先生的三本书《存牍辑览》《叶雨书衣》和《爱看书的广告》,并举办了"范用的编辑传统"座谈会,董秀玉、宁成春、汪家明等编辑出版方面的朋友以及范用先生的家属,一道分享了范用先生的故事。十四日那天,我也发了一则微信:

今天是范用先生去世五周年,十二年前曾在"开卷文丛"中给范先生出过一本《泥土 脚印》(凤凰出版社二〇〇三年十月版)或许是先生第一本随笔集,那之前先生出过一册通信体的《我爱穆源》。二〇一三年再为范先生编了一本《书里乾坤》(青岛出版社)。范用先生生前对《开卷》支持非常大且很具体细致。二〇一三年二月六日的《中华读书报》曾刊发《忆与范用先生的书缘片段》,其中记录了我与先生之书缘点滴。范先生惠我良多,铭记于心不能忘怀。

微信发出,许多书友都纷纷表达了怀念之情。修荣兄看到后,留言说他愿意再为范用选编一本,此后我们几次商量此事,修荣兄表示可以做个精致的本子,不在字数多,而是尽量内容好。他还说,范老家他先后去过两三次,是和老张(昌华)一起去的,也算是个纪念。并且还初步确定可做成小精装,这样这本书会与已经出过的几本不同。

修荣兄委托我选编,他的设想主要是从三个方面选文章:一是写故乡亲人的,二是师友往来,三是与书及出版有关的。这样选编他认为比较有意思,也能体现范用先生为书辛苦为书忙且乐在其中的一生。

按照修荣兄的想法,我草拟了一个目录,经他确认后,分成了三辑,我还在篇目中找出了三个篇名作为辑名,"相约在书店"这个篇名作为书名我觉得蛮妥帖的,也能体现范用先生作为一位出版家的书生情怀,不知读者朋友以为如何?

前些日子,具体操持范用《存牍辑览》出版的汪家明先生赠送了这本我非常喜欢的书,并在扉页上写了这样一句话:让我们一起纪念范用先生。

确实,能有幸为范用先生编这样一本精致的小书,并且在很短的时间内出版,以这种先生喜欢的方式来向先生致敬,我觉得是对范用先生的最好纪念。

二〇一五年十月十四日于金陵南郊之开卷楼晴窗

图书在版编目(CIP)数据

相约在书店 / 范用著. — 南京：江苏凤凰文艺出版社，2016
 ISBN 978-7-5399-8921-1

Ⅰ.①相… Ⅱ.①范… Ⅲ.①随笔-作品集-中国-当代 Ⅳ.①I267.1

中国版本图书馆 CIP 数据核字(2016)第 028865 号

书　　　名	相约在书店
著　　　者	范　用
责 任 编 辑	聂　斌　黄孝阳
出 版 发 行	凤凰出版传媒股份有限公司 江苏凤凰文艺出版社
出版社地址	南京市中央路 165 号，邮编：210009
出版社网址	http://www.jswenyi.com
经　　　销	凤凰出版传媒股份有限公司
印　　　刷	江苏凤凰通达印刷有限公司
开　　　本	880×1240 毫米　1/32
印　　　张	8.25
字　　　数	215 千字
版　　　次	2016 年 4 月第 1 版　2016 年 4 月第 1 次印刷
标 准 书 号	ISBN 978-7-5399-8921-1
定　　　价	39.50 元

（江苏文艺版图书凡印刷、装订错误可随时向承印厂调换）